人民共和國文化與文學叢書

八 編

李 怡 主編

第 **5** 冊

思想的思想：中國當代文學與文化批評

唐 小 林 著

花木蘭文化事業有限公司

國家圖書館出版品預行編目資料

思想的思想：中國當代文學與文化批評／唐小林 著 -- 初版
-- 新北市：花木蘭文化事業有限公司，2020〔民 109〕
序 4+ 目 2+222 面；19×26 公分
（人民共和國文化與文學叢書 八編；第 5 冊）
ISBN 978-986-518-213-7（精裝）
1. 中國當代文學　2. 文學評論
820.8　　　　　　　　　　　　　　　　109010893

ISBN-978-986-518-213-7

9 789865 182137

特邀編委（以姓氏筆畫為序）：

吳義勤　孟繁華　張　檸
張志忠　張清華　陳思和
陳曉明　程光煒　劉福春
（臺灣）宋如珊
（日本）岩佐昌暲
（新西蘭）王一燕
（澳大利亞）鄭　怡

人民共和國文化與文學叢書
八　編　第五　冊　　　　　ISBN：978-986-518-213-7

思想的思想：中國當代文學與文化批評

作　　　者　唐小林
主　　　編　李　怡
企　　　劃　四川大學中國詩歌研究院
總 編 輯　杜潔祥
副總編輯　楊嘉樂
編　　　輯　許郁翎、張雅淋　美術編輯　陳逸婷
印　　　刷　普羅文化出版廣告事業
出　　　版　花木蘭文化事業有限公司
發 行 人　高小娟
聯絡地址　235 新北市中和區中安街七二號十三樓
　　　　　　電話：02-2923-1455／傳真：02-2923-1452
網　　　址　http://www.huamulan.tw 信箱 hml810518@gmail.com
初　　　版　2020 年 9 月
全書字數　186334 字
定　　　價　八編 18 冊（精裝）台幣 55,000 元

思想的思想：中國當代文學與文化批評

唐小林　著

作者簡介

唐小林（1965～），男，重慶南川人，文學博士，四川大學文學與新聞學院教授、博士生導師，四川大學符號學與傳媒學研究所副所長，中國當代文學研究會常務理事，中國語言與符號學會副會長，中國中外文藝理論學會文化與傳播符號學分會常務副會長，中國新聞史學會符號傳播學研究委員會學術委員會副主任，中國符號學基地聯盟輪值主席。出版著作《看不見的簽名：現代漢語詩學與基督教》（2004）、《符號學諸領域》（2012）、《面向靈魂本身：現代漢語宗教詩學》（2016）、《歐洲馬克思主義符號學派》（2016）等。發表論文 100 餘篇。合作主編「中國符號學叢書」、「符號學翻譯叢書」、「馬克思主義符號學叢書」等多種。

提　要

　　本書的 18 篇文字，是作者從近 20 年間的文學與文化批評中挑選出來的，涉及 20 世紀 50 年代以來影響中國文學與文化演進的若干重要現象和作家作品。作者站在反思中國一個多世紀的現代性和現代化運動的高度，基於人性與社會怎樣才能越變越好這樣一個基本問題，從「生存論」與「知識論」互鑒互證的方法論立場出發，在文學文本與文化現象的深入解剖中，跟隨作家和時代一起思想，試圖深入探尋當今中國文學與文化所面臨的精神困境及其突圍方式。第一輯《穀倉以內》，通過對何大草、衛慧、阿真、羅偉章、李佩甫、阿來等六位作家作品的批評，展現了歷史想像、欲望書寫、民族凝視下，物的法則取代人的法則後人性的深淵景象。第二輯《黑色以外》，經由楊沫、北村、史鐵生、于堅、虹影、郭嚴隸等作家的作品，勘探中國當代文學知識分子 70 年來如何想像沉淪、仰望和靈魂得救，如何補救中國文學的現代性缺損與倫理虧空，一句話，觀察他們在諸神隱匿的「黑夜」是怎樣出示「指上的星光」的。第三輯《左邊以左》，從紅色經典影視改編的文化闡釋，到詩人柏樺對左邊歷史之詩性正義的反思與某種超越，再到在場主義散文介入當下回歸此在的努力，思索全能體制下意識形態與權力、與資本、與詩、與文學等等之間各種複雜詭異的關係。

全球化時代如何討論當下的文學問題
——《人民共和國文化與文學》第八編引言

李　怡

　　我們常常說，這是一個「全球化的時代」，也就是說，對當下文學的討論，「全球化」是一個不可回避的語境。但是「全球化語境下的中國當代文學」這個題目所包含的意蘊以及它所昭示的學術立場本身就是意味深長的。我覺得，在我們積極地研究當下文學自身成就的同時，適當的反顧一下我們已經採取或者可能會採取的立場，也不失為一種新的推進方式。「全球化」是新世紀中國學術的一個重大課題，「中國當下的文學」雖然已經闡述了多年，但在今天的「新世紀」或者說「新時代」的時間段落中，無疑也具有了特殊的意義。只是，如果我們竭力將這些關鍵詞置放在一起，其相互的意義鏈接就變得有點曲曲折折了。

　　從表面上看，「全球化」與「中國當下」，這是一個普遍性的時間和一個特殊空間的問題。我們常常在說「全球化時代」如何如何，這也就是說我們正在經歷一個正在怎麼「化」的過程，這是一個時間的過程。「全球化語境中的中國文學」，似乎應當考慮的是一個局部空間的文學現象如何適應更有普遍意義的時代發展的要求，當然，關於這方面的話題我們可以談出許多。例如全球化時代的經濟一體化進程與民族文化矛盾對於不同民族文化交流與融合的影響，而這種文化的衝突與融合對於文學藝術的創造又取著怎樣的關係，接踵而來的另一個直接問題就是：中國當下的文學，這一目前可能民族性呼聲很高的區域文學如何在呼應「全球化」時代的主體精神的同時保持自己真正的有價值的個性？近 40 年來的學術史上，關於這樣的「時代要求」與民族

國家關係的討論曾經也熱烈地進行過，那就是上一個世紀 80 年代中期的「走向世界」，當時，人們通過重述歌德與恩格斯關於「世界文學」時代到來的論斷，力圖將中國文學納入到「世界文學」時代的統一進程當中，因為這樣一來，我們就可以有力地走出地域空間的封閉而更多地呼應世界性的時代思潮了。

那麼，「全球化」的提出與當年的「走向世界」有什麼不同，它又可能賦予我們文學研究什麼樣的新意呢？在我看來，當年的「走向世界」思潮與其說是關於文學的理性的分析，毋寧說是一種文學呼喚的激情，一種向所有的文學工作者吹響的進軍的號角，除了面對啟蒙目標的偉大衝動外，關於文學特別是文學研究的新的理性評判系統並沒有建立起來，而啟蒙本身的意義也常常被闡述得籠統而模糊。所謂「全球化語境」，其實是為我們的文學特別是文學的研究提供了一個比較完整的新的思考的框架。例如作為人類精神發展基礎的「經濟」的框架：當前全球經濟一體化的過程對於文化與文學究竟會產生怎樣的影響？一個民族國家（諸如中國）的精神創造是如何回應或如何反抗這樣的「同一」過程的？而經濟制度本身又如何對精神生產形成制約或推動？這些思路從宏觀上看將與目前熱烈進行的「現代性」問題的討論相互聯繫，與所謂世俗現代性／審美現代性的分合問題相互聯繫，從而在文學的「內」、「外」結合部位完成細節的展開。顯然，這比過去籠統的「經濟基礎決定上層建築」或者「文學發展與經濟發展的不平衡原則」要具體而充實。從微觀上看，今天我們所討論的「民族國家文學」問題本身就聯繫著「一帶一路」這樣經濟的事實，我們似乎沒有必要將民族國家文學的發展局限在知識分子書齋活動之中，這裡所產生的可能是一個更具有深遠意義的「文化審視」問題——不僅當下中國的人們有了重新自我審視的機會，而且其他地方的人也有了深入審視中國的可能，其實文學的繁榮不就是同時貢獻了多重的視線與眼光嗎？或許正是在這個意義上，我以為，新世紀的「全球化」思維具有了比 80 年代「走向世界」思維更多的優勢。

但是，「全球化」思維又並非就可以敞開我們今天可以感知到一切問題，我甚至發現，在關於文學發展的一個基本的困惑點上，它卻與「走向世界」時代所面對的爭論大同小異了，這個困惑就是我們究竟當如何在「或世界或民族」之間作出選擇，或者說全球化時代的文學普遍意義與民族文學、地區文學之間的矛盾是否還存在，如果存在，我們又當如何解決？無論我們目前

的議論如何竭力「消解」所謂二元對立的思維，其實在學術界討論「全球化」與「民族性」的複雜關係時，我們都彷彿見到了當年世界性與民族性爭論時的熱烈，甚至，其基本的思維出發點也大約相似：全球化時代與世界化時代都代表了更廣大的普遍的時代形象，而中國則是一個局部的空間範圍。這兩個概念的連接，顯然包含著一系列的空間開放與地域融合的問題，也就是說「中國」這個有限空間的韻律應該如何更好地匯入時代性的「合奏」，我們既需要「合奏」，又還要在「合奏」中聽見不同的聲部與樂器！這裡有一個十分重要的理論假定：即最終決定文化發展的是時間，是時間的流動推動了空間內部的變化——應當說，這是我們到目前為止的社會史與文學史都十分習慣的一種思維方式，即我們都是在時代思潮的流變中來探求具體的空間（地域）範圍的變化，首先是出現了時間意義的變革，然後才貫注到了不同的空間意義上，空間似乎就是時間的承載之物，而時間才是運動變化的根本源泉，我們的歷史就是時間不斷在空間上劃出的道道痕跡。例如我們已經讀過的文學史總先得有一章「五四新文化運動的發生」，然後才是「五四在北京」、「五四在上海」或者「五四新文化運動在詩歌領域裡引發的革命」、「在小說領域裡產生的推動」、「在戲劇中的反映」等等。這固然是合理的，但從另一方面來說，它所體現的也就是牛頓式的時空觀念：將時間與空間分割開來，並將其各自絕對化。在這一問題上，愛因斯坦的「相對論」是從打破時空絕對性的立場深化了我們對於時間、空間及其相互關係的認識。在這方面，被譽為繼愛因斯坦之後最偉大的科學家的史蒂芬‧霍金有過一個深刻的論述：

> 相對論迫使我們從根本上改變了對時間和空間的觀念。我們必須接受的觀念是：時間不能完全脫離和獨立於空間，而必須和空間結合在一起形成所謂的時空的客體。〔註1〕

這是不是可以啟發我們，在所有「時代思潮」所推動的空間變革之中，其實都包含了空間自我變化的意義。在這個時候，時間的變革不僅不是與空間的變化相分離的，而且常常就是空間變化的某種表現。中國現當代文學決不僅僅是西方「現代性」思潮衝擊與裹挾的結果，它同時更是中國現代知識分子立足於本民族與本地域特定空間範圍的新選擇。只有充分認識到了這一事實，我們才有可能走出今天「質疑現代性」的困境，為中國現當代文學尋找到合法性的證明。

〔註1〕 史蒂芬‧霍金：《時間簡史》第 21 頁，湖南科學技術出版社 2002 年版。

　　在時間變遷的大潮中發現空間的本源性意義，這對我們重新讀解中國當下的文學，重新展開「全球化語境中的中國文學」這一命題也很有啟發性。比如，當我們真正重視了空間生存的本源性地位，那麼我們就會發現，從表面上看，這是一個普遍性的時間和一個特殊空間的問題，但在實質上來說，其實所包含的卻是中國自身的「空間」與全球化的「時間」的問題，所謂「全球化」，與其說是一個普遍的時代思潮，還不如說西方人的生存感受。是中國的經濟方式與生活方式在某種意義上匯入了「全球性」的漩流之中，於是，他們將這一感受作為「問題」對包括中國人在內的其他人提了出來，自然，中國人對此也並非全然是被動的對於外來「時間」的反應，他們同樣也在思考，同樣也在感受，但他們感受與思考的本質是什麼呢？僅僅是在「領會」外來的思潮麼？當經濟開發的洪流滾滾而來，當國際的經濟循環四處流淌，當外來的異鄉人紛至遝來，當接受和不能接受、理解和不能理解的文化方式與宗教方式，生活方式與語言方式都前所未有地洶湧撲來，中國的精神世界是怎樣的？中國的文學又是怎樣的？很明顯，在貫通東方與西方、全球與中國的「時代共同性」的底部，還是一個人類與民族「各自生存」的問題，是一個在各自具體的空間範圍內自我感知的問題。

　　理解中國當下的文學，歸根結底還是要理解中國人自己的感受。這裡的「全球化」與其說更具有普遍性還不如說更具有生存的具體性，與其說可能更具有跨地域認同性還不如說可能包含了更多的地域分歧與衝突的故事，當然，也有融合。既然今天的西方人都可以在連續不斷的抗議和攻擊中走向「全球化」，那麼，我們為什麼不是？所要指出的是，在文學創造的意義上，這裡的抗議與拒絕並非簡單的守舊與停滯，它本身就是一種「有意味」的姿態，或者，它本身也構成了「全球化」的一部分。

2019 年 12 月改於成都長灘

自序　漫步在生存論與知識論之間

　　詩者，思者。文學家是思想者，是用帶著表情與手勢的語言思考。文學家是與哲學家不同的思想者，他們是在另制的生活世界中思想，是與人物、處境、現場一起思想，是在哲學家停止思想的地方思想。跟隨文學家一起思想，這就是文學批評家的位置：思想的思想。

　　職此之故，我的文學批評是在生存論與知識論之間漫步。如果僅止步於生存論，文學批評很容易變為心靈雞湯，如果只停留於知識論，文學批評又大都淪落於與生活世界無關的教條。我在生存論與知識論的互照、互鑒、互證中，檢驗我對某一文學作品的價值、立場、審美、趣味。我不願意我的文字有任何一粒與無聊、媚俗沾邊。

　　思想很難擺脫淺薄。有時候，當我在閱讀某一作品的時候，自以為在「思」，實際可能是自動陷入約翰·R·塞爾的「中文屋」困境：雖然屋裏的人，一個中文字不識，但憑藉一套程序，他依然能用中文對答如流，使屋外的人以為他是一個熟悉甚至精通中文的人。我是否也在無意中，按照某種「知識的程序」在複製和宣示別人的思想？這是我最大的焦慮：生存論的自覺，在我這裡是否淪為虛空？以製造符號泡沫的方式生存，不也是一種無聊與媚俗？

　　當代的文學與文化是與現代性齊頭並進的。這使我的文學批評與文化批評不得不在現代性的視野中展開。而真正的文學與文化往往立於現存秩序的對立面，這又使我的文學與文化批評始終以「反思現代性」的方式進行。而這種「反思」的出發點只有一個：我們身處的世界怎樣才會越變越好，這當然是從思考我們每一個人的人性與人生怎樣越變越好開始的。

　　好的文學與文化都是「逆行」的。每當我打量一個文學作品或文化現象

時，首先啟動我思考的是這樣一個樸素的常識：在科學主義、實用主義、功利主義的深淵中，在全能體制下，在國家越來越「魅化」、個人生活越來越透明的處境裏，文學或文化的「逆行」是如何可能的？比如一篇小說，它的相對性、曖昧性、可能性，也就是那些屬於「小說精神」的東西，是怎樣獲得的？比如一個沒有價值觀的文化現象是如何成為人類精神的劊子手的？再比如一個「追風」的作家又是如何倒在了一個比地面更低的地方，逼其作品走上瘋癲的道路的？

人永遠是「欠缺」的，這是從「經驗」上說的。如果人生不是在「輪迴」，那每一秒每一分對於人而言都是新鮮的，未曾經歷過的。生命的一維性使人永遠不可能重複自己，永遠不可能在自己的人生中獲得有關「將來」的經驗。而人生又是「將來時」的，它永不停息地向「將來」敞開才構成其「現在」。由於沒有「將來」的經驗，人生始終是被動的。文學的不朽價值，就在於為現世的人提供將來的經驗，而這種提供是「如其所是」的，是「栩栩如生」的，是「設身處地」的，是「先知先覺」的……也許正是在這個意義上老托爾斯泰用了整整 15 年的時間來思考「藝術是什麼」，最後他得出了一個在今天的人們看來匪夷所思的結論：藝術的最高境界是宗教情懷。難道是因為包括文學在內的藝術能夠勘破未知、預知未來？

人是分裂的，所以真正的文學作品都是反諷的。人不僅與世界、與自然、與社會、與自我常常處於分裂狀態，而且自己的言／行、心／身、想／為……都是分裂的，這構成人的極端複雜性，也構成了人類世界的極端複雜性。在想像中如其所是地再現人類生活情境的文學文本，一方面要「如實」地虛構這種「分裂」，另一方面文學作品本身也是「人言」，它與敘述者、與真實作者、隱含作者之間的分裂與鉸合，就更加複雜。而今天，又尤其是在今天，整個世界正在被高度「簡化」，簡化為編碼，簡化為資本，簡化為意識形態的某一指令，簡化為一些斷裂的碎片，於是「高度簡化」與「極端複雜」之間又構成另一種深刻的悖論。

我的文學批評與文化批評就在這種「艱難」的情勢中展開。因此，我只能為可能接觸到這些文字的接收者，提供一些可供思想的思想，不，是可供批評的批評。

與其說我是文學的從業者，不如說文學與我的生命共舞。一個文學作品可能讓我沉浸其中終日不醒，像喝醉了酒。有的甚至讓我數日、數月淪陷其

中。讓我感動、興奮、痛苦、思索，一晃眼，人生的大半光陰已逝，而作為文學批評者的文字則只有寥寥不多的一點兒，尚未知是否與「思想」有關？每念及此，不覺唏噓。

目

次

一、穀倉以內：歷史・欲望・袪魅

絢麗的歷史想像　蒼涼的人性悲歌：
讀何大草《午門的曖昧》〔註1〕

　　何大草無疑是想像歷史，操作語言，敘述故事的好手。從《衣冠似雪》對戰國時代荊軻刺秦王那個腥風血雨歷史傳奇的消解與重構，到《如夢令》對南宋女詞人避難江南，在煙雨迷濛之孤淒慵倦心態的模擬，以及欲望碎片的拾掇與拼貼，再到《午門的曖昧》中對風雨飄搖的大明帝國崩塌之聲的回奏與傾聽，在在顯示了他對歷史小說敘述的獨特懷抱：慣常於久遠歷史的屏息凝視中，展開奇異瑰麗的想像；於大歷史的罅隙邊緣，設置曲折詭譎的迷宮；於歷史局部的精雕細鏤與整體的撲朔迷離中，寄寓人類生存困境的當下追思。魔幻奇瑰的東方色彩、頹美淒豔的色調與純淨新奇的文本，更使其小說具有超常恆久的魅力。

　　長篇小說《午門的曖昧》，是何大草歷史小說系列中又一精美之作，也是近年來長篇小說創作中不可多得的佳篇。她在新世紀的第一縷曙光中走來，似乎是一個預言：何大草這位天生的歷史想像者，歷史化／化歷史的詩人，將憑藉歷史的「原鄉」情結和卓爾不群的才思，在本世紀，與中國當代優秀的先鋒作家們，共同放飛一個文學中國的神話。

一

　　說何大草是天生的歷史想像者並非臆斷。他出生於中國西南腹地一座悠久的歷史古城，童稚時代即在這座有著戰國時期秦都咸陽建築遺風的古城中

〔註1〕本篇主要見容最初發表於《四川師範大學學報》2000 年第 4 期。

度過。古城牆的斷垣殘壁，明清兩朝留下的深宅大院，歷經風雨的參天古木，以及嵌在牆中的拴馬石，風中搖曳的瓦楞草，將他對歷史的遐想與詩思之弦撥撩得異常的纖敏，以至幻夢連連。這使他在上個世紀 70 代末的一個初秋，走進了一所百年老校的歷史系，在發黃的歷史冊頁和泛綠的青銅器皿的摩挲中，去溫暖、尋找和重塑那個歷史的夢想。可是，史籍的記載，出土文物的昭示，以及人類的理性之光，並未照徹詩人心中歷史的黑洞。隱蔽在歷史「必然」之域後面那些雖然飄浮不定，卻鮮活生動的「偶然」景觀，頻頻撞擊詩人無窮的想像之閾。於是，在許多年以後，難以抑止的誘惑與衝動，使作家終於在小說中敘說著一則又一則歷史故事。

敘述「故」事，就是敘述歷史。而歷史不過是時間的蟬蛻、往事的遺骸，是敘說故事的一種方式而已。在何大草的小說敘述中，歷史僅是時間與感官之旅，是回憶、幻想、虛構和想像之所。企圖在其歷史話語中尋繹某種歷史因果律、必然律的努力注定要失敗。因為他敘事的意指活動，似乎面臨雙重悖論：敘事越是談論歷史，越是遠離歷史；敘事遠離歷史，卻又在切近歷史。歷史在他迷宮般複雜的敘述結構與精緻的文字意象中，演化為一片華麗繽紛的偶然圖景和帶著感覺體溫的生存情境。在這些看似偶然和整體性缺失的破敗歷史景觀的邊緣上，超歷史的對話演變為超歷史的體驗，當下人類那些難以言說的孤獨、絕望、虛無、荒誕與蒼涼的生存感覺，從歷史的裂痕中湧溢而出。一種回到歷史深處的企圖，一種參透生命玄機的渴望，一種面對歷史無常的憂思，漫溢在歷史想像的空間。在此，何大草小說的歷史話語，在形而上的意義上，就不僅僅是本尼戴托·克羅齊那句「一切歷史都是當代史」的經典名言所能概括的了〔註2〕，而更是羅曼·羅蘭之所謂：「歷史所能做的只是表現某種精神氣質，即關於當代事件及其過去未來關係的某種思想方法與感覺方式」了。

《午門的曖昧》是何大草歷史小說敘事風格的最佳範例。小說寫於 20 世紀末年，背景卻是 17 世紀上半葉。小說的敘述時間聚焦在大明朝帝國崩潰的歷史瞬間，主要的地理標誌有兩處：蛛網般小徑密布的紫禁城和丹桂飄香的木犀地，中間穿插某些京城的市井小巷。如此「時空交會的定點」，成為巴赫金所說的小說敘述動機的發源地，與時空交錯的「地緣背景」，不僅歷史與社

〔註2〕克羅齊：《歷史和編年史》，張文杰等編譯《現代西方歷史哲學譯文集》，第293頁，上海譯文出版社 1984 年版。

會力量在此交相為用，肇始了各色陰森幽麗的歷史傳奇，而且作者深藏在敘述話語後面的「陰謀」和「野心」，也於此潛滋暗長，悄然飄逸。

敘事的懸念似乎是對正史的懷疑：在李自成攻破京城的金戈鐵馬聲中，崇禎皇帝真的倉皇自縊於煤山，還是失蹤於別的什麼地方？圍繞這一歷史懸念，小說的敘述者，崇禎皇帝與妓女丹桂的私生女，一個遊走於紫禁城與木犀地之間，甚至患有「夜遊症」的神秘女人，歷經 45 年風水流轉後，於大清帝國康熙二十八年的春天，以歷史見證者和《燕山龍隱圖》口頭撰寫人的身份，在回憶、想像與幻覺之域，重塑了這一歷史的瞬間：深不可測的宮闈秘事，雲詭波譎的宮廷紛爭，來去無痕的刺客俠影，陰森恐怖的貓虎之鬥，暗爭明掩的床笫之事，驚懼鬼魅的復仇陰魂，難以名狀的欲望衝動，以及四面楚歌大廈將傾的靈魂悸顫，乃至末代皇帝的俊逸風流，寂寞宮女無師自通的變態性虐，在前後錯置、主客交流、令人眩暈的敘述之流中，幻化為血肉凝成的風景與勾魂攝魄的神話寓言故事。雖然讀者最終沒有得到那個謎底：崇禎帝也許自縊，也許歸隱，也許已然迷失於歷史的罅隙裂縫，也許至今還活在歷史意識形態某些無法窺測的角落。但是，我們卻跟隨敘述話語的牽引，在癡迷沉酣的閱讀快感與官能震顫中，似乎依靠嗅覺與聽覺、視覺與味覺觸摸到了那段歷史的「真實」。然而，這一真實圖景彷彿只能鎖閉於感覺之域，一旦置換到「認知」層面，又難盡其妙，不知所云，甚至在深思熟慮間飄然而逝。

是的，當一種歷史的「真味」湧上心頭，揮之不去的時刻，《午門的曖昧》依然阻隔了我們從整體上把握大明帝國那段謝幕瞬間歷史的可能。這首先是敘述者身份的可疑。一個在大明帝國坍塌的大火中燒得面目猙獰、雙目失明、肢體殘缺、知覺不全，經年累月隱匿於洋養父星象圖般重門深宅中，憑藉回憶前朝舊事打發餘生的老處女，她的話有多少可信？即便在作為「正常人」的 16 年中，她有近 15 年懵懂無知，或初通世事的玩劣時光，都是在木犀地度過。後來，她出入宮廷，靠近龍體，成為皇室的「半個主人」，也僅是皇帝虛寒中一次偶然衝動的結果。就是在宮中，她也是公主不公主，太監不太監，有名無姓，身份不明，被皇后視為異端，下令追殺的人。而且，她敘述的那些宮中秘史，只有少量源自「所見」，多數源自「所聞」：不是來自口不能言的啞巴老劉公公，就是出自手不能寫的文盲小劉子，或是終日臥床不起，足不越出木犀地半步的母親之口，或是別的什麼人的轉述。而更多的還是出自

她個人無邊的猜度和玄想：母親與木犀地的淵源，父皇早年的身世，自己的
孕育與出生，馬夢園、李可安的血刃京城，魏忠賢的被擒殺……就是在李自
成攻破京城和父皇失蹤的那個神秘白天和夜晚，她也並非「在場」，她不是在
紫禁城邊緣木犀地某處面對黑暗潮濕的古井，沉醉於第一次性自慰的高潮，
就是迷失於沉沉夢鄉。這些眾多的「不在場」，造成了歷史本源性的殘破與缺
失，敘述者在此基礎上的敘述何信之有？問題還在於敘述者對某種歷史信念
的偏執：

> 我說過，我是一個瞎子。
>
> 凡我所聞，皆為真理之聲音。〔註3〕

她一直傾向於認為，借助手勢，甚至歌謠或口語流傳的歷史，要比竹簡碑銘、
雕板印刷更經得住時間的推敲。另一方面，傳說中，那110位為太祖皇帝畫像，
因「畫得太像太祖本人」的畫師畫呆子，慘死刀下命歸黃泉的歷史陰影，是
否也在無形中迫壓著敘述者呢？還有那位御前史官，面對康熙皇帝「如實寫
來」的御批，於枯槁之唇中哂出的──誰有本事如實寫來，誰有心肝如實寫
來──的聲聲唱歎，會給敘述者怎樣的憂懼呢？父皇對歷史真實「瞎子摸象」
式的戲說，又會給敘述者以怎樣的啟示呢？總之，敘述者依據想像而重現往
日了。然而，這又是怎樣的「想像」與「重現」呢？在敘述話語中，所有的
回憶、幻象、欲望與身份重重掩映，時空流轉，臆想竄藏，真實與虛構、事
實與幻想渾然一體，讓人難分彼此，所謂事物的真相、歷史的因緣似乎都成
了眾生法相的投影，一場半夢半醒的迷寐。一切如真似幻，飄浮不定。

顯然，《午門的曖昧》中的歷史，不過是敘述的產物，是歷史想像的結晶。
它在切近歷史真實的某一層面時，又在顛覆和瓦解著歷史。它以歧義叢生的
故事、漫漶瑣碎的細節、鮮活曖昧的情景，與遊戲反諷的姿態，抗拒著歷史
的權威話語。它耽溺於大明帝國崩解前的寓言神話，沉醉於歷史消解前的傳
奇徵兆，本身就意味著對宏大歷史敘述的拆解。歷史敘述者身心的「殘缺」，
不僅是歷史本源性殘缺的象徵，同時也是作者的一種敘述策略。乍一看，作
者對敘述人，那位面目可憎的老女人的設置，很容易聯想到福克納在《喧嘩
與騷動》中讓先天性白癡班吉出場扮演敘述人的良苦用心，甚至聯想到《簡
愛》裏那個幽居閣樓、神秘莫測的瘋女人，或是寓言神話傳說中某位隱藏暗
處，掌握了主人全部秘密的僕人，等等。但細細思之，又不唯此也。她明明

〔註3〕何大草：《午門的曖昧》，第230頁，四川文藝出版社2000年版。

隱含著對某些理智健全、理性發達的歷史敘述者的諷喻。同時，她面對父皇誇下海口，敢殺「一條真龍」，看似言者無心，實則是當代先鋒文學「殺父意識」，即決絕傳統的一個隱喻。而這諷喻和隱喻底下傳出的是作者的聲音：

> 人們站在已經被象徵為河流的歷史邊上，耐心地要為自己的存在找到具有說服力的根據，但是他們找到的都只是有關自己心情的一些細節，一些側影，而不是歷史的規律或者系統。「規律」和「系統」可能都是以虛構或者假設為前提建造起來的。而惟有那些可以撫摸的細節和溫柔的側影還留在我們的個人記憶中，讓我們感動和唏噓。〔註4〕

於是，歷史模糊了中心與邊緣的界線，失去了範式與因果，變成了一片偶然的海洋。面對這片「偶然的海洋」，作者不再以全知全能的上帝的面目出現，不再以經天緯地、洞徹宇宙萬物的聖人哲人的姿態出場，不再保留作者與上帝或是哲人的那份默契，那份虛假的超越，而是以智者的機智與幽默、從容與沉靜，保持並把玩歷史存在中那些無法窺破的神秘，摩挲思辨具體而細微、陌生而遙遠的歷史細部和側影。

《午門的曖昧》毋寧說就是由那些雜然紛陳、匪夷所思的偶然景觀聯綴而成的歷史風景。父皇的孕育與降生，純屬太子朱常洛對侍妾劉氏的一次極其偶然的寵幸，沒有這次「偶然」，大明帝國的歷史又將改寫。「我」的情形也和父皇一樣。一日，剛登基的朱由檢在京郊微服巡遊，偶見一婦人在桃花盛開的一處青樓內寂寞地睡著，聯想到自己孤寂的心境，於是想上床陪伴陪伴她。這一「陪」便有了我。來順兒的進宮復仇，也源於老劉公公下意識的一板斧，致使後來當「復仇」陰謀露出端倪，讓當事人和讀者都莫名驚詫，如出迷宮。一次野貓的叫聲，中斷了皇帝的口諭，一個玩笑之後，歷史變得面目全非，出征陝西的大將軍孫傳廷，至死也不明白潼關告破後，他應該如何才是。就連組建「百人忠勇營」，以挽救大明天下這樣的國家大事，竟出自一個對朝政懵然無知的小姑娘的建議。而傳說中天啟皇帝留下的「積木」，似乎成了父皇神秘失蹤的終極原因……當「必然」、「規律」、「邏輯」、「理性」被鎖閉於《午門的曖昧》之外以後，另一扇門卻赫然敞開：那些塵封於既定意識形態或者敘述機制後面的歷史存在的無限可能性，奔湧而出，繽紛絢麗，開啟著我們無限想像的空間。

〔註4〕何大草：《跋》，《午門的曖昧》，第 232 頁，四川文藝出版社 2000 年版。

二

歷史的無限可能性，導致了小說敘述結構的複雜性。《午門的曖昧》歷史化的寫作策略，反歷史的書寫方式，為作者帶來了極其廣闊的自由空間：時空錯置、主客交流、多線網織，變以往線性化的歷史敘述，為塊狀化、立體化、空間化、情景化的複數呈現。話語、歷史、存在不再為某種普適化、社會化、權威化的話語所引導，小說的意蘊隱蔽於眾多歷史片斷的匯聚之處，深藏於多重敘述架構的交叉地帶，依靠文本的開放性而任意飄流。

「對比」是《午門的曖昧》最引人側目的敘述方式。此一敘述方式的運作，在何大草的中篇小說《衣冠似雪》中已顯露端睨：嬴政的軟弱無肋、荊軻的超然淡漠、秦舞陽的冷酷暴戾、田光的高蹈孤憤、那位時隱時現的「人類母親」、與來自地中海的阿喀琉斯，以及對司馬遷「圖窮匕首見」式的結局的「篡改」，甚或是小說結尾那出人意料的「考古發現」，與歷史傳奇和小說文本的精心杜撰之間，形成了閃爍眩目、重疊掩映的對比。文本在此對比中顛覆與重構，顯示出特有的張力。到了《如夢令》，對比的操作更為嫻熟自如。南宋女詞人在慵倦和孤獨中，生命欲望的壓抑、奔竄和流失，與當代知青男女性事的張揚、酣暢和歡悅，村婦野男的苟合、偷情，形成尖銳的映照。而在《午門的曖昧》中，對比的運用就更是得心應手，遊刃有餘了。小說中主要設置了兩處互為對比映照的地理空間，一處是紅牆碧瓦、古木蒼然、深不可測的紫禁城，一處是桂木簇擁、青樓如雲、醉生夢死的木犀地。前者位於京城的核心、帝國的心臟，後者居於京城的邊緣、人性的末端。前者是極權的頂峰，後者是欲望的地獄。這兩處所在──紫禁城／木犀地，又牽出小說兩條主要的敘述事線索──皇權／性愛。小說的主題意義就在這兩條線索的鉸合與錯開、斷裂與延展、對比與映照中不斷衍生繁殖。小說的中間又穿插了暴力的故事。此一故事依然在冥王／素王的對比中展開：冥王──快刀李可安耽溺於無原則的殺人屠戮中尋求某種人間平衡的快意，素王──名捕馬夢園則依據信而有徵的「理由」揮刀斷頭維持鐵桶般統一的秩序。他們之間的對抗，不是江湖間的快意恩仇，而是原則間的相互衝突與印證。而這條暴力線索本身又與皇權／性愛的線索構成某種更深層次的對比，李可安和馬夢園似乎就是皇權的兩個側面的投影。同時，李、馬二人彼此放下屠刀、相對無言的結局，與父皇最後虛置皇權、沉溺遊戲，任由江山傾圮，以及母親訣別木犀地，順河而去，皈依茲姑庵，都於對比中有著某種不謀而合的歸宿。

　　細節的對比在小說中也是層出不窮、斑斕多姿、意味雋永的。天啟皇帝的駕崩與木犀地主母的棄世，父皇的登基與母親的主持家政，都幾乎同時發生，這當然不是偶然的巧合，而是一種「別有用心」的設置與映襯。帝國的淪陷與「我」性意識的覺醒和自慰高潮降臨於同一時刻，也不是可有可無的閒筆。紫禁城裏，歷代帝王夢傳心授、秘而不宣的那些蛛網般的密徑，與「我」肉體中那些既無粗細又無大小、只能被感知不能被證實的經絡穴位之間的聯繫與對比，又寄寓了些什麼？彷彿是作家／敘述者對歷史所下的某種終極性的結語？十字架、銀針和蕎癰的手指，這三件物品，伴隨「我」幾十年生命的演進，接受「我」的撫摸，汲取「我」的體溫，難道它們僅是歷史的證據，僅具有考古學意義上的功能嗎？作為另一種文字，它決不會是一種空洞的「能指」。十字架難道會是高鼻深目的洋人，用以拯救大明帝國及其苦難子民的「諾亞方舟」，抑或是精神自救的象徵？銀針曾經拯救過「我」的生命，喚醒過「我」的欲望。而那蕎癰的手指呢，它一度為「我」母親寂寞的歲月帶去過生命的歡悅和青春的氣象，然而，它又強烈地刺傷過「我」的自尊。它們似乎都是某種「拯救」的工具，但是，當呈現於同一時空的時候，它們到底意味著什麼呢？其實，這些對比還只發生於文本內部不同或相同的歷史時空，而小說文本本身與某種「歷史文本」的對比，則更加觸目驚心。不必再去細說歷史敘述者的設置和文本的精心構製，與「不在」而又無處「不在」的歷史大說及其言說者之間，所形成的深刻的對比與反諷，單是小說的敘述話語，就在有意或無意的對比映襯中挪揄和嘲諷著所謂的「歷史文本」，拆解或改變著我們習慣的那種發現與傾聽歷史的方式。這種挪揄與嘲諷往往產生於敘述話語與故事之間出現某種程度脫節的裂縫。所謂「在我們今天已知的明代宮闈記事裏，查閱不到崇禎皇帝像宋微宗一樣的風流軼聞」了；所謂父皇被歷史學家弔死於煤山了；所謂「我更願意相信民間的野史軼聞」了，諸如此類。最有趣的莫過於小說在敘述萬曆年間，李可安在京城殺人如麻，哀嚎四起，悲聲遍地之後的一段文字：

　　　　在所有的信史與稗官中，都沒有記載下蒙面人殺人的文字。兩
　　　者都只用含糊不清的語氣平靜地寫道：「萬曆某年，京師大疫流行，
　　　死者無算。」在朝者與在野者在這兒達成了秘密的共識。〔註5〕
在此，歷史「重現」了福柯所指責的「它們被人為掩飾的冷酷」：成了木犀地

　　〔註5〕何大草：《午門的曖昧》，第186頁，四川文藝出版社2000年版。

人盡可夫的美人，成了勝利者傾注玉液瓊漿的酒杯，成了記錄於白紙黑字間公諸天下的「陽謀」與「陰謀」。其實，主流的歷史不過是選擇性記憶過去的歷史罷了。

「對比」的運用，在《午門的曖昧》中是與對歷史細部的關注和細節的把玩相輔相成的，就像對「重複」、「空缺」與「雙重本文」的運用一樣，它們共同構成了小說敘事的內在機制，成就了迷宮般令人無限嚮往低徊的結構，營造了頹靡感傷、陰森瑰麗的亂世奇譚。「重複」，作為小說敘述結構的技術性裝置環節，主要為故事的斷裂、延續、穿插、回溯、籠合起到呼應、銜接、迴旋的作用，與「對比」聯袂營構小說的多重敘述。而方式多為具體情景或場景、文字意象或幻象的重複。它既如電影圖像蒙太奇般的騰挪閃爍，又似現代意識流的奔竄跳躍，還有話本小說花開兩朵各表一枝的風韻神味。譬如，父皇佇立母親床前情景的兩次復現；父皇浸泡浴盆中對自己肉體的自戀和水中倒影的傾慕這一場景的前後閃現；「我」對父皇「是一個嚴肅而健康的男人」的多次道德評說，等等。至於前蜀亡國之君王衍的兩句《醉妝詞》，反覆三次的顛倒與還原，使感覺纖敏的讀者，無法不想起縈回於《紅樓夢》中空空道人的讖語。意象的重疊複映更讓人眼花繚亂。紫禁城蛛網般的小徑、木犀地馨香馥郁的桂花、「我」長裙底下偶露崢嶸的紅色繡鞋、母親窗前高低錯落的陶罐、空寂孤獨的龍椅、變幻無窮的積木、連綿不絕的陰雨，還有煤山、天堆、十字架、銀針，如此等等。

「空缺」則是從「重複」的相反方向出現，不時阻斷我們習慣的閱讀線路，使小說彷彿博爾赫斯筆下岔路叢生的「花園」、混亂不堪的「圖書館」，尋找出口就像尋找入口一般困難，而又充滿難以拒斥的誘惑。故事似乎缺乏「根本性」的起源，大明帝國似如「無根」的紙上王朝。故事在突兀中開始又在突兀中結束。是誰在追問崇禎皇帝失蹤的歷史真相？是誰又將崇禎皇帝隱藏？謎底究竟遺失在何方？走進小說與走出小說一樣的迷茫。故事敘述到緊要處正如歷史演進到癥結處，彷彿「真相」就要閃現，誰知敘述卻露出一個豁口，留下一段「空白」。父皇因何突然隱匿？是對皇權的厭倦？是苦中尋樂？是絕望中的自救？是樂天知命般的暫且逃逸，還是果真被暗中復仇的來順兒綁架？朝中無主那段時光，他真是沉溺於拆解與重構紫禁城的積木遊戲，那「積木」這個天啟皇帝發明並被塵封的神秘之物，他們是怎樣獲得的？父皇又是怎樣頓悟那個幾乎「無解」的答案而成為贏家的？還有，老主母是靠

何種魔法帶領三個途中收養的孤女，於歷史的瞬間締造起木犀地王國的？那群反客為主幽靈般遊竄於皇宮後殿的野貓，是在那裡獲知歷史的訊息，在倏然間簇擁自己的「頭領」消失於虛無的？素王／冥王放下屠刀後，那位大開殺戒的刺客是誰？他（她）又將重演怎樣的故事？小說的敘述留下了眾多的「空白」。這不是「無」，而是「無限」；這不是「不在」，而是「在」。「空白」的能指蘊藏的是無限的所指，為讀者留下了無限想像與闡釋的空間。開拓這種空間的還有小說的「雙重本文」。小說的文本，既是長篇小說《午門的曖昧》的文本，又是「我」以口述形式參與撰寫的《燕山龍隱錄》的部分文本。這兩個文本既融為一體，又相距遙遠的時空。它們是作為作者的小說敘述者與作為小說中的歷史敘述者，與歷史的多次超距對話的結果。在這「雙重本文」之間，正如在「重複」與「空缺」之間，又構成了更深一層的「對比」，不僅隱藏著作者深刻的敘述動機，而且為我們敞開了更為巨大的闡釋空間。

三

　　歷史細部的精緻清晰與整體的撲朔迷離，對比、重複、空缺和雙重本文的敘述結構，以及下面即將提到的「神話／寓言」模式、詩意視景與詩化語言的運用，都一一印證了《午門曖昧》的作者——何大草，是一個「形式」的骸骨迷戀者。這種迷戀所顯示的，恰恰是皮埃爾・布迪厄早就告訴我們的一個重要的美學命題：無條件地將注意力由對象轉向形式的「純粹的」審美傾向。它意味著一種把感知對象作為形式而非功能來思考的能力。此一能力只有那些不是誘惑語言（泛指一切藝術媒介）走向思想，而是被語言的誘惑產生表達的真正的藝術家才擁有。形式先於功能、方式優於內容的審美習慣，使何大草遊戲於權威話語既定的審美規則，返回到源遠流長的藝術傳統自身。當別人沉浸於對「現實」的模擬映照時，他卻在對「藝術自身」的模仿與創造中獲得愉悅，並衍生出反叛傳統的根源。在這時，他成為其藝術產品不折不扣的主人。而因為「形式」的誘惑，對意義模糊的「開放性」產品的追求，又使他進入了獲取「藝術自主性」的最後階段。「先鋒」其實意味著自由。

　　有趣的是：對作品意義模糊即「曖昧」的追求，反而使作品具有了更大的張力。正如《午門的曖昧》，那些由「純粹」形式營造的結構的迷宮，其實也是意義的迷宮。意義的不確定性帶來的是闡釋的無限多樣性。在這些無限多樣性中，本文只能選擇一種可能性，開始我們對其「意蘊」的尋繹。首先

回到紫禁城／木犀地——皇權／性愛這兩條相互鉸合又分離的敘述線索。

　　紫禁城是帝國權力角逐的最高也是最後的舞臺。它縱橫交錯的小徑、複數的宮牆、雲遮霧繞的宮殿，所織就的是一張權力的蛛網。父皇位於這張權力之網的中心，是極權的頂級象徵。他不乏「權術」，略施小計就將羽翼豐滿、權傾朝野的魏忠賢玩弄於股掌之上。他那些隱而不露、引而不發，看似溫婉多情，實則殺機四伏的話語，摧毀了魏忠賢最後的精神支柱與心理支撐，在那場權力與「心靈」的較量中，佔了絕對上風，顯示他作為歷代帝王之後精於權術的一面。問題是他對權力表現出空前的「曖昧」，彷彿遊走於「昏君」與「明君」之間。「皇帝」對於他，似乎是命運安排的一個美麗的錯誤，是一場無法掙脫的宿命，是人生一次別無選擇的選擇。他原初的理想是攜帶家人到封地上過一輩子「逍遙自在的親王生活，白天釣魚打獵，和駿馬小舟同行，晚上於月白風清之下，與嬌妻為伴」〔註6〕，那是多麼優游快活的凡俗人生啊！然而龍椅皇冠擊碎了他的夢想，將他推向封建帝國的權力之巔。一種「高處不勝寒」的孤寂與無助，使他對自己身邊的一切開始厭倦。尤其是後來，當李自成的百萬之師逼近京城，滿清又於後虎視眈眈，國內災禍連綿，大明帝國危如累卵，前方的奏章如雪片般飛來之際，他甚至猝然隱遁，耽溺遊戲，空出龍椅，讓位於野貓乳虎。純粹將皇權「懸置」。

　　與皇權一起「懸置」的還有「性愛」。如果父皇統治的紫禁城象徵著權欲之巔，那麼母親統治的木犀地就是性慾之顛了。在木犀地的笙歌弦樂與顛鸞倒鳳中，人間的一切性愛遊戲都可以得到演繹。然而，在這裡不僅「愛」被「架空」，就連「性」也被「架空」了。它整個地成了「性愛」的地獄。父皇登基之初的那次「尋花問柳」，與其說是「性愛」的歡悅，不如說是男人對女人的一次征服，是父皇「戀母情結」的一次補償，和心靈孤獨的一次解脫。他於微服巡遊中發現婦人的孤單和寂寞正與自己同病相憐，於是產生了上床陪陪的衝動。這位從未見過母親卻與母親常常相見於夢中的少年，這位從未沐浴過母愛卻一直懷疑生母還隱秘地活著的皇帝，他葡匐於婦人身上，猶如一隻懼怕迷路的幼獸，在竭力「表現」來自權威的強制和征服時，無法掩飾那種尋找溫暖的巢穴和遊子回家的感覺。婦人於他，就如黑暗的地母，接納他的歸來他的孤獨和他的渴望。而婦人呢，懾服於少年的驕傲與威儀，選擇了順從和對少年母親般「熨帖的撫慰」，所表現出的是舐犢之情的扭曲與延伸。

〔註6〕何大草：《午門的曖昧》，第56頁，四川文藝出版社2000年版。

因此，無論是父皇還是母親，在那次「風流」事件中，都沒有獲得真正意義的「性愛」。從此他們咫尺天涯，從未見面。而「性愛」對於「我」就更是像權術、房術對於「我」一樣的陌生，只能借助無師自通的自瀆、自慰，來「解決」源自肉體深處的衝動。至於木犀地的其他男女之事，更是黃金白銀的一種流通方式而已。

顯而易見，在《午門的曖昧》中，皇權／性愛早已「架空」或抽空需要被指涉的實體，產生了布迪厄所謂的「意符」與「意指」的斷裂。這一斷裂，不僅使皇權／性愛作為符號，與指涉物脫節，似懸浮飄蕩，卻又搖曳多姿，自行衍生繁殖無限新意，同時，又是我們迷思的開始。

迷思就是一種誘惑。按照布迪厄的說法，當實體（這裡指皇權／性愛）死亡，卻把自己重又構成一種幻象，誘惑就開始了。而在《午門的曖昧》中，這種誘惑似乎來自於彌漫全篇的那種讓人難以釋懷的孤獨感、絕望感和虛無感。在這時，我無法形容卡西爾的那句話是如何經久不息地扣擊著我的心扉：藝術和歷史學是我們探索人類本性的最有力的工具。何大草委實深悟此道，他在詩與歷史的結合中直探人性的本源。而這種對人性的「探測」，是與他的睿智、不懈的追思與心鏡的澄明相關聯的。何大草是那種遠離塵囂，隱居都市，淡泊功利，躲進象牙塔，潛心構製藝術宮殿的人。他從一座大都市媒體爆炸的中心，「挪」到都市邊緣的一所高校，從目光辣辣的前臺退隱到寧靜如水的心靈，在與世無爭中開始他的思索與寫作。就我的視野所及，他對人生思考的深刻與對藝術的「虔誠」，在當代中國文壇是並不多見的。他或許就是唯美主義批評家沃爾特‧佩特所讚賞的那種「不計功利的文學獻身者」。

浸透《午門的曖昧》的那些深入人性底裏的孤獨、絕望和虛無的情素，無疑是何大草形上之思的詩化演繹。父皇的孤獨是無邊無際的。他是「極權」的象徵。而「極權」恰如參透「百年孤獨」的馬爾克斯所言，它是人創造的最高級、最複雜的成果，因此，它同時兼有人的一切顯赫權勢以及「人的一切苦難不幸」。不知父皇在重門深鎖的親王府的 17 年中，在聽風吹竹動、雁鳴黃昏之際，是否已經品嘗過孤獨的滋味，但自從登基伊始，孤獨就與他形影不離並一往無前。茫茫深宮後院、神州宦海，唯有皇后、田袁二妃與太監老劉公公可以信任。滿朝文武，各懷鬼胎。宦官圖謀篡逆，暗箭密布。「危險無時無處不在」，可共憂患之人則廖廖無幾。在這座恰似「天上宮闕」的人間紫禁城中，父皇真正成了「孤家寡人」，儼然一位面對青燈螢火、念經吃素的

「苦行僧」。當邊疆動盪，社稷垂危之時，文武百官又為「抗戰」還是「議和」爭吵不休，不是說出迂而不當的大話，就是開出不死不活的藥方，或是向父皇討個犯顏直諫、骨鯁忠臣的清名。就連參與組建「淨軍」和「百人忠勇營」的宦官們，也對父皇敷衍塞責，氣得他急火攻心。偌大的皇宮除了孤獨還有什麼？而孤獨與「絕望」僅一線之隔。絕望是海德格爾之所謂「精神的閹割、瓦解、荒廢、奴役與誤解」，是人之精神的淪落和毀滅，是對自身生存價值的否定，是一種最為極端的精神境遇，一個黑暗的牢籠和陷阱。父皇最後深陷於這一牢籠和陷阱之中無力自拔。皇權、生命、存在乃至世界似乎對他已失去「意義」，全然沉溺於拆解與拼湊紫禁城的遊戲之中。一切於他只剩下遊戲——絕望的遊戲。絕望需要「救贖」，一種「絕望的救贖」。父皇曾說過，他最佩服、最想成為的人，不是秦皇漢武、唐宗宋祖，而是風流絕倫、享盡人間好處的唐明皇。於是，他絕望的救贖遊戲開始於扮演貴妃醉酒般的聲色歌舞，而終於對唐明皇與楊貴妃同浴華清池的模仿。但當他一夢醒來才發現，他身子底下躺著的是一具僵屍。救贖徹底失敗了，世界的意義在他視野中終於消失殆盡，「虛無」便由此而生了。當李自成的鐵蹄踏破京城，一蒙面人從天而降，懇求父皇移駕南京，統帥餘部，為保衛大明江山作長期抵抗。父皇拒絕了他的請求。大明帝國終於土崩瓦解了，父皇的末日到了，這時，敘述人說道：

> 父皇的神情完全變了，就像一個離群索居、苦苦修行的隱士，把事情的原原本本忽然都想清楚了。他的雙眼是平靜和明確的，沒有了我熟悉的那種迷惑和憂傷。[註7]

他猶如一位迎接貴客的主人，在從容恬靜中，守候李自成手中的利刃，就像《衣冠似雪》裏的荊軻，張開雙臂迎接秦王刺向胸膛的長劍。他最終是否化作了「空空道人」，飄然而去？

同樣，母親也是孤獨的。她本來就是老主母途中收養的三個「孤女」之一。後來金桂引頸自決，銀桂遠字他方，庚即老主母又駕鶴西去，青樓如雲的木犀地只留下她孤單的聲影。她淒苦無助地支撐著那片天地就像父皇支撐著大明帝國一樣。父皇的偶然「寵幸」，給她帶來了少許的溫馨。而父皇的一去不歸，卻給她綿綿無期的思念，一個無法逃避的夢魘。從此，她臥床不起，任由青春遲暮、生命凋萎。就連對母親沒有「愛」，只有憐惜與心疼的「我」，

[註7] 何大草：《午門的曖昧》，第 2 頁，四川文藝出版社 2000 年版。

後來也被詔進宮中。於是，母親開始了對木犀地唯一的男人、奴才來順兒的依戀。如果說，母親從來順兒那裡還可以得到一點變態的情感撫慰，還存有一絲生命之光的話，那麼，當來順兒為了復仇引刀自宮，也投奔紫禁城的時候，絕望也就來臨了。最後她削髮為尼、遁入空門。

而「我」幾乎就在冥界邊緣打轉。「我」猶如福柯定義下的考古者，幽靈般地遊走於紫禁城與木犀地之間，就像遊走於歷史的罅隙裂縫，遊走於陰陽兩界與生死邊緣。「我」在木犀地的專橫霸道，與「我」在紫禁城的被關押、被追殺一樣孤寂悲涼。尤其是「我」入宮初夜，夢遊中那快意張狂的叫喊，無疑是那顆壓抑孤獨的心靈呼天搶地的絕叫。帝國覆滅，「我」沉入黑暗的深淵，靠「戀父情結」的支撐，拼湊記憶、述說歷史。「我」同樣玩著「絕望的遊戲」，無名的衝動、無意義的生存，使「我」從自慰走向自虐與自戕。「我」用那位帶著青草氣息的郎中留下的銀針——挽救過「我」生命的銀針，錐刺麻木的身心以證實自我的存在。父皇遊戲天下，而「我」卻遊戲自身，都是孤獨、絕望、虛無的鬼魅。

抵達「暴力」之巔的馬夢園與李可安，就如到達「極權／性愛」之巔的父皇、母親一樣的孤獨和絕望。他們是在意識到殺戮的無聊和一切歸於虛無後，回到了正常的人生軌道。還有那「締造」了人間帝國的野貓，不也在絕望與厭倦中遁入虛空。更有趣的是來順兒，他在對復仇的自我顛覆中走上了「回家」的路。此外，那些鬱鬱寡歡的妃嬪媵嬙，更如孤魂野鬼，游蕩宮前殿後，使整座紫禁城鬼影幢幢，陰森恐怖。孤獨、絕望和虛無吞噬了一個又一個鮮活的生命，吞噬了大明帝國的江山，只剩下歷史的斷壁殘垣，人性的破敗蒼涼。

西哲說，絕望與作家對存在的深淵體驗有關。我不知道何大草對存在有何「深淵體驗」，但是，越過《午門的曖昧》中孤獨、絕望與虛無的屏障，我們總是徹悟到了些什麼？是一切權力、情慾、暴力、陰謀、貪婪都空不足恃、總歸徒然，還是宿命的悲愴、生命的玄機、命運與歷史無可奈何的變數與循環？可能是，也可能不是。然而，當我們的思緒遊走其間的時候，無疑，何大草通過歷史的想像，已為我們打通了人性與存在、歷史與當代、形而下與形而上等諸多層面。這使我們走出小說以後，難以抑制「重新追問存在的意義」的衝動。

四

與孤獨、絕望和虛無相應的，是《午門的曖昧》中那種反諷、荒誕、神秘和慵倦的敘述風格和美學情調。

反諷與荒誕是一物之兩面。源自古希臘戲劇的「反諷」，在文學中表現為意義的互相衝突與無限增殖，是不相協調的種種人事、情境、物象的紛然共存，是葷腥不忌、百味雜陳的寫作姿態及形式，是艾略特所說的「迥然不同的經驗」的融合。而文學中的「荒誕」，從音樂裏的不協和音調，演化為了：人類脫離他們的原始信仰，失去了存在的根據，孤獨地、毫無意義地生活於一個陌生的世界。反諷、荒誕都來自於人與人之間的隔膜、人與自我的分離、人與外部世界的陌生。亦即加繆《西緒弗斯神話》所反覆演繹的那種感覺：「在一個突然被剝奪了幻覺與光明的宇宙中，人就感覺到自己是個局外人。這種放逐無可救藥」。〔註8〕從前面的分析我們已經看到，父皇、母親、「我」、李可安、馬夢園等，不都遭遇著這種「放逐」嗎？他們在不斷被世界放逐的同時，不也在不斷地放逐著他們的那些「意義之物」——權力、性愛、暴力、欲望、生命嗎？反諷與荒誕由於這種內在而深刻的根據，貫穿於《午門的曖昧》的全部，從敘述動機，到敘述策略，再到敘述結構，乃至具體的敘述話語。想想面對空空蕩蕩的龍椅，滿朝文武照常行禮如儀，啟奏爭吵抗辯甚或犯顏直諫時，你心中的感覺；再想想皇帝失蹤後，反而以前所未有的密度宣示天下的那些消息：皇帝正在祈禱春雨、檢閱勁旅、制定新規、審閱方案等，你心中的滋味；尤其是當皇后率三千妃嬪媵嬙，沐浴淨身，於坤寧宮焚香祈禱那隻碩大陰鬱的野貓，護祐大明帝國的皇帝與社稷江山之後，和田袁二妃鑽進半透明的紗帳之中，忍辱含羞地脫盡素衣白袍，「將後臀像山嶽般的聳起來，深深地跪伏下去，把自己象徵性地獻祭了」那隻雄性的貓王。這一荒誕絕倫的情境，也許將終生與你的記憶相隨。已為刀下魚肉的父皇，最後卻吟出了「人閒桂花落」的詩句，這又是怎樣荒謬的情景？而這些比比皆是的「反諷」與「荒誕」，又為文本塗上一層「神秘」的色彩。當然，《午門的曖昧》中的「神秘」遠不止此。它導源於作家對於終極世界智者般的迷惘，和對必然性的放逐與歷史偶然景觀的把玩，以及小說迷宮般的結構。還有對讀者不能普遍「經驗」的紫禁城與宮闈秘事等邊緣性景觀的敘述。

〔註8〕阿爾貝·加繆：《西緒福斯神話》，郭宏安譯，第 9 頁，新星出版社 2012 年版。

最具誘惑力的是「神話／寓言」模式的運用。從某種意義上講，《午門的曖昧》整個就是一篇歷史神話。但這裡我們指的是小說中那些具體的情節，譬如「貓的故事」。貓本是寂寞嬪妃們豢養的溫順寵物，當它們掙脫主人的繩索，「淪為」野貓後，不僅帶著主人的嫉恨與陰鬱，而且是更加狡黠與兇悍。它們在與宦官的鏖戰中，歷練出迅如閃電、狠似豺狼的求生本領。一時間紫禁城成了野貓的世界：一道道黑色的貓影從空中掠過。父皇神秘失蹤後，一隻吞噬了暹羅國進貢的乳虎，又吸盡了一個太監的血液的貓王，竟然締造起野貓的帝國，儼然統治著大明的江山。它以比父皇更像皇帝式的威儀與莊嚴，像審視自己的卑微臣子一樣審視著文武百官，並接受妃嬪媵嬙的馨香膜拜。但當它登上權力之巔後，也如父皇似的孤獨與厭倦，竟至帶領貓群消失於「未知的地方」。這全然是一則神話，它神秘的寓意進一步拓展了小說闡釋的空間。

伴隨「反諷」、「荒誕」、「神秘」而來的是鋪天蓋地的「慵倦」情調。這是末世情懷的美學呈現。「厭倦」、「慵倦」、「倦怠」、「疲乏」、「疲憊」、「疲軟」、「慵懶」、「倦容滿面」、「倦意十足」等詞語，在小說中頻頻出現，擁塞話語空間，如灑落字裏行間的萬千「酵母」，蒸發出何大草獨具個性的美學情調——一種華麗的慵倦之美。此一情調又被小說濃鬱的抒情風格渲染得盪氣迴腸、流光溢彩。它牽引著我們越關度隘，穿過歷史的道道門檻，最後迷失於那個曖昧眩暈的「終極」所在。尤其是何大草出色的語言天賦，與將漢語語言豐富的表現潛能發揮到極致的追求和才華，以及詩意視景的運用，使小說的文本純淨新奇，語言流轉自如、意象紛呈、奇詭絢麗、詩意盎然，同時又越過了先鋒小說極度過剩和膨脹的語言陷阱，給我們帶來了難盡其妙的閱讀美感。

《午門的曖昧》雖為何大草所「生」，卻明顯受孕於當今優秀的世界文學藝術傳統。小說中隱約地留下了眾多文學大師的印痕：博爾赫斯的結構、福克納的敘事、馬爾克斯的荒謬、卡夫卡的絕望、海明威的勁道，甚至金庸的俠氣。這無疑為他獨具創造性的小說帶來了某種先鋒性與前衛性。這是他的光榮，又可能是他的「悲哀」。海明威說，寫作是一種孤寂的生涯，而我要說，尤其是寫作那些更屬於未來的作品。我深信：何大草是有可能寫出民族史詩的那種人，只要他永遠不放棄用寫作來證實自己的存在。

雌雄同體的性政治幻象：衛慧的《上海寶貝》

　　《上海寶貝》算不上一部怎樣成功的文學作品。有評論家甚至說誰評論它誰就是傻瓜，這無疑出於難已遏止的道德義憤，本身並不是文學批評，道德優先，是其首要的價值取向。可是，對於《上海寶貝》有一個現象我們不應該忽視：它在世紀末推出，在本已沈寂的文化市場陡然間引起巨大震動，以至於官方不得不採取強制手段予以禁止。禁止之後，仍有禁之不絕的盜版出現在書亭、地攤，幾年以後，才漸漸消失了它的蹤影。這是一個不小的文化事件。圍繞這一事件，民間／官方、文學／大眾、欲望／道德、私人寫作／公共空間、性／政治、譫言妄語／共同想像，等等之間形成了有趣的張力，構成上世紀末饒有興味的文化景觀。解讀此一文化事件，就不是一個傻瓜行為，其意義甚至出人意外的重要。本文只選擇一個切口進入：性／政治。

情與欲的狂歡

　　《上海寶貝》對現存社會關係活躍著一股顛覆力量，顛覆的起因，來源於性的書寫。性，是一個最微不足道，又十分尖銳的字眼，是一把柔軟而鋒利的刀。它從最細微處切開社會、政治的肌理，從毛細血管出發揉碎心臟，以一縷陽光之矢射落太陽。它在最私人的地方，刺痛大眾，甚至整個意識形態。特里·伊格爾頓說：「性的欲望是對社會制度的潛在顛覆，性慾的萌動、

形成以及產生都是一種異質的社會構成」〔註1〕。我從總體上同意伊格爾頓的說法，我要繼續說的是，關鍵是怎樣書寫性，並不是所有寫到性的作品都對社會具有顛覆力量。只有越出了主流意識形態的範圍，性才像長了毒牙的陰道一樣猙獰可怖，撕裂著制度文化的肌體。《上海寶貝》對性的書寫就播撒出這種魔力。

小說的主人公，是聚集著海派文化精英的復旦大學的畢業生。寫作是其主要的存在方式，而刺激又是其寫作之所以可能、之所以存在的動因。刺激，似乎就成了這位自詡年輕美貌的女主人公走向性的「邏輯起點」，這至少是小說要告訴我們的「合法性」依據。小說開頭就寫道：

> 我叫倪可……每天早晨睜開眼睛，我就想能做點什麼惹人注目
> 的了不起的事，想像自己有朝一日如絢爛的煙花劈裏啪啦升起在城
> 市上空，幾乎成了我的生活理想，一種值得活下去的理由。〔註2〕

隨著小說敘事的展開，她「生活的理想」、「活下去的理由」，最終送她「升起在城市上空」的那些「惹人注目的了不起的事」，都落腳在「性事」上了。只有性事才能刺激她寫作：「我一直認為寫作與身體有著隱秘的關係」〔註3〕，而身體又必須與性發生隱秘關係，寫作才能進行，於是

> 我的右手還握著筆，左手悄悄地伸到了下面，那兒已經濕
> 了……別的人用家破人亡，顛沛流離，來激勵自己寫出一部部傳世
> 經典之作，而我呢，則是塗著上好的「鴉片」香水，七天七夜幽閉
> 在 Marily Manson 毀滅性歌聲裏自娛著衝向我的勝利。〔註4〕

將自己幽閉起來，在自娛中寫作，這衛慧的發明，據說好多女權主義的作家都這樣幹。而且，這是關在屋子裏的事，屬於私人空間，也於大眾無妨。只有當這樣的刺激已經擔當不起主人公日益飛翔的欲望，只有主人公走出那間房，用「皮膚體驗男人」，然後再「用身體寫作」的時候，才與我的題目發生關聯。

《上海寶貝》用身體體驗男人的方式才是不同凡響的：一種雌雄同體的性狂歡。雌雄同體，是一個生物學名詞，指的是具有雌雄兩性特徵的雙性人。

〔註1〕特里·伊格爾頓：《歷史中的政治、哲學、愛欲》，第145頁，中國社會科學出版社1999年版。
〔註2〕衛慧：《上海寶貝》，第1頁，春風文藝出版社1999年版。
〔註3〕衛慧：《上海寶貝》，第166頁，春風文藝出版社1999年版。
〔註4〕衛慧：《上海寶貝》，第168頁，春風文藝出版社1999年版。

這裡是挪用，更是象徵。小說實際上講述的是一個女人和兩個男人的俗套故事。但這個俗套故事在新的語境下卻滋生出新的意義。其中一個男人，名叫天天，是一個被作者「閹割」了的男人，他能給「我」令人心碎的「愛」，卻不能給「我」「性」的滿足；另一個男人，是一個高個子的西洋男人，同時也是一個「性慾超人」，有強壯的體魄和「大得嚇人」的陽具，他能給「我」要死要活的「性」，卻看不出「我」在他那裡獲得了什麼「愛」。「我」主要的情與欲就在這一陰一陽兩個男人之間演繹。其他的次要人物也套用了這樣的模式。馬當娜與美國三級片影星麥當娜諧音，就暗示著她是一個蕩婦。這個蕩婦曾對「小廢物」天天感興趣，卻與比她年輕 8 歲的阿 Dick 性生活。我的表姐朱砂的情形也大致相似。古語說，無巧不成書。寫小說有諸多的巧合是不足為奇的。可是，衛慧在這裡顯然是有意為之，甚至別有用心。最突出的例子是，還專門設置了一個雙性戀的男人——飛蘋果與主人公形成照映。他是一個「五官有波西利亞人般的挺拔和攝魄」的男人，又是一個在眉、鬢角和腮上塗脂抹粉的男人，「看上去威武又柔美」，是一種「陰陽顛倒，正負相和」的形象。「他追逐男人也追逐女人」，他「不知道自己愛女人多一點還是愛男人多一點」，他讓男女朋友都吃醋。甚而至於，衛慧還將她筆下的酒吧也命名為「陰陽巴」。

與陽性的西洋男人做愛，與陰性的中國男人戀愛，二者不可偏廢，彷彿陰／陽同體的雙性人，這就是《上海寶貝》的性書寫。而且，這種性書寫是嘉年華式的。天天用小海豚般善良的天性吸住「我」狂野的心，我們每天清晨醒來，對視片刻，然後開始靜靜的親吻，「他的話像一種撫摸，能夠給我別的男人所不能給的快樂」，「他非同一般的執著與愛深入我的身體的某個部位，那是馬克所無法抵達的地方」〔註5〕。天天雖然不能給「我」完整的性的世界，卻能給「我」毫無雜質的愛情。「而我和馬克的每一次肌膚相親」，都給我微痛而飛翔、欲死欲仙的感覺。「馬克在我身上驗證黃色錄像所提供的種種成人表演姿勢」，在床上、馬桶上、在車上，在種種浪漫和匪夷所思的地方，甚至在接天天的電話的時候，他們做盡了天下的性遊戲。最後竟至發展到整天整天地做愛，「直到我的下面流出了血」。馬克還滿足了「我」渴望被強姦的受虐傾向：「我想像他穿上納粹的制服、長靴和皮大衣會是什麼樣子，那雙日耳曼人的藍眼睛裏該有怎樣的冷酷和獸性，這種想像有效地激勵著我肉體的興

_____

〔註5〕衛慧：《上海寶貝》，第 224 頁，春風文藝出版社 1999 年版。

奮。」〔註6〕馬克和天天，對於「我」猶如剪刀的兩片，須臾不能分開，沒有天天，還是沒有馬克，都同樣使我寂寞難耐，生命蒼白。

在這裡，陰性的天天和陽性的馬克，實際上是一種象徵性符號。天天是「情」，馬克是「欲」，或者前者代表「靈」，後者指向「肉」。「我」與天天、馬克的關係，是情／欲、靈／肉的關係。這樣化約的結果，使我們發現，《上海寶貝》要探尋的是一個女性的情／欲、靈／肉的關係。對此一關係的討論是一個持續了近一個世紀的老話題了。上個世紀20年代，丁玲的《莎菲女士的日記》就敘述了一個靈與肉的故事。莎菲同樣是內心充滿狂熱的女性，她也同樣周旋於一個帶有陰性特徵的中國男人和另一個風儀俊美的新加坡男人之間。前者深愛於她，卻不瞭解她，後者撩撥起她癲狂的情慾，可又在其「高貴的美型裏」，安置著「卑劣的靈魂」。莎菲追求靈／肉統一於一身的愛人而終不可得。同一時期蔣光慈的「革命加戀愛」的小說——《衝出雲圍的月亮》，也寫了女性王曼英和兩個男人的故事，不過困擾這位女性的已不是靈／肉的二元選擇了，「靈」的取向，意識形態的立場決定一切。這一模式一直延續到50年代末的《青春之歌》，林道靜毅然離開余永澤，走向盧嘉川，只不過是王曼英的選擇在新的歷史語境下的一次複製或嬗變。《上海寶貝》不同於王曼英、林道靜們只在靈的一維上進行選擇，更不同於莎菲尋求靈／肉的同一，而是將情／欲、靈／肉割裂開來，獨立出去，分別寄寓在兩個完全不相干的男人身上，讓一個女性分別去享用。而且，這種享用是極端享樂主義者的享用，具有狂歡色彩。

性與政治的寓言

詹姆遜曾指出，「第三世界的本文，甚至那些看起來好像是關於個人力比多趨力的本文，總是以民族寓言的形式來投射一種政治：關於個人命運的故事包含著第三世界的大眾文化和社會受到的衝擊」〔註7〕。詹姆遜顯然對「第三世界」有偏見：其他世界的情形何嘗不是如此？往深處看，《上海寶貝》不只是一個關於女性的雌雄同體的性狂歡的神話，同時，也是一個性與政治的寓言。這裡有敘述者的性哲學、性政治：

〔註6〕衛慧：《上海寶貝》，第61頁，春風文藝出版社1999年版。
〔註7〕詹姆遜：《處於跨國資本主義時代的第三世界文學》，張京媛編《新歷史主義與文學批評》，第235頁，北京大學出版社1993版。

> 在很多人眼裏，情慾與愛情不能混為一談，在很多思想解放的
> 女人眼裏，找一個傾心相愛的人和能給她性高潮的男人是私人生活
> 最完美的格局。她們會說：愛與欲分開並不與追求純潔人生的態度
> 牴觸。〔註8〕

敘述者以「她們」的名義發言。「她們」是誰？她們是「思想解放的女人」，
是「比50年前的女性多了自由，比30年前的女性多了美貌，比10年前的女
性多了不同類別的性高潮」的世紀末的新女性〔註9〕。她們篡改了米蘭・昆德
拉在《生命不能承受之輕中》創造的經典愛情論語：「同女人做愛和同女人睡
覺是兩種互不相干的感情，前者是情慾——感官享受，後者是愛情——相濡
以沫。」把一個男性的世界徹底顛倒過來，使之成了女性主義的新的宣言：
女性私人生活的完美格局=同一個男人做愛+同一個男人睡覺。這一宣言的產
生反映著中國社會、文化、政治的變遷。

上個世紀80年代中前期，西方強勢文化的楔入和中國現實政治的推動，
在新啟蒙運動中，曾經有過一波性解放的討論。當時的民間，按照好萊塢電
影等西方人的文化想像，為中國的男人們設想過各種各樣理想的私人生活，
其中就流傳過一個男人擁有一個感情的女人和一個欲望的女人的生活模式。
不過，那時的中國男人還在為吃飽飯而奮鬥。到了90年代中後期，一個新的
階層——城市新貴產生，這一生活方式才在上流社會的男性世界，尤其是官
僚、貴族中普遍流行。養情人、包二奶，在一批先富起來的人那裡已經是見
慣不驚的事實，而在一個大的貪官後面都有一串女人的風月故事。雌雄同體
的性政治，在男性世界似乎得到了「解決」。《上海寶貝》又從女性的角度，
塑造了拉康式的「象徵秩序」，想像地為女性「解決」了這一問題，將文學的
生產與性的生產、權力的生產微妙地疊合起來，以陰性身份爭奪陽性話語霸
權，從而重新整合了新的社會象徵秩序，重新虛擬了一個新的性政治結構。

從歷史與現實的社會關係中抽象出故事，儀式化地演繹一個女性性政治
的寓言，顯然是《上海寶貝》的意識形態目標。這一目標與實存的男性性政
治關係形成某種一致性的呼應，又催生和加劇著一個共同的文化想像。而此
一想像，背離了現存的戀愛、婚姻、家庭、性教育等等社會規範和價值觀念，
衝擊著主流文化和大眾文化，構成當下社會潛在的顛覆力量。

〔註8〕衛慧：《上海寶貝》，第86頁，春風文藝出版社1999年版。
〔註9〕衛慧：《上海寶貝》，第86頁，春風文藝出版社1999年版。

不唯此也。《上海寶貝》雖然力求抽空現實社會關係，但有些關係還是被有意無意地保留下來了。關於天天，我們知道的不多，他幾乎與世隔絕，他不需要工作，靠「跨國資本」生活。他在西班牙開餐館的母親，會按時寄來匯款。而這些錢又似乎是他的母親謀殺了中國父親，與西班牙人結合以後賺來的。天天陰性的性徵，使他沒有俄底浦斯情結，而恰恰是父親的死亡使他一度失語。但極度仇視母親的天天，卻不得不，或者說以一種報復的心態享用著母親的錢。這好像是第三世界國家，對經濟全球化懷有恐懼和抵制，但又主動或被動地投向它的懷抱。天天的命名，象徵著中國人的日常生活，天天作為我的「精神」戀人，又象徵著中國人的日常精神狀態：陰性、萎靡、頹喪——一種弱勢文化的徵兆。而馬克是西方強勢經濟、文化的人化書寫，他以德國貨幣命名，他是跨國公司的董事長，他是「我」的「物質」戀人。「我」對馬克的「陽物崇拜」底下，是對西方文明的崇拜，是殖民文化心態的寫照。馬克超人的強壯與陽剛，更襯托出天天的虛弱與虧損，這難道不是西方中心化擠壓下的第三世界文化的生存處境的某種徵象。在這點上，詹姆遜還是有預見性的。

「我」以天天為「精神」寄託，以馬克為肉體或曰「物質」歸宿，實際上是主流意識形態對待中西文化的態度：中學為體，西學為用。引進物質的，拒斥精神的。打開國門是引進先進的科學技術、管理經驗、經濟模式，掩住窗戶，不讓「精神」的蒼蠅飛進來。就像「我」雖然離不開天天的溫情，而最終還是更多地動情於、沉醉於馬克營造的性狂歡一樣，而事實上，國人對西方的精神生活抱有更濃的興趣。

從雌雄同體的性政治談到雌雄同體的國家政治，不是偶然的。雌雄同體的性政治，實質上是一種陰陽「並存」的政治策略，是一種沒有或不需要明確的價值取向的後現代政治策略。而此一策略，大量充斥於中國90年代的政治、經濟、文化等領域，甚至是外交事務。同時，雌雄同體還是一種國家統治手段。西方新馬克思主義者特里·伊格爾頓，在談到19世紀中期西方資產階級國家仍然離不開冷硬無情的政治壓抑時說：

> 只要明目張膽的統治未能鞏固統治階級的霸權地位，那麼，在滿懷虔敬地與強有力的父親認同的同時，還必須向『母親』或『美好』和『高尚道德』等典型的『陰性』的『文明』價值保持俄底浦

　　　　斯式的忠誠，以此使父子關係更加牢固和複雜。〔註10〕
這樣，專制與懷柔就構成全能政體的一大特徵。

　　《上海寶貝》對世紀末的上海，對上海這個後殖民花園中的女性，進行
了有別於張愛玲、王安憶們的重新想像，虛擬了有關性政治、國家政治的民
族寓言，而這個寓言實際上隱喻的，是那個時代共同的文化幻象。頗有反諷
意味的是，這個共同的文化幻象卻以破滅告終。小說結束的時候，天天因無
法忍受「我」與馬克的私通，在吸毒中死去。馬克也因工作之需，在最後的
狂歡之後回到了德國，只餘下孤零零的「我」在痛苦中追問：「我是誰？」一
個由作者悉心建構的雌雄同體的政治幻象，又被作者殘酷地摧毀，親手地解
構和顛覆。

　　難道一個時代的文化幻象，真會預言式地灰飛煙滅？這無疑是值得進一
步思索的。而那個追問放在小說末尾，顯然太過俗套，也太過尖銳。不過，
在全球一體化的裹挾下，在異質文化的衝擊面前，政治的、文化的、民族的、
自我的身份乃至性徵，由誰確定？如何確定？倒是一個十分緊迫而又繞不開
的問題。

　　《上海寶貝》提出的問題太過尖銳，其所傳達的，未必都是作家衛慧所
「信」，卻不得不讓我們深思。有時，敘述者、隱含作者、作家之間，可以相
互走得很遠很遠，符號的撒謊功能和文學的虛構能力，在這時甚至超出我們
的容忍度。

〔註10〕特里‧伊格爾頓：《歷史中的政治、哲學、愛欲》，第 145 頁，中國社會科學
　　　　出版社 1999 年版。

歷史記憶對愛情神話的顛覆：阿真
《飄蕩的魂靈》的精神蘊涵

　　阿真的中篇小說《飄蕩的魂靈》〔註1〕在曲折詭秘的敘述中，成就了一個
攝人心魄的愛情傳奇：小說的敘述者「我」，國民黨海軍陸戰隊的英俊青年，
在黃沙撲面寒氣襲人的海灘，邂逅黑衣女郎李玉琪，從此魂牽夢繞，情繫於
斯。當內戰的烽煙消弭，塵埃落定後，「我」卻因她臨陣變卦，孑然一身飄流
孤島。四十年風水流轉，滄海桑田，但「我」癡心不改，雖白髮稀疏，盛年
不再，仍返歸故里，尋覓夢境，了斷情緣。可李玉琪卻於瘋癲之中，抱恨含
情，死於精神病院。小說在無邊的愛恨情仇和詭異的敘事懸念中，演繹了一
個柏拉圖式的現代愛情神話。然而，作者與文本的意趣似不在此，透過眩暈
的愛情話語，從扣人心弦的情節流變中，湧溢而出的是沉重得揮之不去的「歷
史記憶」。小說的意蘊在愛情與性、與道德、與意識形態、與民族情緒，甚至
與性別角色的相互纏繞中留下了廣闊的闡釋空間，顯示了女性作家阿真在全
球化語境中文學追求的獨特懷抱。

　　小說的故事，肇因於風雲際會的二戰期間。十三歲的李玉琪在南京大屠
殺中全家罹難，她逃避不及被侵華日軍輪姦，從此背井離鄉，輾轉漂泊，開
始了悲苦蒼涼的一生。當她出現在這座北方的海濱城市，出現在「我」和讀
者面前的時候，已從寄人籬下的保姆成為茶葉商人老木的妻子了。她神秘的
身世由於敘事者自傳性參與視角的限制，由於作者有意延宕的敘事策略，以
及她自己的羞於啟齒或守口如瓶而變得撲朔迷離，並始終成為推進故事情節

〔註1〕原載《時代文學》2000 年第 6 期，《小說選刊》2001 年第 2 期轉載。

的核心懸念。人們只是從她淒美的容顏和善良勤勞的舉止去推演她的身份。況乎，在那大變亂的年代，「亂世佳人」的動人故事不是在在流傳？但是，令人心悸的是：她被日軍輪奸的悲劇不僅不是其慘痛命運的全部或終結，恰恰是其悲慘人生的開端，是其人性最終被剝奪殆盡的總根源、總導演。那段夢魘般的歷史，並未隨著時空的騰挪變換和她的千般遮掩而化為煙雲飄然而逝，她並未如所期冀的那樣，因此成為無根之萍，混跡於芸芸眾生，或在自欺甚至自虐與麻木中，將慘痛的記憶帶進墳墓。相反，這段記憶化為她沉重的心獄和苦難的現實，將她的生活擊碎、靈魂摧毀。

新婚之夜揭開了李玉琪新一輪的人生苦難。她「貞操」不再的肉體露出了一絲歷史的裂痕，在丈夫老木的催逼下，她道出了真情。她不只沒得到指望中的同情與撫慰，而是開始承受老木無休無止的欺凌。肉身的摧殘，精神的折磨，使她形銷骨立，病魔纏身，生命枯萎。最後被老木趕出家門，寄身於破敗不堪的飼養棚中，淪為「畜牲」。她不僅作為「女人」，就是作為「人」的身份，就此被徹底否定。老木看似其苦難人生的製造者，實質上作為象徵性符碼，他只不過是侵華日軍的化身，他對李玉琪的施暴是侵華日軍對那代中國女性施暴的延續。災難的歷史表像已隨風而逝，但歷史的災難事實遠為結束，它潛藏在歷史深處增殖繁衍，化為苦難的陰魂遊蕩於沉默無語的民間，就像廣島上空，飄散的只是蘑菇雲的煙塵，沉入歷史地表的則是難以抹去的一代又一代人心身的創痛。

揭露殖民地時代以武裝侵略、軍國主義為形式的強權政治，為中國女性帶來的無盡災難，無疑是此篇小說的意蘊之一。但作者阿真的懷抱還不止此。掩卷之餘讓人追思不已的是：為何同樣遭受侵華日軍欺壓的小商人老木就不能放過無辜的李玉琪呢？這就要談到「我」和李玉琪的愛情神話了。「我」的驀然出現，為李玉琪枯萎的生命塗上一抹淒豔的新綠，她死灰的心得以復蘇，並不時流露幾絲青春的氣息。這不僅在於「我」的「英俊帥氣」，「我」對她的同情、悲憫和關愛，「我」對愛情的執著和忠貞，更在於「我」為她的孤苦無助送去了一點人間的溫馨，為她漂流無依的苦難靈魂提供了短暫的棲居。「我」對她的意義已然超越愛情。但弔詭的是：她在接受「我」的「情愛」時，又竭力拒斥著「我」的「性愛」。她在「我」性愛的要求面前突然翻臉，儼然「小惡婦」與「我」怒目相向。最後，「我」與她約定，一同私奔臺灣，可誰知在艦艇起錨遠航的時候，卻不見她的身影。讓無心去台的「我」，獨自

品賞終身漂流和綿綿相思之苦。「我」與她愛之深，情之切可謂感天動地。那麼，究竟是什麼使「我」和李玉琪不能走到一起？答案是橫亙在他們中間那沉重的「歷史記憶」。

歷史記憶在李玉琪那裡是「個人記憶」與「集體記憶」的糾結。作為個人記憶，是她「被日本人輪奸的奇恥大辱」。而這「奇恥大辱」所喚醒的是作為集體記憶蟄伏在李玉琪乃至民族無意識深處的「貞潔觀」。餓死事小，失「潔」事大：「我竟然讓一群野獸給輪奸了」，「我是個不潔的女人」，「我是世界上最骯髒的女人」，「我應該讓世人不齒，我是不配活在這個世界上的」。這樣，侵華日軍的肉體強暴和連帶而來的封建倫理道德的精神虐殺，民族氣節與民族劣根性的錯綜聚合，使李玉琪不得不屢屢承受綿延不絕的現實苦難。身遭老木的百般蹂躪，她像受難的基督忍氣吞聲，認為這是自己罪有應得。她不僅不「怨」老木，還感恩戴德，以為老木娶她是對她這樣的女人的恩賜。她在精神恍惚之際殺死老木，只是對侵華日軍的變相復仇，而不是對男性權威和封建倫理的一次抗爭：「我把他當成了強奸我的日本人，好多年來，我一直以為我殺了一個日本人」。她殺死老木後的興奮，只是復仇者的狂歡：「我勝利了！我勝利了！我砍死了一個日本人！我砍死了一個日本人！」這裡顯示了李玉琪刻骨銘心的民族仇恨和驚人的愚昧麻木。對侵華日軍的仇視強化和遮蔽了她對傳統倫理道德的認同和堅守。同樣的情形還有老木，他對李玉琪滅絕人性的摧殘，竟是如此的心安理得，如此的理所當然。另一方面，沉重的歷史記憶鬱結為噩夢般的心獄，也顛覆了她和「我」之間的愛情，阻斷了她走向新生活的道路。在憧憬中，她是多麼想和「我」永遠在一起，永不分離，去享受鳥語花香水碧天藍的生活啊！但一回到現實的層面，傳統的貞操觀又使她猶疑不前，恐懼萬分：「我害怕你在知道了真情後，也會唾棄我；我更害怕自己的骯髒玷污了你。」「我」給了她希望，可「希望之為虛妄，正與絕望相同」。於是，李玉琪就在這沉重的歷史記憶的鎖閉中，在「同時被一個男人用整個生命愛著，又讓另一個男人用整個生命去恨著；在同時用整個生命去恨著一個象徵性的男人，又用整個生命去愛著另一個夢幻中的男人。就在這如此進退維谷的兩難困境中，她的精神破碎了，瘋癲成了她生命的最後形式。李玉琪始終未能走出歷史的記憶，走出心底那片厚重的陰影。

李玉琪的命運不禁讓人想起半個多世紀前丁玲的小說《我在霞村的時候》裡的貞貞。其實這兩篇小說在構思、人物設置、故事發生的背景和起因、第

一人稱的敘述方式等方面都有一些相似之處。貞貞遭日軍凌辱後的現實處境與李玉琪類似，不過嘲弄她的是一些村男野婦，「尤其是那一些婦女們，因為有了她才發生對自己的崇敬，才看出自己的聖潔來，因為自己沒有被敵人強姦而驕傲了。」在《飄蕩的魂靈》中，對李玉琪構成肉體和精神威脅的主要不是她的同類，而被置換為男性──她的丈夫老木。這一置換使阿真具有了不同於丁玲時代的性別意識，賦予作品些許女性主義的訊息。一個有趣的歷史現象是：當李玉琪掙扎於老木的凌辱時，《我在霞村的時候》正遭遇疾風暴雨式的批判，批判者所操的武器，恰恰是老木折磨李玉琪的「刑具」：「貞貞是一個喪失了民族氣節，背叛了祖國和人民的寡廉鮮恥的女人。」這豈不讓人深思？歷史到底在哪裡出了問題？而且，《飄蕩的魂靈》中的敘述者「我」也不同於《我在霞村的時候》裡的「我」，後者與作家丁玲貼近得幾乎同一，而前者則是那個愛情神話的主要扮演者，他有著《霞村》中唯一癡愛著貞貞的傻瓜──夏大寶的影子，卻有比其多得多的角色意義。他為李玉琪奉獻了全部青春和愛情，他忤逆了與其相依為命的奶奶傳宗接代的意志。他因了與李玉琪那份情緣歷盡了生命的蒼桑。在某種意義上，他（和李小琪都）是李玉琪苦難人生的延展。同時，在作品中他（和李小琪）憑藉另一種「歷史的記憶」，又成為李玉琪悲慘命運的見證者，生命存在的勘探者。他這個名譽主人公的出場，是為了喚回另一個真正主人公的到場。就像他所演繹的愛情神話誠然是作家歌吟的對象，但實質上則是作家主觀意念的承載之物一樣。

《飄蕩的魂靈》在一個俗套的「三角」婚戀故事和「亂世佳人」的模子裡，敘說了一段悲愴的歷史，演繹的卻是當代人的心靈；編織了一個傳唱不衰的愛情神話，蘊藏的卻是沉重的歷史記憶。不僅此也，作為女性作家的阿真，在這段虛構的歷史和歷史的虛構中，還思考著「女性」這一性別角色的歷史命運。李玉琪作為「女性」的象徵性符碼，在一個層面上她是侵華日軍施暴的對象，負載著中華民族和中國女性的災難，負載著作家對侵略者獸行的深刻揭露和對軍國主義強權政治的否定。但在另一個層面上，她又是封建倫理道德的受害者，她鮮活的生命已經被僵死的封建理性符號化為空洞的能指，她似乎就是為這個符號而活著。當日軍奪去了她的「貞潔」，也就同時取消了她作為女性的資格。她對失去「童貞」的祭奠，實際上就是對失去的女性身份的祭奠。同時，她又是「無主名殺人團」的靶子，是「世俗」這個劊子手刀下的魚肉。進一步，當老木不是作為侵華日軍而是作為承載封建「男

權」的象徵性符碼出現的時候，她又成為男權社會施虐的對象。問題是在小說中對女性的這種施虐，並未隨著政權的更迭而消失，反而存在著某種程度的變本加厲，這就使李玉琪的形象多少具有了超越時空的意義。這樣，李玉琪所象徵的女性命運，在歷史交替運演的過程中所承受的苦難，顯然就要比男性深重得多。同時，李玉琪的命運又是殖民地時代相同歷史境遇下第三世界女性命運的隱喻。她喻示著：女性不僅要爭取別人來解放，同時也要自己解放自己。在後殖民主義語境下女權主義的喧囂聲浪中，阿真卻在思考著殖民地時代的女性命運；在全球一體化的歷史情境中，「民族主義」往往被作為貶義詞出現時，阿真卻在為李玉琪們宣洩著民族義恨；在私性話語、軀體敘事和欲望表達等女性寫作的狂潮裡，阿真卻以悲憫的眼光關注著公眾空間，用眾生話語給自己的同類以深厚的人文關懷。這不僅顯示著阿真創作的獨特追求，同時是否也在警醒我們：在如今對強勢文化的追新逐異中，我們是否也被某種文化霸權所奴役，而多少遺忘了本真的存在？在我們對現實和未來的快意暢想中，是否又淡忘了不知還有多少李玉琪們掙扎於歷史的門限，正承受著深重的苦難呢？

從傷痕到遺忘：評羅偉章的《磨尖掐尖》
〔註1〕

　　據說，羅偉章是一個底層作家。他的《磨尖掐尖》，講述的卻是一個火箭班班主任和一個尖子生的故事。這個故事的發表，距劉心武的《班主任》整整過去了 30 年。30 年啊！連接這 30 年的，是一條蛇對獵物的追尋，目的兇猛，姿勢則是優美的，紅色的信子在風中發出好聽的聲音。最後一口咬下去的動作也是自信和矯健的。不過，咬到的卻是自己的尾巴。歷史在暗處壞笑，沒有聲音，只有鏡子後面那張猙獰可怖的左臉。

　　當初，人們在解讀《班主任》的時候就沒有找對真正的主角。人道主義的激情搭載在激進主義的列車上，風馳電掣。在政治正確、道德優位和審美優越的多重「障眼」中，人們還未看清自己的敵人，業已下手。從果戈里而魯迅而劉心武，「救救孩子」的呼聲，太過充滿歷史的激情和時代的感召力，以至於人們無暇思索，就誤將謝惠敏、宋寶琦當成小說主角，把「內傷」、「外傷」的揭露當作小說主題，並將造成「傷痕」的原因，輕鬆地推給團市委派住的聯絡員，推給了「四人幫」。「四人幫」乃「文革」萬惡之源，無可厚非，但這樣卻把小說的真正主角「班主任」遺忘。

　　班主任張俊石在小說中具有如此大的力量，他左奔右突，四處游說，要接收那個曾經是小流氓的插班生，立志「拯救」之。且他的願景象花兒一樣開放，小說結束時，「春風送來沁鼻的花香，滿天的星星都在眨眼歡笑，彷彿

〔註1〕本篇最初發表於《當代文壇》2008 年第 4 期。

對張老師那美好的想法給予肯定與鼓勵……」〔註2〕。作為班主任的張俊石，由此為小說正面塑造，躍升為久違了的文學主角，成為被歌頌的對象。小說的歷史意義亦由此得到彰顯，曾經被文革顛倒過的師／生、教育者／被教育者、啟蒙者／被啟蒙者、革命者／被革命者的位置被重新顛倒過來，象徵性地實現了歷史主體的轉換，因應了「新時期」的到來，也確立了「知識分子」的某種主人公的地位。文學史也因此為一篇藝術性並不很高的小說騰出了某種經典性的位置。

遺憾的是，小說的「裂痕」長久地留下了：既然班主任在接收和即將改造小流氓的過程中具有如此這般的「力量」，那麼，同樣作為班主任，他們在謝慧敏、宋寶琦們遭受「內傷」、「外傷」的一系列事件中，曾經發揮過何種作用？該當何責？如此問責，並沒有把歷史的罪因，放在班主任羸弱的肩上的意思，只是想審理這樣一個勿容逃避的問題：「文革」的極權政治是通過怎樣的「中介」得以戕害一代青年學生，險些毀掉一個民族、國家的未來的？

對歷史的思考、反省不進入細部，實際上是對這種思考和反省的放棄。甚至其文化後果比放棄還要糟糕。比這更糟糕的還有被米蘭·昆德拉稱為「現代的愚蠢」的東西。這種愚蠢「並不意味著無知，而意味著固有觀念的無思想性」〔註3〕。我們對歷史的思考和反省，常常就是建立在這種被主流意識形態所建構，作為不證自明之物深深地契入我們意識心臟的「固有觀念」之上。

這樣，理清歷史「舊帳」的工作被迫擱淺。人們轉而在一個並不十分堅固，浸泡在歷史污水的地基上，匆忙建築嶄新的烏托邦，並為此興奮不已。以為只要有了清明的政治和公平正義的教育制度，有了知識分子應當的地位，這一切就會隨某一歷史階段的戛然而止而終結。但事實是，三十年以後，當錦華中學全校矚目的尖子生鄭勝，爬上高牆，在初春刺骨的寒風中，面對日夜奔騰的巴河，作飛翔狀的時候；當另一種模樣的謝慧敏、宋寶琦們又死屍還魂，在在浮出歷史地表，並以梁波、張永亮等名字遊走在校園中的時候；當班主任費遠鐘——一個潔身自好的知識分子，在無形巨大的壓力下，靈魂和身軀都向葉紹鈞的「潘先生」扭曲過去，過著卑瑣、灰色人生的時候，相似的歷史召喚，讓書寫底層苦難的羅偉章，又一次拾起這個鬼魅般陰魂不散

〔註2〕劉心武：《班主任》，《人民文學》1977 年第 11 期。

〔註3〕米蘭·昆德拉：《小說的藝術》，董強譯，第 205 頁，上海譯文出版社 2004 年版。

的故事，並把它作為現實苦難的或一方面向我們講述。

三十年的歷史隨風而逝。這期間，不知有多少鮮活的生靈迷失在溫柔的刀鋒下面。《磨尖掐尖》在 19 世紀巴爾扎克們慣用的立場和敘述後面，露出怎樣一處潰爛的現實讓人觸目驚心。

《磨尖掐尖》給我們展示的，已然不是 20 世紀剛剛舉步邁向「現代化」的 80 年代，據說那時的中學在高考制度的刺激下欣欣向榮。而是經歷了 90 年代的商品經濟，21 世紀初漸行漸近的消費社會的當下中國——現代化已成洪濤巨浪之勢，它的觸角無孔不入。米蘭・昆德拉說，現代化最大的奧秘是無處不在的「簡化」原則。「西馬」代表人物特雷・伊格爾頓則把這種「簡化」具體描述為「將人類關係縮減為市場交換」〔註4〕。其實質，在多年以前被美國新人文主義者白璧德說成是「物的法則」對「人的法則」的勝利。這些不及物的抽象理論，形象化為《磨尖掐尖》中高考制度下各重點中學的生動景觀：出於對「名」與「利」的追逐，重點中學用盡手段「磨尖」、「掐尖」，尖子生成為學校爭名奪利的工具，教育變成製造高考優良產品的機器，教師不過是這條流水線上勿需思想的工人，學生被人為的分成各種等級「因材施教」，分類製造，提前讓他們體驗社會等級差異所致的世態炎涼……潛在的「物」的法則在這裡瘋長，並主宰著一切。這裡什麼都有，陰謀、奸細、告密、冷漠、歧視、仇恨、明爭暗鬥、爾虞我詐……唯獨沒有「人」。不僅沒有「學生」，也沒有「教師」，當然更不存在「教育管理者」。沒有親情、友情、師生之情，沒有同情、愛憐和悲憫，更沒有公正、公平與正義，甚至一個普通得像費遠鐘一樣的教師，想堅持一條做人最基本的道德底線，守望一份內心的寧靜，竟是如此艱難，直至小說結束時，他還像不慎掉進湍流裏的落水者，既抓不住救命草，更不知何處有岸、向何方呼救，彷彿只有等待，等待沒頂之災的到來。這裡的錦華中學，好像一個大門緊閉的雜技團，正如小說所描寫的那樣，裏面不時傳來的只是孩子練功時淒慘的聲音。

《磨尖掐尖》講述的或許只是人所共知，卻心照不宣又深惡痛絕的事實；或許只是人們日常生活的一部分，不過它們卻被有意無意地隱匿和遮蔽，無聲無息地存在於現實的另一端，與我們之間隔著一層紙。這層紙柔軟因而堅韌，朦朧因而曖昧。如今文學的手指將它輕輕撩起，才發現已是膿水四溢。

〔註4〕特雷・伊格爾頓：《二十世紀西方文學理論》，伍曉明譯，第 21 頁，陝西師範大學出版社 1987 版。

僅此，已經顯示出羅偉章這一文學行動——重新拾起劉心武沒有講完的故事，有著多麼重要的「意義」。《磨尖掐尖》是良知和勇氣凝成的文字，是沉默中的咆哮，是遺忘中的喚醒，是玫瑰花叢中的尖刺，是曠野上沉悶但並不嘹亮的呼喊——又一次呼喊：「救救孩子！」如果說劉心武的《班主任》，是敏銳的心靈預知時代的訊息順勢而成大勢，那麼羅偉章的《磨尖掐尖》呢？恐怕更為不易。在此社會學視閾裏，其意義是否更為特殊？而在這特殊的意義裏，我們是否還可以體會到從吳敬梓的《儒林外史》、到魯迅的《孔乙己》、葉紹鈞的「潘先生」、錢鍾書的《圍城》，從斯丹達爾、巴爾扎克、托爾斯泰、易卜生，到馬克·吐溫等等，這個似乎有些陌生的傳統在今天所依然具有的旺盛生命力？

如前所述，劉心武的《班主任》因為種種原因，最終沒有告訴我們「文革」的極權政治經由何許「中介」，以「愚民政策」的名義，使謝慧敏、宋寶琦們傷痕累累。當另一種極權政治，暫且就把它叫做「極權政治」吧——一種由市場經濟、消費社會和封建因素的混合物：特殊的商品倫理，統治和支配一切的異己力量——侵蝕社會肌體的每一個細胞的時候，羅偉章的《磨尖掐尖》則顯示出了這樣的「野心」，它力圖完成這一任務。

《磨尖掐尖》在虛構和想像的世界裏，構築了一個紙上的教育王國。這個王國位於渝、陝、鄂三省市接壤的巴州，由錦華中學、德門中學等五所重點中學構成。在這個王國裏，重點中學的教學目標為特殊的商品倫理悄悄置換：不是「培養」，而是「製造」。不是培養「人」，而是製造「尖子」，準確地說，是為高考製造高、精、尖的精良武器——高考狀元。方式是「磨尖」、「掐尖」，即：使已有尖子更尖，將外校的尖子「掐」過來據為己有。目的是通過「高考狀元」這個「活廣告」所產生的巨大社會轟動效應，使學校一夜之間爆得大名，以此擴大生源，而「生源就是財源」，它帶來的是豐厚的經濟利益〔註5〕。一向「默默無聞」，在當地名不見經傳的漢垣中學就是範例，去年「弄了個全省文科狀元出來」，突然打了一個「翻身仗」，財源廣進。錦華中學為此熱血沸騰，看到了「翻身」的希望，專門成立校長掛帥的領導機構：高三領導小組，實行了一系列特殊政策。在高考前幾個月，高三按成績依次分為「火箭班」、「重點班」、「普通班」。重點班又分快、中、慢班。學校的教學資源按此分配，最好的集中在「火箭班」。最優秀的語文教師費遠鐘作「火

〔註5〕羅偉章：《磨尖掐尖》，第8頁，人民文學出版社2007版。

箭班」班主任。由此，形成一個等級分明，重點突出的「金字塔」培養體系。「火箭班」位於金字塔塔頂。「火箭班」裏又要按成績排隊，排在最前面的就是金字塔塔尖。這個塔尖幾乎寄託了學校的全部希望，目標是衝擊一地一市一省之狀元。

位於塔尖的學生最受重視。重視到有求必應。重視到可以頤指氣使、驕橫跋扈，任意打罵侮辱老師。渴望出人頭地，為學生可謂嘔心瀝血的錢麗老師，被尖子生張永亮打後，只有溫言相向，委曲求全，淚水、傷心獨自往肚子裏咽。後來張永亮被德門中學「掐尖」後，她痛切肺腑，自責後悔羞辱把她逼到祥林嫂般神志不清、精神崩潰的邊緣。不僅此也，尖子生的家長也成了學校的貴賓，可以隨便對學校說三道四。

越是位於塔基的學生越是遭到輕視、漠視、無視、甚至歧視。塔尖可以是自己培養，也可以是從外校「掐」來。於文帆就是教務主任張成林從德門中學「掐」來的。「掐尖」是要付出昂貴代價的。除了包吃包住免除學費，還有額外的條件。錦華中學就為於文帆的母親解決了正式工作，安排到學校圖書室當管理員。這個職位就連費遠鐘的老婆也休想沾邊，她只有守門的份兒。獎勵也高得嚇人。錦華中學以契約的方式承諾，於文帆中了省狀元，獎勵十萬元，市狀元獎五萬元，省市狀元都沒有拿到，只要上了北大，也要獎三萬元。

為了「掐尖」和「反掐尖」，錦華中學與德門中學之間橫亙著一個不見硝煙卻異常緊張激烈的戰場，潛藏著一條看不見的戰線。兩校的教務主任，老奸巨猾的張成林和洪強分別是他們的實際領導人。火箭班、重點班的學生花名冊，則是雙方秘密爭奪的核心「情報」，其重要性遠遠超過個人存摺。持有這些「情報」的班主任，或可能接觸它們的老師，都成為對方學校「策反」、「拉籠」、「誘惑」、「賄賂」的對象，他們也因此難逃「奸細」之嫌，搞得人人自危，戰戰兢兢，相互猜疑，四分五裂。本來由學生金字塔教學體系自然形成的金字塔教師隊伍，因等級分明，教師之間就已裂隙累累；本來為爭奪「火箭班」、「重點班」班主任和任課教師，因暗中較勁使絆子，就已雪上加霜的教師關係，再被如此一攪和，更是烏煙瘴氣，糟糕透頂。在較大的經濟誘惑面前，確有老師充當「奸細」。費遠鐘就曾為洪強開出的高價——出賣一個尖子生8000元的報酬，弄得心神不寧、痛苦不堪。後來，才因為良心發現而終於放棄，但這筆交易卻為另一位老師暗中做成。還是應了許三那句話，

你不做，有的是人做。

以記者許三為代表的《巴州教育導報》，在小說中則是附著在學校肌體上的毒瘤，不僅以「軟廣告」為手段在全州四處搜刮學校脂膏，還唯恐天下不亂，利用媒介權力，周旋於錦華中學和德門中學之間，製造「新聞」，發「校難」財。

新的極權政治——一種特殊的商品倫理，就這樣在《磨尖掐尖》中將我們的教育機構擊敗，完成了「物的法則」對「人的法則」的「勝利」。真正的受害者卻是人，是學生和教師，是全社會的道德倫理和我們的精神生活。

在《磨尖掐尖》中，像錦華中學、德門中學這樣的教育機構，它們「生產」的尖子生，是道德淪喪、性格變態的異類。尖子生梁波上重點大學後成為搶劫犯。他的搶劫，純粹是尋求刺激。為了「找樂」，他不惜將自己的快樂建築在別人的痛苦之上。這之前，他還和幾個同學把出租車司機拖出車外暴打一頓，然後「歡天喜地」地回到學校。

悖論的是，這樣的教育機構卻將真正的「天才」視為「瘋癲」，拋出正常的教育和生活軌道，使他們成為溫柔刀鋒下的亡魂、冤魂。

鄭勝是小說中令人難忘的形象。他是巴州遠近馳名的「神童」、「天才」。但來自各方面的關心都集中在他的成績上，都只在他的成為狀元上，而對他的生活苦難、精神苦難不是視而不見，就是有意迴避、漠不關心。正直、善良、膽小的費遠鐘，一度想走進他的生活，進入他的內心，分擔他的苦弱，履行教師靈魂工程師的職責，卻在張成林的那些忠告和警告面前裹足不前：「這種人你不能去碰他的痛處。碰他的痛處就等於碰到了一塊膿瘡，會潰爛得稀里糊塗，當然可以治療，但那個過程相當漫長，已經火燒眉毛了，我們不可能等到那個過程。」〔註6〕「我們的任務，是讓他把高三餘下的時間度過，讓他在高考中大顯身手。至於以後，他考上大學，走向社會之後會變成怎樣的人，我們想管也管不著。」〔註7〕「既然做了中學教師，就要形成這樣一種信念：讓學生考高分、考名牌大學、考狀元，這就是我們的目標！這個目標是綱，其餘都是目！」〔註8〕這樣，鄭勝只是學校押在高考狀元上的一塊「寶」，他的價值全在這裡。當這個價值失去後，他就什麼都不是了。此前所得到的

〔註6〕羅偉章：《磨尖掐尖》，第54頁，人民文學出版社2007版。
〔註7〕羅偉章：《磨尖掐尖》，第53頁，人民文學出版社2007版。
〔註8〕羅偉章：《磨尖掐尖》，第53頁，人民文學出版社2007版。

愛會頃刻消失，溫暖的人間迅疾變成冰窖，曾經的溫柔轉眼成為見血見肉的刀鋒。事實正是這樣，當鄭勝被來自父親、老師、社會等多方面過分的「厚望」、「厚愛」，來自貧困生活的威逼等雙重壓力擊垮，並在課堂上提出一些被高考規範視為「古怪」的問題之後，他被錦華中學無情地「病退」。連一向瞭解他、關愛他的費遠鐘，這時也違心地指認並向上級寫報告證實鄭勝有「精神病」。覬覦已久的德門中學，如獲至寶。但在達成其沽名釣譽、挫傷競爭對手之目的，發現鄭勝舊「病」復發再無利用價值以後，也像錦華中一樣，絕決地將其「除名」。這個冰雪聰明，卻一貧如洗的苦孩子；這個靠「拾荒」度日，與父親相依為命，過早品嘗生活的艱辛，卻有著金子般心靈的苦孩子，從此背負精神有病的黑鍋，流落街頭，成為新一代的「拾荒匠」。

對普通學生而言，錦華中學這樣的教育機構，培養出的則一些嫌貧愛富，自私勢利，心如冰冷石頭的「人才」。面對鄭勝衣衫襤褸的父親，兩個女生捂鼻轉身的動作受到批評後，還振振有詞地辯解。而在此間工作和生活的教師，更是形態各異，無奈地選擇各自的「生存政治」。他們或者成為這個機構的同謀，像郭老師、朱敬陽；或者成為老「憤青」莫凡宗，發點無濟於事的牢騷；或者成為錢麗那樣徹底沉默的一群，從不找事，最後事情卻偏偏找上門來；或者成為投機分子或暗地裏的奸細；或者做費遠鐘試圖堅守自己，卻又無可奈何地扭曲……他們繪寫著市場經濟、消費時代的新的「儒林外史」。

無疑，較之以前，《磨尖掐尖》對市場經濟時代高考指揮棒下重點中學陰暗面的暴露和制度性批判是相當深刻的。它告訴我們另一種極權政治——彌漫於當今中國社會各個領域的特殊商品倫理，作為潛在的主流意識形態，其力量是如此之強大，以致於，它經由對人的觀念的改塑和置換，扭轉制度和機構，讓「物」成為高懸在人們頭上的利劍，成為其頂禮拜膜的對象，從而將人徹底地遺忘和擊垮。在這個意義上，《磨尖掐尖》觸及到如今教育問題的核心，而這個核心其實也是當代中國現代性的關鍵症候。不敢說，《磨尖掐尖》完全解決了劉心武留下的問題，但其推進是明顯的。

我要感謝羅偉章，在這個時代，在如此緊迫的時刻，寫出這樣出色的小說。可是，我還是要說，《磨尖掐尖》不能讓我完全滿意。我有兩個或許並不恰當的感覺，甚至是兩個有點奇怪、可能不足為訓的感覺。一個感覺是，小說沒有出示指尖上的星光，更沒有「向迷宮宣戰」。今天我們在大多數的場合下，不是用筆尖而是用指尖寫作。我理想中的作家，其指尖在敲擊那些黑色

字符的時候，有星光照耀。這星光不一定是要指示一條光明的出路，也不是要給予一個喜劇性的結局，也不一定就是精神的指引或者某種道德的評判。魯迅在小說中似乎很少這樣幹，儘管《藥》也在夏瑜尖圓的墳頂上添了一個花環。而托爾斯經常這樣幹。作家不是教父，也不是救星。但這並不意味著作品不必出示星光。這星光哪怕是一種眼界，是一種精神背景，是一塊能夠著陸的價值地基，或者是一種歷史久遠的回聲，是越出現實地平線的一次不高的跳躍，也是需要的。我想像，這星光是作家內心最堅硬最柔軟的部分，是作品冰冷面相後面那點最後的溫暖。

所謂「向迷宮宣戰」是卡爾維諾的意思，是他對作家的寄語，這顯然是一種比出示星光來得更高的要求：「外在世界不啻是一座座迷宮，作家不可沉浸於客觀地敘寫外在世界，從而淹沒在迷宮之中。藝術家應該尋求出路，儘管需要突破一座又一座迷宮，應該向迷宮宣戰。」〔註9〕我理解，一旦以文學命名，以藝術的名義寫作，就不能停留在講述一個外在的事實，哪怕是生動、有趣地講述一個事實。它需要以繆斯特有的眼光去穿越，去發現惟有文學，惟有詩、惟有小說才能發現的東西。在這點上，《磨尖掐尖》顯然是盡力了，但無疑還有想像的空間。向這個空間持久的掘進，可能是冀望這個世紀出現「偉大的漢語小說」所必須的一項工作。

另一個感覺，更有點古怪。我感覺羅偉章《磨尖掐尖》這樣的小說，是從19世紀巴爾扎克他們那裡出發，直接繞過康拉德、伍爾芙、卡夫卡、普魯斯特、博爾赫斯、福克納、馬爾克斯等這些20世紀的文學大師，一步進入文學工場，開始施工的。其實在我看來，那些文學大師們卓越的「技藝」，在面對堅硬如水的現實礦藏時是很有用處的，可能就是尖銳的利器。我在閱讀《磨尖掐尖》的時候，老有這樣一個念頭纏繞：如果卡夫卡來寫費遠鐘，他會編織怎樣一個故事？構築怎樣一個中國教育制度的城堡？雕塑怎樣一個 K？舉行怎樣一場審判？我盼望有一天，看到羅偉章在寫一場化裝舞會的時候，不總是在寫或根本不寫舞臺上的情景，而那場舞會卻寫得如此成功，它開啟和敞現了人的另外一種存在。

《磨尖掐尖》的敘述是流暢的，節奏的把握是好的，藉此塑造的幾個形象，費遠鐘、鄭勝、張成林和許三也是成功和比較成功的。倘是文字更加細

〔註9〕卡爾維諾：《向迷宮宣戰》，載何尚主編《20 世紀文學大師創作隨筆‧窺探魔桶內的秘密》，第 228 頁，廣東經濟出版社 1999 版。

密結實，小說的容量和意涵想來會更大更豐贍。一個顯而易見的事實是，當羅偉章的指尖一觸及苦難，尤其是底層苦難，他的語言就鮮活起來、靈動起來，細緻起來和深入起來，極富想像力和刻繪感。不信，讀讀《磨尖掐尖》18 章 17 節。由此我推斷，他的那些有關底層苦難的小說，諸如《飢餓百年》、《我們的路》、《大嫂謠》等，一定很精彩。可惜我沒有讀過。如果不是應朋友之約，勉力梳理新世紀成都長篇小說；如果不是自己曾經的教師身份，也許我不會讀到《磨尖掐尖》，也許就會與羅偉章失之交臂。就此而言，我是沒有全面評價羅偉章小說的資格的。也懇請羅偉章不要輕信這些文字，權當我說了沒說。讓其隨風而逝，迅即枯朽。

躲在土地背後：李佩甫《生命冊》的形式分析〔註1〕

一

　　文字文本是有語義和空間框架的。如果我們把傳統的「正文」視為「文本」的話，「生命冊」作為長篇小說的題目，只能算作「副文本」，因為它是散落在文本周圍的眾多因素之一〔註2〕。但這個副文本太過重要，它暗示了作者的藝術追求，也標示出這部長篇所能達到的精神高度。

　　有那麼神奇？當然。「生命冊」的意味非常明顯，它是眾多人物生命志、命運檔案的集合。這些生命和命運彙集起來，就構成那個「平原」，或者「無梁村」人的命運。再推演開去，就是整個中國社會大變革時期的心靈史、生命史。於是李佩甫自豪地宣稱，《生命冊》在他的平原三部曲中，「無論從寬闊度、複雜度、深刻度來說，都是最全面、最具代表性的。是一次關於『平原說』的總結。」〔註3〕

　　生命冊的「冊」字，除了「集子」、「彙集」的意思，其實它還告訴你，這只是「書寫」、是敘述，是虛構，不必那樣「信以為真」，不必與平原上的一切人事對號入座，更不必與所謂的生活現實一一對照。這是敘述出來的世界，這是作家李佩甫的「創世紀」。但或許它比你眼見的經驗世界更深邃，更

〔註1〕本篇最初表於《許昌學院學報》2016年第1期。
〔註2〕趙毅衡：《符號學原理與推演》，第143頁，南京大學出版社2011年版。
〔註3〕李佩甫：《我的「植物說」》，載樊會芹編《李佩甫研究》，第15頁，河南大學出版社2015年版。

—43—

觸及真實的內部。「無梁村」的「無」再次提醒你，無梁並非只是平原的轉喻，還是指壓根兒就沒有這個村，就像壓根就沒有大觀園一樣，這是想像的結果。但恰恰因為這個村不是「實指」，它才指代所有的村、任何的村，就像阿Q不指任何人，卻是任何人，就像「未莊」無莊，卻指向任何莊一樣。這是語言的奇蹟，更是文學的奇蹟。

當然，「無梁村」也可以理解為「無梁村」。人沒有脊樑，村莊當然就沒有了脊樑。這樣說，李佩甫可能不會承認。小說的敘述者明明說，無梁村官稱吳梁村。凡是吳家人都有一個標誌：「脊樑的第三個關節比一般人粗大」，「據說，那是祖先在一次次抗暴中被打斷後接起來的。」〔註4〕問題是那接起來的脊樑，後來還能抗暴嗎？尤其是在小說故事發生的那特定五十年？梁五方不是有脊樑嗎？可事實是，他的脊樑很快被無梁村人活生生地折斷，為了證明自己有脊樑，他耗費了一生。無梁村人到底有沒有脊樑，小說文本說了算。我以為，有脊樑的那個人在「無梁村」以外，是「來自大西北的才子」，也是來自大西北的漢子，可惜的是，小說快結束的時候，他選擇了從十八樓跳下，肯定摔斷了脊樑。或者說他以摔斷脊樑的方式宣示了自己是有脊樑的。即使沒有脊樑，也不必著急，事出有因：在那樣的文化語境下，多少人有過脊樑？何況這樣的事發生在虛構世界中，沒有脊樑更能抵達人性的深處。

「無梁村」出現在小說中的時候，絕大多數時間是「無糧」的。正是在「無糧」的極限情境下，才有了蟲嫂這個人物形象的出現，才有了老姑父們如此坎坷的人生。但這個「無糧」不僅僅指物質的貧困，更是指精神的貧困。「『貧窮』才是萬惡之源（尤其是精神意義上的『貧窮』）」，〔註5〕不然「我」吳志鵬的出走毫無理由，蔡葦秀、蔡葦香的傳奇，「春才下河坡」的說道，尤其是梁五方的「神秘」就無從談起。直到小說結尾，在老姑父「遷墳」的鬧劇中，精神貧困沒有半點緩解，甚至病入膏肓。大國、三花，以及「汗血石榴」的回村，與敘述者的善良願望無關，反而加劇了精神症候。文本有自己的邏輯，虛構文本更是如此，常常與作者或者隱含作者的想法南轅北轍。如果你是個好作家，只好「聽天由命」。

另一個副文本就是小說的「題記」。現代小說的始祖就是題記大師，魯迅

〔註4〕李佩甫：《生命冊》，第33頁，作家出版社2012年版。
〔註5〕舒晉瑜、李佩甫：《看清楚腳下的土地》，載樊會芹編《李佩甫研究》，第53頁，河南大學出版社2015年版。

小說《狂人日記》被文學史敘述為現代白話小說的開山之作。小說開頭的文言小段，可視為小說的題記，與正文的白話文之間形成尖銳的張力，其中迸發出的意義，至今尚有闡釋空間。馬原的《岡底斯的誘惑》，因為有了那句題記般的文字——「當然，信不信都由你們，打獵的故事本來是不能要人相信的」——從此與先鋒小說掛上鉤，至今脫不了干係。可見好的題記與小說正文形成特殊的互文性，起到意想不到的效果。不要小覷這樣有意設計的「互文」，從果戈理的「救救孩子」，到魯迅的《狂人日記》，再到劉心武的《班主任》，不論救的對象和內容是什麼，都給文學思潮的創生、文學史的書寫帶來多大的驚喜？巴赫金的「對話詩學」更是文本內部的對話、文本間的對話。李佩甫深懂其中奧義。他的多部長篇都有題記。比如《城市白皮書》的題記摘自《未來書》「我無處可去；我無處不在……」。

在這裡，我單單談「平原三部曲」的題記。《羊的門》、《城的燈》的題記，都引自《聖經》。前者是「我就是門。凡從我進來的，必然得救，並且出入得吃草。盜賊來，無非要偷盜、殺害、毀壞。我來了，是要羊得生命，並且得的更豐盛。」出自《新約・約翰福音》。後者出自《新約・啟示錄》：「那城內不用日月光照，因為神的榮耀光照，又有羊羔為城的燈……凡不潔淨的、并那行可憎與虛謊之事的，總不得進那城。只有名字寫在羊羔生命冊上的才進得去。」〔註6〕關於這兩個題記在小說中發揮的功用，論者多有闡發，大都從土地與神性、神話等角度切入，很有意思，在此不贅。我想提醒注意的是「生命冊」的命名，不僅依然來自《聖經》，而且更來自《城的燈》的題記，可見李佩甫對這個壓卷之作從頭開始就煞費苦心，以此與前面兩部長篇的文本構成生命連環。「生命冊」出現在《新約・啟示錄》至少五次，是其關鍵詞。從《路加福音》可知〔註7〕，所有基督信徒的名字，都記在生命冊上，象徵他們是屬神的。在「末日審判」的時候，死了的人，無論大小，都站在上帝的寶座前，「案卷展開了，並且另有一卷展開，就是生命冊。死了的人都憑著這些案卷所記載的，照他們所行的受審判。」〔註8〕「若有人名字沒記在生命冊上，他就被扔在火湖裏。」〔註9〕顯然，生命冊既是信徒的依據，又是末日審判的

〔註6〕著重號係引者所加。
〔註7〕《路加福音》12：8～9。
〔註8〕《啟示錄》20：12。
〔註9〕《啟示錄》20：15。

依據。李佩甫不是一般的《聖經》愛好者，雖然《聖經》可能不是他思想文化的「源頭」，但據其自述：

> 有那麼一個時期，《聖經》一直在我枕頭放著，我是把它作為文學作品來讀的，晚上睡不著的時候會翻一翻。〔註10〕

有必要挑明隱藏在這句話後面的症候：李佩甫的特殊身份和在《上海文學》公開對話的「語境」，使他選擇了把《聖經》當作「文學作品」來表達是明智的。可更大的智慧在於後面半句話對它的顛覆：晚上睡不著或午夜夢回，總之夜不能寐時讓《聖經》來安頓靈魂。對《聖經》的熟稔到了信手拈來地步的李佩甫，未必沒有在《生命冊》中要對「平原人」來一次「末日審判」意味上的心靈拷問，以此為寫作上的這次漫長的「平原」之旅暫時劃上一回句號？上帝的羔羊們，在城的燈的光耀下，接受了一次末日審判，「平原三部曲」要說的就是這些？李佩甫在想像的世界中完成了一次平原人的創世神話。

　　這樣說有沒有根據？看看《生命冊》的題記，這次摘自泰戈爾：「旅客在每一個生人門口敲叩，才敲到自己的家門；//人要在外邊到處漂流，最後才能走到最深的內殿。」泰戈爾信仰什麼？有人說他信奉印度教，有人說他信仰基督教，有人說他是泛神論者，有人說他根本沒有信仰，就是一個無神論者。但有一點連泰戈爾本人都不能否定，他最優秀的作品，那本獲得諾貝爾文學獎的《吉檀伽利》，就是獻給「神」的歌。這個「神」換成耶穌基督，與基督義理也沒有什麼衝突。難怪原先是基督徒的冰心，對泰戈爾的詩如癡如醉。神性並沒有那麼神秘，無論是誰的「神」，在文學作品中都表現為一種「終極關懷」：對人的生命價值的終極叩問。這才是李佩甫在「平原三部曲」中要做的。分析這段題記可以得到進一步說明。人生如匆匆過客，降生即意味著回家，向死而生是沒有辦法改變的宿命。可家在哪裏？找到回家的路，找到生命安頓的「家」，就成為人之所是的必然。敲門，構成生命的內在衝動和連續光譜。可並不是只要敲門都能敲開，無數次的敲門，無數次的「撞牆」，像西緒弗斯一樣無數次的「推石上山」，它們都有一個統一的名字「人生」。這個過程，既是人生的磨難，又是生命的意義。而且，沒有找到「家」的任何一次敲門，都是心魂的一次漂流，但正是這種漂流才能到達生命「最深的內殿」。到此，《生命冊》題記的意義已然昭昭。

〔註10〕舒晉瑜、李佩甫：《看清楚腳下的土地》，樊會芹編《李佩甫研究》，第 50 頁，河南大學出版社 2015 年版。

二

開篇寫了那麼多，其實就想說明一個問題：《生命冊》不是在寫「土地」，也不是在思考「土地與人」的關係，這樣說就小看了李佩甫。「背負著土地行走」〔註11〕只是作家和小說的一種姿勢，鄉村也只是李佩甫想像的出發點，以及人物活動的背景和舞臺。寫生命，為「無梁村」人的生命立冊，為平原生命立此存照，進而追問生命的終極價值，才是李佩甫夙夜憂思、孜孜以求的。

說得更明白點，無論是《羊的門》、《城的燈》、《生命冊》，還是《等等靈魂》、《城市白皮書》等，李佩甫的小說，都的確或明或顯地寫到了城鄉，似乎都有一種城鄉互照的潛在結構在裏頭。但我認為寫城鄉、寫城鄉對照、寫人物的離鄉和進城，甚至寫城鄉境遇中人物不同命運的變化，都不是李佩甫小說的要旨，也不是它們的重點所在。李佩甫實際上是把人物置於城、鄉變動的舞臺，放在命運轉換的途中，去拷問他們的靈魂，去考驗他們的人性。李佩甫小說的重心，在於借時代變動的契機，勘探人性。也就是說，寫人性，「切入人的精神宇宙」〔註12〕、開掘人性深處詭秘的部分，才是李佩甫小說最終的目的。城鄉，只不過是他小說想像的出發點，故事展開的舞臺，就像新歷史小說家筆下的「歷史」一樣。李佩甫的「獵物」躲在「土地」背後。

不要為敘述者「我」的這段話迷住：

> 在我，原以為，所謂家鄉，只是一種方言，一種聲音，一種態度，是你躲不開、扔不掉的一種牽扯，或者說是背在身上的沉重負擔。可是，當我越走越遠，當歲月開始長毛的時候，我才發現，那一望無際的黃土地，是惟一能托住我的東西。〔註13〕

小說文本的全部敘述，並不能支撐這段話的表層寓意。在語義深處，這裡的「黃土地」不是那些漂浮在「具象」層面的「方言」、「聲音」、「態度」、「牽扯」、「負擔」，而是托住「我」、「我們」的生命原鄉。

有如此高的立意，於是李佩甫的難題來了。據李佩甫自己說，他寫《生命冊》的難度有三：

〔註11〕李佩甫：《背上的土地》，樊會芹編《李佩甫研究》，第7頁，河南大學出版社2015年版。
〔註12〕李佩甫：《關於〈苦〉稿的自白》，樊會芹編《李佩甫研究》，第5頁，河南大學出版社2015年版。
〔註13〕李佩甫：《生命冊》，第424頁，作家出版社2012年版。

> 一是時間的跨度大，寫了五十年；二是結構方式有難度。我是
> 以第一人稱、以內心獨白的方式切入的，「以氣做骨」，在建築學意
> 義上是一次試驗；三是語言的難度，一部長篇，需要獨特的、文本
> 意義上的話語方式，為找到開篇第一句話，我用了將近一年的時間。
> 〔註 14〕

這三個難度，概括起來是「形式」的難度。李佩甫一方面有「史詩情結」，所以才有了寫「平原三部曲」的衝動，才有了寫五十年的打算。他的三部曲，同屬於「大河小說」的範疇，但他並不是要「大規模地反映中國社會」，像他的前輩茅盾、李劼人甚至巴金那樣。儘管《生命冊》所寫的「這五十年，社會生活發生了巨大的變化，要寫的東西太多太多」，幾乎動用了他「一生的儲備」〔註 15〕，但他所面對的是更為複雜的社會形態，他沒有機會把它「本質化」為某些「必然規律」和「發展方向」，或者他根本不願、不想、不敢，也不能這樣做。即使歷史給他這樣一個契機，他也會選擇別樣的方式，否則文學告訴我們的不比社會科學多，十七年文學、「文革」文學、新時期之初的文學經驗，早已說明了這一切。他要寫的是生命史、心靈史、人性史的史詩。他精心設計敘述者「我」以「內心獨白」的方式來說部，已顯示了如此用心。選取這波譎雲詭的 50 年的好處在於，可以把人物放在歷史的狂潮與巨瀾中去拷問，勘探人性深處中那些蔽而不彰的東西。這使他在寫作中首先要處理的是「穿越」：如何才能穿越社會生活、「文本歷史」的表象，抵達底層？這不是一個「思想」問題，這是一個「形式」問題。「寫什麼」解決了，最難解決的是「怎麼寫」。

　　另一方面，李佩甫是對文學抱有「宗教情懷」的作家。即他把文學本身當作了「信仰」。「文體實驗」和寫出「最好的漢語文本」，找到最合適的漢語寫作方式，一直是他的文學追求。他多次談到，現代漢語小說還沒有最好的文本：「純中國文體、漢語文本還未在世界上確立應有的位置」〔註 16〕。這樣，「史詩情結」、「文體實驗」構成李佩甫的內在焦慮。這是 20 世紀 80 年代優

〔註 14〕 李佩甫：《我的「植物說」》，樊會芹編《李佩甫研究》第 15～16 頁，河南大學出版社 2015 年版。

〔註 15〕 李佩甫：《我的「植物說」》，樊會芹編《李佩甫研究》第 16 頁，河南大學出版社 2015 年版。

〔註 16〕 李佩甫：《文學的標尺》，樊會芹編《李佩甫研究》第 10 頁，河南大學出版社 2015 年版。

秀的文學傳統在李佩甫身上的綻放。這是既經歷了新時期文學「歷史之重」，又經歷了先鋒文學實驗「形式不能承受之輕」的作家，在一個新的歷史階段的爆發。《生命冊》寫作上「結構方式」和獨特「話語方式」的困難，實際上是這部長篇在意義建構上的困難。有難度的寫作，才是「好的文學」的品質，李佩甫力圖做到。

這篇小文，不可能面面俱到。關於《生命冊》接下來的形式分析，我只能把重點放在小說的結構上，敘述者的窘境、敘述主體的干預、敘述方位、敘述時間等更為具體、更為微觀的問題，我放在下一篇去討論。在這些方面，《生命冊》都大有「說頭」，都可以說得津津有味。

《生命冊》結構上的最大困難是，它寫的是「人物志」或者說「人物的生命志」，是一個一個人物的命運合成了這部長篇。它不是以一個故事貫穿整部小說，更不是從所謂矛盾的發生、發展、激化、進入高潮，最後到矛盾的解決。統一的歷史事件，一以貫之的故事脈絡，貫穿始終的核心情節，根本找不到。它不是以「故事」結構小說，而是以「人物」來結構全篇。它沒有線性的因果關係可遵循。因此，問題就來了：這些相對分散的「人物志」最終靠什麼把它們「紐結」在一起，形成一個長篇，一個好的長篇？

的確，在《生命冊》中，除了敘述者「我」吳志鵬，是作者分裂出的一個「人格」，擔當替作者講故事的職責，不得不與其他人物打交道外，像「駱駝」、「蟲嫂」、「蔡思凡」等人之間，不僅沒有「交集」，甚至連面都沒有見過。而且「我」與其他人的交道，並非都如駱駝這樣的深，「我」對有些人的瞭解，也只是「道聽途說」。哪怕是對梅村這樣一個與「我」有肌膚之親、發誓要獻給她「阿比西尼亞玫瑰」的女人，關於她離開「我」的日子，以及她的結局的敘述，是靠「我」走訪「當事人」、「聽說」，以至不得已展現偶然得到的三本日記才完成的。這樣的敘述有多少「可靠」，不是我在這裡要說的。我想表明的是，《生命冊》由於以人物來結構小說，每個人物都有自己的故事，人物與人物之間的故事彼此少交叉、少交匯，只是為了敘述的需要，所有的人物都或多或少與敘述者「我」有一點交集。當然交集最多的是駱駝。正因為人物與人物之間缺少交集，所以小說不是靠主要人物之間的矛盾為敘述動力的，也不是靠主要人物之間的關係作為敘述重點的。小說的寓旨也不靠此來呈現。也就是說，小說的每一個重要人物都有自己的故事，都有自己的人物關係，都有自己活動的空間，都有一個自己相對獨立的世界。在這個意義上講，《生

命冊》就是一部「人物志」。

小說的十二章，只寫了幾個軸心人物的故事。簡單說來，第一章、第七章、第十一章，寫「我」的故事；第二章寫老姑父蔡國寅的故事；第三章、第五章、第九章寫駱駝的故事；第四章寫梁五方的故事；第六章寫蟲嫂的故事；第八章寫杜秋月的故事；第十章寫「春才下河坡」的故事；第十二章可謂小說的尾聲。《生命冊》實際上只為老姑父、駱駝、梁五方、蟲嫂、杜秋月、春才和「我」這七個「軸心」人物的生命立冊，其他人物眾星拱月，圍繞在這些「軸心」人物周圍，既構成這些人物的「處境」，又照亮了他們自己的生命，並顯露出人性的某些特徵。這種結構，使《生命冊》完全可以以「人物」為中心，把各章拆開，有的即可單獨成篇，有的需要再組合，最後分成六個或七個短篇或中篇小說。

三

這樣說，好像《生命冊》是東拼西湊，沒有做到水乳交融，沒有構成有機整體，那還談得上什麼成就呢？而事實並不是這樣。我讀完這部小說，並沒有支離破碎的感覺，反而像一支雄渾的樂曲。這說明那些可以相對獨立的「人物志」，在一個更深的層面是交匯在一起的。在哪裏交匯在一起呢？這部小說的「紐結」點在哪裏呢？

李佩甫在談到《生命冊》的「結構方式」時說，「我採用的是分叉式的樹狀結構，從一風一塵寫起，整部作品有枝有杈、盤旋往復，一氣灌之，又不能散了」。那麼如何不散呢？他「嘗試著用了一些『隱筆』，比如『見字如面』，比如『給口奶吃』，比如『汗血石榴』等等」，這都是他「特意設定的、解開這部長篇的『鑰匙』」。〔註17〕可惜我拿這把「鑰匙」還暫時打不開那把「理解」的鎖。的確，每一章的最後，幾乎都有這樣的「隱筆」，起到了某種「串聯」的作用，也拓開了小說的另一隱秘空間，小說也由此有了更大的「張力」。對此，我將在下篇文章中解析。在這裡，我急於找到的是「分叉式樹狀結構」的「根」扎在哪裏。當然，敘述者「我」在敘述上起到了統率全篇的作用，可算是「分叉」有了「根」，可是這個「根」又扎在何處呢？

小說中的七個「軸心」人物，駱駝是個異數，解釋者眾多，在此存而不

〔註17〕李佩甫：《我的「植物說」》，樊會芹編《李佩甫研究》第 16 頁，河南大學出版社 2015 年版。

論。其餘的六個都與「無梁村」發生關聯。他們都是「平原」上的「異類」。
老姑父蔡國寅，曾經的炮兵上尉，在他追求還是學生吳玉花時，是何等的英
勇、剛毅。入贅無梁村的第四年，他當上了村支書。可他的「軍人特質」「在
無梁村的時光裏被一點點浸染，一點點抹去」〔註18〕，竟至沉默寡言、雙目
失明、眾叛親離，成為孤家寡人。坊間甚至傳說他沒有死，頭被女兒蔡思凡
割下來，埋在盆景下面，並口耳相傳，演繹出「汗血寶馬」的當代傳奇。春
才的異類在於他的舉刀自宮。性意識的過早覺醒，蔡葦秀的神秘出現，使他
在青春無助中走向自殘，後來竟神奇般成了豆腐坊的老闆，與蔡葦秀、慧慧
等的關係不得不令人費解。杜秋月卻表現在對無梁村的歸順、背叛和再歸順
上。剛「落難」無梁村時，「挑尿」的不斷折磨，將其知識分子的清高、銳氣、
棱角抹平。一平反就利用知識分子那點小聰明，毅然決然與劉玉翠離婚。後
來腦子被劉玉翠「鬧壞」，提前退休，又與劉玉翠復婚。至於「我」受到敘述
者身份的限制，極力調和著「羊性」和「狼性」的二重性格，成為「企圖披
上『羊皮』的狼」。「我」既是駱駝收購藥廠的「幫兇」，又是駱駝行為和生命
的「冷眼旁觀者」和「思考者」。最大的異類，是梁五方和蟲嫂。梁五方為「尊
嚴」而戰，失去了基本的「生存」權利。蟲嫂為「生存」而活，喪失了做人
的起碼「尊嚴」。他們代表了無梁村「貧困」的兩極。顯然，是「無梁村」或
者「平原」孕育和滋養了這些「生命」異類，同時又使他們的生命「變形」。
敘述者確信：

> 平原上的樹有一個最可怕的，也是不易被人察覺的共性，那就
是離開土地之後：變形。〔註19〕

樹象徵人。問題是，這些「變形」的人，並沒有離開「土地」。或者說這些人
是在平原的「土地」上「變形」的，或者如「我」，是「變形」後才離開平原
的「土地」的。顯然，《生命冊》「分叉式的樹狀結構」的根，深深紮在平原
上，扎在平原的「土壤」裏。

　　這是怎樣的「土壤」？我認為這是平原底層文化的「土壤」，這是平原芸
芸眾生人性的「土壤」。換句話說，《生命冊》分叉結構的「根」深深扎在平
原文化的底層深處，扎在芸芸眾生人性的深處。是平原的底層人性與文化，
把七個「軸心」人物的生命志「紐結」在一起。看看兩個「過籮」的事件，

〔註18〕李佩甫：《生命冊》，第 45 頁，作家出版社 2012 年版。
〔註19〕李佩甫：《生命冊》，第 111 頁，作家出版社 2012 年版。

是如何讓梁方五、蟲嫂「變形」，走上另一條生命的不歸路，開出別樣的人性花，我們會加深對這個問題的理解。

梁方五的全部問題都出在「太傲造」、「太各色」。他是全村「最聰明」的青年，也是全村最能幹的工匠。他在「南唐北梁」的比藝中，他不花一分錢娶媳婦，他獨自一人在漚麻的水塘裏蓋房子，他一個人「上樑」，都顯得太驕傲、太非同尋常、太鶴立雞群。他把他的性格和尊嚴全部暴露出來了。他的「光芒」蓋過了全村人的「光亮」。他的脊樑伸得太直，顯得太高，別人就太矮小了。人們的眼裏已經生出很多「黑螞蟻」了，「螞蟻一窩一窩的，很惡毒地亮著」〔註20〕，大家似乎突然達成某種「默契」，都在等待一個「機會」：一個借刀殺人的機會。機會來了，一場莫名其妙的「運動」來了，梁五方被打倒，他被宣布了二十四條莫須有的罪狀。可這時的梁五方依然「不識時務」，依然「太傲造」了，他大聲說，「我不服！不服！」話音未落，憤怒的「群眾」，無梁村的父老鄉親，那些「我」吃過百家飯的，「我」喝過奶的，供我上中小學的，送我上大學的，突然像刮起的黑旋風，發出「嗚裏哇啦」「吃人」的聲音，把梁五方淹沒了。只聽有人高聲說，他還不服？籮他，籮他。梁五方被「過籮」，他像篩子裏的糧食、簸箕上的跳蚤，被潮水般的人群推來搡去，「像雨點一樣的唾沫吐在他的臉上，像颶風一樣的巴掌扇在他的臉上。」〔註21〕人們埋藏已久的怨恨，壓抑太深的不滿，全面爆發，發洩在梁五方身上。尤其是女人們，終於有了一次「發瘋」的機會：海林家女人用鞋底一次次向梁五方的臉上扇去，聾子家媳婦手上閃亮閃亮的錐子一次次向梁五方扎去，麥勤家老婆一次次暗地掐著梁五方的肉轉圈……幾乎全村的人都下手了。人們掩飾不住心中的恐懼與喜悅，眼裏泛動著「狼」一樣「墨綠色的燦爛的光芒」。就在梁五方倒地的那一刻，「他的二哥五升偷偷地從袖筒裏掏出了一個驢糞蛋，塞了他一嘴驢糞」〔註22〕。連年小無知的「我」，也想上去扇他一記耳光。這就是平原最底層的人們，他們與梁方五無怨無仇，但在這一刻，他們人性深處的罪惡，殘暴得令人髮指般地釋放出來，致使梁方五的命運發生根本改變。他因為那點微不足道的「尊嚴」，最終成為「社會公敵」。

〔註20〕李佩甫：《生命冊》，第120頁，作家出版社2012年版。
〔註21〕李佩甫：《生命冊》，第123頁，作家出版社2012年版。
〔註22〕李佩甫：《生命冊》，第124～125頁，作家出版社2012年版。

蟲嫂像「小蟲兒窩蛋」一樣卑賤。個頭一米三、四，又嫁給身體殘疾的老拐。為了討一口飯吃，讓全家活下去，她偷，她「鬆褲腰」，她被「談話」，從村的治保主任、到生產隊長、小隊記工員、大隊保管，再到看磅的、看園子的都約她「談話」〔註 23〕。她犧牲了尊嚴、犧牲了身體，成了全村最爛的「爛女人」。在平原，只要是「最」就不行，不管你是最好還是最壞。「蟲嫂的行為遭到了全村女人的一致反對」〔註 24〕，她「迎來」比梁方五「過籮」更慘的遭遇。女人們先是指桑罵槐、比雞罵狗、敲盆罵街。繼而聚集在一起，把蟲嫂按在地上，剝光衣服，極盡羞辱。再撕她、掐她、「籮」她。最後把她包圍在場院，追她在雨水中奔跑：

> 蟲嫂十分狼狽地在雨水中奔跑著，她的下身在流血（那是讓女
> 人掐的），血順著她的腿流在雨水裏，她一邊跑一邊大聲呼救，一聲
> 聲淒厲地叫著：叔叔大爺，救人哪！救救我吧！嬸子大娘們，饒了
> 我吧！〔註25〕

可是整個無梁村沒有回應。女人們拿著各式「武器」，一邊追打蟲嫂，一邊發出嗷嗷的愉快的叫聲。蟲嫂從此走向孤寂，承受人間最深的荒寒，在淒苦中走完一生。

對「平原」底層如此書寫，不是李佩甫的突發其想，而是深思熟慮，一以貫之。還在上個世紀 80 年代末期，他在中篇《送你一朵苦楝花》中就有類似描寫。無梁村人的表演，只不過是這部小說中「梅妞」所在村人，以及她的父母行為的續寫。《生命冊》與《送你一朵苦楝花》的「互文」，是一場跨越世紀、穿越 20 多年時空的「對話」。一切皆流，萬象日新，唯有「平原人性」牢固如初。至少在李佩甫的想像世界中是這樣。

「形式」分析走到這裡，已經介入「文化」內核。「不要輕看任何形式，在某種意義上說，形式就是內容」〔註 26〕。就比如《生命冊》的「分叉式樹狀結構」，當其「分叉」開去，為「軸心」人物「立志」的時候，老姑父、駱駝、梁五方、蟲嫂、杜秋月、春才和「我」的性格、人性、形象得到深入展現。當其「交匯」在一起，為這些人性提供根據的時候，整個「平原人性」和「文化底層」又被深深地掀起，小說的另一個主角也由此出場，那就是「芸

〔註23〕李佩甫：《生命冊》，第 210 頁，作家出版社 2012 年版。
〔註24〕李佩甫：《生命冊》，第 211 頁，作家出版社 2012 年版。
〔註25〕李佩甫：《生命冊》，第 212 頁，作家出版社 2012 年版。
〔註26〕李佩甫：《生命冊》，第 57 頁，作家出版社 2012 年版。

芸眾生」。這樣，《生命冊》就讓一群本來沉默不語的烏合之眾，面孔模糊不清的黎民草根，不僅開口說話，而且在飽滿的細節和精彩的表演中，湧現出鮮明的個性和生動的人格。在如此的群體個性和群體人格中，小說深刻觸及平原底層社會的普遍心理和普遍人性，觸摸到中國社會走向現代化的艱難及其原因，並以此激發讀者反思現代中國革命奠基其上的社會基礎。而當個體與群體人性觸目驚心地匯聚在一起的時候，我們常常聳然驚懼：難道這就是人性的本真？生命的意義到底是什麼？並逼迫我們去思索那些似乎早已離我們遠去的「生命的終極價值」。我認為，李佩甫《生命冊》的一個重要貢獻就在於此。

一個不會在敘述面前退卻的作家：
評阿來的「山珍三部」〔註1〕

　　「山珍三部」〔註2〕再次說明，阿來是個超越民族立場的人類作家。他總是從一個特定族群、特定地域出發，穿越詩性文字和生動物事的外殼，在漫不經心與溫暖敦厚的敘述中，到達一個當代思想的高點：對人類精神事務的冷峻審視。

　　當「山珍」不再是自然生命的表徵，而成為經濟資本、象徵符號後，人類的精神生態不可避免地墜入了萬劫不復的深淵。高原的遼闊壯麗，語言的蔥綠靈動，被文本背後鋒利的思想利刃刺得粉碎。悖論式的寫作，又一次把文學這個精靈推到了當代經濟政治社會的對立面。也許這是一切優秀作家的宿命：寫作就是拒絕，就是對那些早已「被自然化」的事物的拒絕。說穿了，就是拒絕社會謊言和意識形態的偽裝。阿來不是一個在敘述的危險面前退卻的作家，在「山珍三部」裏，他深沉的目光，穿透自然生態、社會生態的表層，直指人類精神生態的內核。在這裡，「一種植物種系就是一本『歷史書』」。〔註3〕

一

　　經歷了厚重長篇寫作和近幾年的「非虛構」敘事（《空山》、《格薩爾王》、

〔註1〕本篇與劉爽合作，最初發表於《阿來研究》第6輯。
〔註2〕阿來的《三隻蟲草》（首發於《人民文學》2015年第2期）、《蘑菇圈》（首發於《收穫》2015年第3期）、《河上柏影》這三部小說，人民文學出版社結集出版時總稱「山珍三部」。
〔註3〕參閱奧爾多·利奧波德：《沙鄉年鑒》。

《瞻對》)，阿來帶著他的「山珍三部」系列中篇，再次返回他一直強調和堅持的「關注現實」的傳統。他選取高原上有代表性的三種物產——蟲草、蘑菇、柏樹，講述了青藏高原三個不同時代，卻同樣動人的故事。角度精巧，語言清新，充滿純粹輕靈的自然氣息，又貼近生活，以「直面現實」的勇氣，「回應那些重大的社會關切」。〔註4〕

山珍，顧名思義即自然界出產的珍稀物產。「山珍三部」問世之際，媒體批評和專業讀者就為其貼上了「自然文學」的標籤。這個標籤貼得當然有道理，就在這之前，阿來出版的散文隨筆集《草木理想國‧成都物候記》，就是一部描述成都風物，談論草木理想的自然之作。建構「如花世界」，〔註5〕書寫「植物王國」，〔註6〕對於阿來來說，早已不是什麼新鮮的事情。但他的自然文學，不是吟風弄月，回歸自然，隱遁山水，而是自覺肩起「生態責任」，開展「文明批判」。〔註7〕

對此，阿來有著清醒的認識：

> 寫作中，我警惕自己不要寫成奇異的鄉土志，不要因為所涉之物是珍貴的食材寫成舌尖上的什麼，從而把自己變成一個味覺發達，且找得到一組別致詞彙來形容這些味覺的風雅吃貨。我相信，文學更重要之點在人生況味，在人性的晦暗或明亮，在多變的塵世帶給我們的強烈命運之感，在生命的堅韌與情感的深厚。〔註8〕

異族的生活不是一種牧歌式的東西，西藏也不是一個陌生化的形容詞。阿來的文學理想是追求一種普世性，他希望讀者「在閱讀中把他者的命運當成自己的命運，因為相同或者相似的境遇與苦難，不同的人，不同的族群，在不同的歷史時期，或者曾經遭遇與經受，或者會在未來與之遭逢。從這個意義上說，任何一個文本都是一個人類境況的寓言。」〔註9〕

「山珍三部」的確是「一個人類境況的寓言」。但它的靈感，也許來源於作家對某種命名的不滿：「我們讀外國小說，花草樹木都是有名字的。你讀中國的小說看看，大部分時候一晃而過，我們對描繪大自然漠不關心。」

〔註4〕阿來：《文學本應關注現實》，載《檢察風雲》2016 年第 5 期。
〔註5〕遲子建：《阿來的如花世界》，載《時代文學（上半月）》2011 年第 11 期。
〔註6〕張學昕：《阿來的植物學》，載《文藝評論》2012 年第 1 期。
〔註7〕王諾：《歐美生態文學》，北京大學出版社 2003 年版，第 11 頁。
〔註8〕阿來：《三隻蟲草‧序》，第 2 頁，人民文學出版社 2016 年版。
〔註9〕阿來：《有關〈空山〉的三個問題》，《揚子江評論》2009 年第 2 期。

〔註10〕大自然那些青蔥繽飛的生命，在中國作家的筆下，卑微到連名字都沒有。這看似再小不過的問題，卻刺痛了作家的心：也許中國的人類中心比歐美更甚，以致於「其實今天中國最重要的問題之一，就是環境問題。」〔註11〕可是，並非每一個人都已真切地感受到「湖中的蘆葦已經枯了，也沒有鳥兒歌唱！」〔註12〕中國人的注意力聚焦在「人跟人的關係」上，「但是還有更大的關係，我們是生活在自然界的，我們跟自然界的關係是什麼？我們必須意識到，我們是在一個越來越惡化的自然環境當中，尊重和保護必須從認知開始。中國今天到了確實要慢慢改變這種觀念的時候」了。所以阿來要「身體力行」，〔註13〕要把寫作「山珍三部」，作為「介入」當下嚴峻現實的場所。在這個意義上，阿來的「山珍三部」，是漢語版的《瓦爾登湖》和《寂靜的春天》。

《三隻蟲草》的結構並不複雜，它以蟲草為線索，串聯起少年桑吉的成長和以他為中心的世情百態。故事以小學校的鐘聲開頭，隨後筆鋒一轉，事無鉅細地描寫了桑吉靈敏的嗅覺：「在剛剛過去的那個冬天，鼻子裏只有冰凍的味道，風中塵土的味道。現在充滿了他鼻腔的則是融雪散佈到空氣中的水汽的味道。還有凍土蘇醒的味道。還有，剛剛露出新芽的青草的味道。」〔註14〕高原冬去春來，「萬物生長、大地復興、天人歸魅」，〔註15〕所昭示的是曾經「天人合一」的生命情態。同樣，藏族少女斯炯和陪她度過一生的《蘑菇圈》裏，傳來的第一種聲音，就是布穀鳥的鳴叫，「聽見山林裏傳來這一年第一聲清麗悠長的布穀鳥鳴時，人們會停下手裡正做著的活，停下嘴裡正說著的話，凝神諦聽一陣」，〔註16〕這是人對自然的回應，是另一種心有靈犀。到了《河上柏影》，岷江五棵老柏樹下的王澤周一家，都會把耳朵貼在

〔註10〕記者張中江對阿來訪談：《聽植物唱那時代的悲歌》，《中國出版傳媒商報》2015年10月9日第11版。

〔註11〕記者張中江對阿來訪談：《聽植物唱那時代的悲歌》，《中國出版傳媒商報》2015年10月9日第11版。

〔註12〕約翰‧濟慈：《無情的妖女》，查良錚譯，原稿附於1819年4月21日詩人給弟弟喬治的信中。

〔註13〕記者張中江對阿來訪談：《聽植物唱那時代的悲歌》，《中國出版傳媒商報》2015年10月9日第11版。

〔註14〕阿來：《三隻蟲草》，人民文學出版社2016年版，第1頁。

〔註15〕阿來《三隻蟲草》卷首的編者語。

〔註16〕阿來：《蘑菇圈》，第2頁，人民文學出版社2016年版。

樹皮的裂縫上，聆聽樹幹裏的聲音，並虔誠的嗅聞柏樹葉的香氣。的確，「田野與樹叢所引起的歡愉，暗示著人與植物之間的一種神秘聯繫。它說明我不是孤身一人，也不是不被理睬。它們在向我點頭，我也向它們致意」。〔註17〕

這樣，「山珍三部」首先給我們呈現出的，是人的生態本源性和生態環鏈性：「只有當人們在一個土壤、水、植物和動物都同為一員的共同體中，承擔起一個公民角色的時候，保護主義才會成為可能；在這個共同體中，每個成員都相互依賴，每個成員都有資格佔據陽光下的一個位置。」〔註18〕人與自然互相欣賞，共同擁有對方。善待自然就是善待自己，就是倫理中的倫理。高原人深悟其道。斯炯看到蘑菇圈裏一對覓食的松雞，「她止住腳步，一邊往後退，一邊小聲說，慢慢吃，慢慢吃啊，我只是來看看。」〔註19〕給蘑菇圈澆水時看見畫眉，「她特意在桶裏剩一點水，倒在八角蓮那掌形的葉片中間，那只鳥就從枝頭上跳下來，伸出她的尖喙去飲水。」〔註20〕；在幫助母親用牛腿骨做飯時，「桑吉更加賣力地砸那些骨頭，砸出更多的碎骨頭，四處飛濺，讓鳥們啄食。」〔註21〕王澤周的母親讓他在收集柏樹葉的時候小心，「不要碰壞了石頭上面薄薄的苔蘚」，因為「她說，它們生長得那麼不容易，應該憐惜的啊。」〔註22〕

顯然，這個生態環鏈，是人與大自然的生命所繫，也是共同的家園所在。一旦當這個生態環鏈遭到損壞，人心就會產生撕裂感。桑吉發現第一株蟲草時，最直觀的感受便是一個有著褐色的凝膠一樣嫩芽的「美麗的奇妙的小生命」，〔註23〕而隨後卻生出了糾結：「是該把這株蟲草看成一個美麗的生命，還是看成三十元人民幣，這對大多數人來說也許根本不是一個問題，但對這片草原上的人們來說，常常是一個問題。」〔註24〕當有人等不及蘑菇自然生長，就用釘耙挖走幾十朵小蘑菇時，阿媽斯炯心疼地哭著說：「人心成什麼樣了，人心都成什麼樣了呀！那些小蘑菇還像是個沒有長成腦袋和四肢的胎兒

〔註17〕《愛默生集》，趙一凡、蒲隆等譯，第10頁，三聯書店1993年版。
〔註18〕梭羅：《瓦爾登湖》，徐遲譯，第216頁，上海譯文出版社2004年版。
〔註19〕阿來：《蘑菇圈》，第64頁，人民文學出版社2016年版。
〔註20〕阿來：《蘑菇圈》，第88頁，人民文學出版社2016年版。
〔註21〕阿來：《三隻蟲草》，第45頁，人民文學出版社2016年版。
〔註22〕阿來：《河上柏影》，第26頁，人民文學出版社2016年版。
〔註23〕阿來：《三隻蟲草》，第13頁人民文學出版社2016年版。
〔註24〕阿來：《三隻蟲草》，第14頁，人民文學出版社2016年版。

呀！它們連菌柄和菌傘都沒有分開，還只是一個混沌的小疙瘩呀！」〔註25〕
王澤周的母親依娜甚至覺得，當柏樹死的時候，自己也會死去。人與自然界
中的其他生物，在生態環鏈中具有無法逃脫的共生性。正因為這樣，「人離開
了自然提供的這些東西，一刻也活不下去。由此可見人與自然關係之密切、
之重要。怎樣來處理好人與自然的關係，就是至關重要的了。」〔註26〕

二

「山珍三部」的文本內部，湧動著系列矛盾衝突。既有人與自然資源、
宗教與文明、自然與人性等等大的矛盾紛爭，也有蟲草究竟是蟲還是草等看
似不值一提的小小分歧。社會生態，尤其是文化生態的猙獰面目，就在如此
眾多的矛盾糾纏中慢慢浮現。

在接受訪談時阿來談到：

> 如今鄉村引起外界關注，一般有兩種可能：一是當地獨特的人
> 文資源或自然風景；二是當地能出產的珍稀的物產，尤其是與吃相
> 關的物產。在消費主義至上的潮流下，都市人對松茸、蟲草這樣的
> 野生食材趨之若鶩，也引發鄉村兩個層面的變化，一個是對自然資
> 源的過度取用，另一個是人的心境變化。〔註27〕

人的心境變化只不過是文化變動的表現。而這種變遷，在阿來那兒被這樣認
為和表述：「文化從根本上來講，就是一種生產方式的改變。」〔註28〕而生產
方式又根植於消費觀念：「雖然蟲草被證實有一定提高免疫力的功效，但作為
藥材它是有替代品的。可是目前僅僅是因為過度的炒作遠遠超出它的實際營
養價值，成為一種奢侈品。不管是運輸、保存還是人力成本都將產生過多的
碳排放量，影響到生態環境。」〔註29〕蟲草是因為淪為權力地位的象徵符號，
才成為人們瘋狂追逐的對象。符號經濟的後面，是人類道德的淪喪，是無邊
的資本與權力對人性、良知的擊潰。

〔註25〕阿來：《蘑菇圈》，第137頁，人民文學出版社2016年版。
〔註26〕季羨林：〈「天人合一」新解〉，《中國氣功科學》1996年第4期。
〔註27〕記者黃啟哲對阿來的訪談：〈作家應該發現當下社會一些亟待關注的問題〉，
　　　　《文匯報》2015年12月10日第11版。
〔註28〕記者張中江對阿來的訪談：〈聽植物唱那時代的悲歌〉，《中國出版傳媒商報》
　　　　2015年10月9日第11版。
〔註29〕記者黃啟哲對阿來的訪談：〈作家應該發現當下社會一些亟待關注的問題〉，
　　　　《文匯報》2015年12月10日第11版。

面對高昂的市場價，貪心的人們「用耙子去把那些還沒長成的蘑菇都耙出來。以致把菌絲床都破壞了。」「上山去盜伐樹木，讓蘑菇圈失去陰涼，讓雨水沖走了蘑菇生長的肥沃黑土。」〔註 30〕為了開發旅遊景點，投資商們用石灰水泥築造通往柏樹的臺階，供人們瞻仰朝聖，卻也封閉了柏樹賴以汲取養分的根系，導致百年古樹的死亡。在歷史的長河中，人類出現的時間比樹晚得多，風霜雷電沒有將樹擊倒，反倒是人類親手摧毀了它們：「當一株樹過了百歲，甚至過了兩三百歲，經見得多了：經見過風雨雷電，經見過山崩地裂，看見過周圍村莊的興盛與衰敗，看見一代代人從父本與母本身上得一點隱約精血便生而為人，到長成，到死亡，化塵化煙。也看到自己伸枝展葉，遮斷了那麼多陽光，遮斷了那麼多淅瀝而下的雨水，使得從自己枝上落在腳下的種子大多不得生長。還看見自己的根越來越強勁，深深扎入地下，使堅硬的花崗岩石碎裂。看見自己隨著風月日漸蒼涼。」〔註 31〕但它沒有看到的，是人類那顆貪婪的心，那雙殘暴的手，那在征服自然、支配自然、控制自然的旗號下資本、權力媾和的肆虐。

其實，自然慷慨的為人類提供了一切，尤其對那些懷著珍視感恩之心，不把饋贈視作理所應當的人尤為無私：蟲草是桑吉一家維持生計的收入來源，蘑菇更是在饑荒年代拯救過機村。阿媽斯炯說其他人沒有自己的蘑菇圈，因為他們上山只是碰見蘑菇，而從不記住。當她看見人工培養的蘑菇時只表示不屑，因為它們一點也不像蘑菇圈裏的那些蘑菇那樣潔淨。同樣的還有桑吉的三隻蟲草，王澤周的五棵柏樹，就像小王子獨有的那朵玫瑰花，是因為他們為此付出了精力和感受，與植物們建立起了聯繫，植物對他們而言才如此特別。

人類在自然中留下腳印，自然也在人身上留下它的痕跡，不過，誰也無法否認，人類依賴自然遠勝於自然需要人類。可是「幾乎是所有的動物都有勇氣與森林與流水一道消失；只有人這種自命不凡，自以為得計的貪婪的動物，又沒有勇氣消滅森林與流水一道消失。」〔註 32〕人類對待自然是如此草率隨意，然而同時，隨著這類行為造成的後果，他們也不得不被迫做出一些改變來適應。

<hr>

〔註 30〕阿來：《蘑菇圈》，第 157 頁，人民文學出版社 2016 年版。
〔註 31〕阿來：《河上柏影》，第 9～10 頁，人民文學出版社 2016 年版。
〔註 32〕阿來：《大地的階梯》，第 39 頁，南海出版公司 2008 年。

對於生活於海拔三千米高原的牧民們來說，最顯著的改變則是為了保護長江黃河上游的水源地，他們遵循退牧還草的政策，開始了定居生活。古老的游牧民族終於定居，千百年來熟悉的世界不復存在，為了生態而改變的生活方式不可避免的又影響到了心態。

歲數較大如阿媽斯炯那一輩，面對新的生產生活方式完全不能理解，她的兒子膽巴仕途得意，不斷升遷，她雖然感到高興，卻從未同意晚輩多次讓她搬過去一起住的提議，因為她說：「我跟不上趟，我還要活在自己的世界裏。」〔註33〕

而略微年輕一些的中年人們，一類是像王澤周，通過奮鬥早早地離開了家鄉；一類則是像桑吉的父母，雖然通過電視等現代科技產品能獲取外界信息，覺得自己就像在城裏一樣，然而他們始終無法徹底融入當今時代，對於電視裏上演的故事，他們就是看不明白。挖蟲草結束時，村民們觀看蟲草販子組織播放的電影，熒幕上的人彷彿生活在一個和他們毫無關聯的世界裏。

到了最具生機的少年一代，他們面臨的選擇境地卻愈加尷尬。桑吉是一類代表，他的一套百科全書就像阿來小時候看到的那幅航拍圖，帶給他對未知世界的無限渴望和嚮往，可跟桑吉同齡的表哥卻走上了截然相反的道路。表哥成績不好，卻又已經無法繼承父輩放牧的事業，無所事事下開始盜竊，好不容易改邪歸正後又因為無知替盜獵者當背夫，鋃鐺入獄。

高原上的每一代人對於物質的觀念都在逐漸改變。在更早的 1991 年，阿來就寫過一篇名為《蘑菇》的小說，其中的主人公嘉措和朋友們看到蘑菇只是感到收穫的喜悅，而阿媽斯炯更習慣把蘑菇當作可憐可愛的生命。少年桑吉雖然也欣賞蟲草的美麗，可卻更多的把它看成了商品，會在碰見它時下意識的計算每一株蟲草能為自己換來怎樣的物品。對此阿來解釋說：「阿媽斯炯作為上一個時代的人，背負的傳統道德感比較強，對於蘑菇圈有守護的使命感。所以面對社會變遷和新的變革，她的第一反應是抗拒。而桑吉作為一個少年，有人性中美好的東西，同時也在順應社會的變化，對於來自城市的新生事物和背後的消費觀念是沒有抗拒的。」〔註34〕

「山珍三部」通過不同代際的人的命運警示我們，即使在邊遠地區，整

〔註33〕阿來：《蘑菇圈》，第 160 頁，人民文學出版社 2016 年版。
〔註34〕記者黃啟哲對阿來的訪談：《作家應該發現當下社會一些亟待關注的問題》，《文匯報》2015 年 12 月 10 日第 11 版。

個民族也沒有誰能逃脫現代性的衝擊和消費社會的侵蝕，而這一切開始得遠比我們想像的早。以前，人們烹煮蘑菇只為了嘗鮮，並不貪戀，可自從代表外來文明的工作組進村後，他們不僅發明了各種蘑菇的吃法，一個月還要吃上好幾十回，以致「機村人不明白的是，這些導師一樣的人，為什麼會如此沉溺於口腹之樂。」〔註35〕還高談闊論要在機村建罐頭廠，伐木場：

> 這種觀念叫做物盡其用，這種觀念叫做不能浪費資源。這種觀
> 念背後還藏著一種更屬害的觀念，新，就是先進；舊，就是落後。
> 〔註36〕

所以深受這些觀念薰陶的丹雅，認為阿媽斯炯不過是個不知變通的固執老太太，貢布丹增則奚落王澤周的堅守為守舊的酸腐儒生。這些自以為是的人，都傲慢的相信人定勝天，然而自然允許任何生物索取的度，從來都是滿足有節制有界限的基本生存需求。妄圖控制自然，挑戰自然，結局很可能就會像《河上柏影》中那位消失在湍急河流中的漂流者一樣。

注意，阿來再一次表現出驚人的勇氣：在敘述的危險面前決不退卻。難道真的「新，就是先進；舊，就是落後」？當人類正在日暮途窮的時候，我們信以為真的這些意識形態話語背後，究竟是一個怎樣的彌天大謊？這些以新舊劃分，以文明與愚昧切割的所謂真理，是否才是真正的人類中心主義和西方中心主義的鬼魅？那些代表外來文明的「工作組」進村，在草根階層的心裏，是不是常常有「鬼子進村」的顫慄？他們哪一次不是扮演歪嘴和尚，即使是好經也會念歪？誰給他們居高臨下，頤指氣使，充當「導師」的資格？「山珍三部」正如《空山》系列帶給我們的反思一般，它是如此深重，以至於使我們深刻地感覺到，阿來的視野、胸襟和氣度，使他的寫作遠遠超出了他所在的民族和國度，義無反顧地走向了整個人類。今天，重建文學的政治經濟文化維度，只有從自身的憂患出發，才不至於落為空話，落為掛在嘴邊的義正詞嚴的笑柄。

但無論如何，「現代性」的浪潮勢不可擋，在自然生態和社會生態的冰山一角下，「山珍三部」還有更深層的暗流在湧動。

三

從某種意義上講，即使「蘑菇圈」什麼也不用做，只永遠完整而秘密地

〔註35〕阿來：《蘑菇圈》，第10頁，人民文學出版社2016年版。
〔註36〕阿來：《蘑菇圈》，第9~10頁，人民文學出版社2016年版。

待在那裡，就足以寄託斯炯的全部喜怒哀樂，她一次次拒絕誘惑，只因她必須捍衛自己的家園。所以桑吉的父母也許永遠不會明白為什麼城裏的「那些人吃得好，穿得好，也不幹活，又是很操心很累很不高興的樣子。」〔註37〕卻總要千里迢迢跑到草原上才說能感到身心放鬆。即使生活在同一個地方，長期居住的原住民和突然介入的外來者，彼此的體驗感悟截然不同。只有讓你感到水乳交融的場所才能稱之為「家園」。

「人—文化—環境」共同構成了一種機制，即人類活動、文化系統和自然環境相互作用的結構體系。文化是人與自然關係的具體表現形態，文化系統是人類與自然聯繫的紐帶。現代人常常會莫名生出「茫然失其所在」的惶恐和無助，這正是因為他們失去了屬於自己的「家園」。家園是每個人祖祖輩輩在此繁衍，血脈緊密相連，同時無條件接納你的疲憊，提供休養生息之處的場所，最能牽動一個人心底最隱秘的情感。一位西哲，「一個孤獨的漫步者」曾有這樣的「遐想」：「一個喜歡思索的人，他的心靈越是敏感，就越容易被周圍的景象所刺激，就越會產生一種與自然和諧的喜悅。目睹這樣一幅色彩斑斕的畫卷，一種甜蜜的遐想就會油然而生，佔據著他所有的感官，使他進入一種忘我的沉醉之中。他會感覺他自己已經融入其中，已經成為大自然不可分割的一部分了。」〔註38〕

表面上的東西容易消解，但那些真正根深蒂固世代相傳的物事真的那麼容易消除嗎？對此，《空山》的敘述發人深省：

> 但在底下，在人們意識深處，起作用的還是那些蒙昧時代流傳下來的東西。文明本是無往不勝的。但在機村這裡，自以為是的文明洪水一樣，從生活的表面滔滔流淌，底下的東西仍然在底下，規定著下層的水流。生活就這樣繼續著，表面氣勢很大地喧嘩，下面卻沉默著自行其是。〔註39〕

校長不相信百科全書是桑吉的，桑吉想對他說我恨你，但他馬上想起「父親和母親都對他說過，不可以對人生仇恨之心。」〔註40〕王澤周則用「樹們競相生長，最後就是變成一片森林，不分彼此，不分高下並肩站在一起，沐風

〔註37〕阿來：《三隻蟲草》，第18頁，人民文學出版社2016年版。
〔註38〕讓—雅克·盧梭：《一個孤獨漫步者的遐想》，吳桐譯，第118頁，華中科技大學出版社2015年版。
〔註39〕阿來：《空山：機村傳說》上，第106頁，人民文學出版社2009年版。
〔註40〕阿來：《三隻蟲草》，第87頁，人民文學出版社2016年版。

櫛雨」〔註 41〕來平息來自他人樂此不疲製造種種差異，種種區隔的分別心給自己帶來的難堪。這些人們從傳統文化中汲取的精神力量，對比要求推翻一切的聲音，不得不說是一種強烈的反諷。大衛・雷・格里芬希望世界的部分返魅，因為自然不是由無生氣的物體構成的僵死的東西，它有生命的神性在裏面，「這種『自然的死亡』導致各種各樣的災難性的後果」〔註 42〕。傳統不應該被簡單地視為一種落後。阿來並非文化上的保守主義者，但他認同傳統生產方式中的合理成分「可能落後一點，但它是尊重自然的」。〔註 43〕

阿來的反思，其實就是對「現代性」的反思，就是對中國百年現代化運動的一次檢點：既吸納西方文化，又接續五四傳統。海德格爾不是提倡「詩意棲居」嗎？沒有了自然的庇護，詩意棲居何以可能？大半個多世紀以前的沈從文，當代的汪曾祺等作家不也表達過對原生邊地文化的嚮往嗎？甚至不惜在那裡構築「人性的神廟」。

「不是我們走向世界，而是世界向著我們撲面而來。」〔註 44〕阿來及其作品主人公所面臨的現實更加無奈。《蘑菇圈》尾聲，阿媽斯炯跟孫女通電話，面對孫女「世界變小了」的論點，斯炯說：「我知道，人在變大，只是變大的人不知道該如何放置自己的手腳，怎麼對付自己變大的胃口罷了。」〔註 45〕更大的無奈還在於，「你以為你把我的蘑菇圈獻出來人們就會被感動，就會阻止人心的貪婪？不會了。今天就是有人死在大家面前，他們也不會感動的。或者，他們小小感動一下，明天早上起來，就又忘得乾乾淨淨了！人心變好，至少我這輩子是看不到了。」〔註 46〕連喇嘛都變得世俗，要拿走村民辛苦採摘的蟲草，要封山獨佔松茸，廣大鄉村受到現代性的影響是如此劇烈又疼痛：

　　文化已經出走。鄉村剩下的只是簡單的物質生產，精神上早已經荒蕪不堪。精神的鄉村，倫理的鄉村早就破碎不堪，成為了一片精神荒野。我並不天真地以為異國的鄉村就是天堂。我明白，我所

〔註 41〕阿來：《河上柏影》，第 206 頁，人民文學出版社 2016 年版。
〔註 42〕大衛・雷・格里芬：《後現代精神》，王成兵譯，第 218 頁，中央編譯出版社 1998 年版。
〔註 43〕記者張中江對阿來的訪談：《聽植物唱那時代的悲歌》，《中國出版傳媒商報》 2015 年 10 月 9 日第 11 版。
〔註 44〕阿來：《我只感到世界撲面而來——在渤海大學「小說家講壇」上的講演》，《當代作家評論》2009 年第 1 期。
〔註 45〕阿來：《蘑菇圈》，第 160 頁。人民文學出版社 2016 年版。
〔註 46〕阿來：《蘑菇圈》，第 158 頁，人民文學出版社 2016 年版。

> 見者是史坦倍克描繪過的產生過巨大災難的鄉野，福克納也以悲憫的情懷描繪過這些鄉野的歷史與現實：種族歧視加諸於人身與人心的野蠻的暴力；橫掃一切的自然災害；被貪婪的資本無情盤剝與鯨吞。〔註47〕

這既是個世界性的難題，又似乎是人類的宿命，只不過如今才在高原、在藏族、在華夏大地迴響。

從「不一樣的未來不是鄉村會突然變好，而是我們有可能永遠脫離鄉村」〔註48〕，到王木匠讓王澤周「到那種不計較一個人父親是誰，母親是誰的地方去」，〔註49〕再到王澤周回答「沒有人有權利說這個地方是他們的，而不是別人的」〔註50〕，顯而易見，阿來的文化立場已經越來越成熟：他不僅反對文化的全盤西化，也時刻警惕著民族主義、東方主義。在他看來，文明沒有高下之分，作家應該超越地域、民族、身份等等侷限，關注和反思人類的共同命運走向。也如同王澤周所說，不是只有血統純粹的人才擁有一個故鄉，雖然文化存在種種差異，但面對共同的生存命題，自然才是我們永遠的精神原鄉。

湯因比的話是如此觸目驚心：「人類將會殺害大地母親，抑或將使她得到拯救？如果濫用日益增長的技術力量，人類將置大地母親於死地；如果克服了那導致自我毀滅的放肆的貪欲，人類則能夠使她重返青春，而人類的貪欲正在使偉大母親的生命之根——包括人類在內的一切生命造物付出代價。何去何從，這就是今天人類面臨的斯芬克斯之謎。」〔註51〕

「山珍三部」的寫作，正是阿來力圖破解今天人類面臨的這個「斯芬克斯之謎」，是他堅持「訴諸人們的良知」、「喚醒人們昏睡中的正常感情」，以期「某些惡化的症候得到舒緩，病變的部分被關注，被清除」的文學立場的一次悲壯的努力。其實，阿來是善良的，他說，「我願意寫出生命所經歷的磨難、罪過、悲苦，但我更願意寫出經歷過這一切後，人性的溫暖。即便看起來，這個世界還在向著貪婪與罪過滑行，但我還是願意對人性保持溫暖的嚮

〔註47〕阿來：《有關〈空山〉的三個問題》，《揚子江評論》2009 年第 2 期。
〔註48〕阿來：《有關〈空山〉的三個問題》，原載《揚子江評論》2009 年第 2 期
〔註49〕阿來：《河上柏影》，人民文學出版社 2016 年版，第 192 頁。
〔註50〕阿來：《河上柏影》，人民文學出版社 2016 年版，第 192 頁。
〔註51〕阿諾德‧湯因比：《人類與大地母親》，徐波譯，上海人民出版社 2001 年版，第 529 頁。

往。」〔註52〕於是我們才看到阿媽斯炯依然想為蘑菇圈留下一個種，才看到她的無望之望：「等到將來，它們的兒子孫子，又能漫山遍野」。〔註53〕

〔註52〕阿來：《蘑菇圈》序，人民文學出版社2016年版，第2頁。
〔註53〕阿來：《蘑菇圈》，人民文學出版社2016年版，第158頁。

二、黑色以外：撞牆・仰望・超越

從延河到施洗的河：50、90年代想像知識分子靈魂得救的方式[註1]

　　擺在我面前的是20世紀的兩部長篇小說：一部是50年代的《青春之歌》，一部是90年代的《施洗的河》。它們的寫作、出版相距近半個世紀，其敘事的方式、結構和風格也迥然有別，以至於將它們放在一起的時候，我不得不驚歎於歷史／文學、文學／歷史之間的變動是如此的迅捷，甚至於荒謬。但同時，它們又至少有兩個東西是共同的：一是，它們都是各自時代產生過重要影響的作品，或者是在閱讀效應上，或者是在精神「深度空間的爭取上」[註2]。前者被浙江在線網認為是「感動過共和國」的重要作品之一，被文學史以「優秀作品」反覆闡釋；後者的出現也被「看作一個文學事件」[註3]。二是，它們講述的又都是關於知識分子「靈魂得救」的故事。換言之，它們都是以想像知識分子靈魂得救的方式，贏得了各自時代的尊重和某種文學權力的青睞。於是，一些很有意思的問題就產生了：關於知識分子的靈魂得救，它們是怎樣想像的？何以這樣想像？想像的差異緣何而生？這種差異反映了中國知識分子怎樣的精神變動？又書寫了50、90年代中國怎樣的文化政治困境？

一

　　在楊沫譜寫《青春之歌》的時候，另一位中國詩人正在寫作這樣的詩句：

〔註1〕本篇最初發表於《人文雜誌》2003年第3期。
〔註2〕謝有順：《話語的德性》，第88頁，海南出版社2002年版。
〔註3〕南帆：《沉入語詞：南帆書話》，第60頁，浙江人民出版社1997年版。

「棗園的燈光照人心，／延河滾滾喊『前進』！／赤衛隊……青年團……紅領巾，／走著咱英雄幾輩輩人……／社會主義路上大踏步，／光榮的延河還要在前頭！」〔註4〕這是一首不太短的詩歌，不過前面冗長的歌唱，關鍵的是為了落腳到這最後的幾句詩上。很顯然，那是一個人們不斷想像奔向延河，而又總是不能到達延河的時代：你夸父逐日般的追逐，但「光榮的延河還要在前頭」。而在這之前的一二十年間，延河的所在地延安就已經被命名為「聖地」了。在此語境下的延河就被賦予了某種神性，奔赴延河的姿態和行動，就具有了朝聖的意味。

《青春之歌》沒有直接寫到延安，更沒有寫到延河。小說的敘事時間在紅軍到達延安不久便嘎然而止了。但是，很顯然延河是矗立在小說敘事後面的龐大的背景。延河使作家獲得了清晰的敘事立場、敘事的方向及路徑；獲得了想像的動力、羽翼和飛翔的姿式；獲得了燃燒的激情和語言的純淨。更有興味的是，紅軍到達延河與林道靜成為成熟的革命者幾乎同時。紅軍穿越二萬五千里與林道靜歷經靈魂的煎熬，最終抵達「革命聖地」，又達成一種同構，無論真實乎？想像乎？虛構乎？象徵乎？都大有深意在焉。

毫無疑問，《青春之歌》是關於知識分子林道靜（儘管林道靜的知識分子身份在今天看來是如此的可疑）成長的「成長小說」，而她的成長的過程實質上就是靈魂得救的過程。「靈魂」一詞在小說中至少出現了20次，「拯救」、「援救」等詞彙更是播撒在字裏行間，串連起來，構成小說重要的精神向度。其實，這部小說之所以產生，本身就導源於作者靈魂得救的感恩。作者在小說的《初版後記》中曾經說：

> 在那暗無天日的日子中，正當我走投無路的時候，幸而遇見了黨。是黨拯救了我，使我在絕望中看見了光明，看見了人類的美麗的遠景；是黨給了我一個真正的生命，使我有勇氣和力量度過了長期的殘酷的戰爭歲月，而終於成為革命隊伍中的一員……這感激，這刻骨的感念，就成為這部小說的原始的基礎。〔註5〕

由於對黨的拯救的感念、感恩是小說的創作動因和創作歸宿，又由於小說敘事的某種眾所周知的自敘傳性質，就使這部小說事實上敘述了一個知識分子靈魂得救的故事。

〔註4〕參賀敬之《賀敬之詩選》，山東人民出版社1979年版。
〔註5〕楊沫：《青春之歌》，第637頁，中國青年出版社2000年版。

閱讀小說的經驗告訴我們：拯救林道靜靈魂的不是基督，也不是什麼神仙皇帝，而是馬克思列寧主義的暴力革命、階級鬥爭學說、科學社會主義理論，是創建獨立自由的現代民族國家政治。一句話是社會科學理性。林道靜靈魂得救的過程，就是其不斷濾盡思想、情感的雜質，趨赴社會科學理性的過程，也是其被建立在此種科學理性之上的黨派所不斷認可、接納的過程。

站在這種科學理性的立場，林道靜是有原罪的。原罪來源於她永遠無法選擇的出身，就像今天的人類面對祖先在伊甸園裏犯下的罪過一樣。這正如她後來對江華的告白：「我是地主的女兒，也是佃農的女兒，所以我身上有白骨頭也有黑骨頭。」〔註6〕按照俄羅斯的民間傳說，白骨頭代表貴族，黑骨頭代表奴隸和勞動人民。林道靜的原罪就在這白骨頭上，她的靈魂獲救的關鍵就在於如何使白骨頭變黑，並得到所屬黨派的承認。好在她身上有一半是黑骨頭，這就使她的獲救具備了某種可能性。

既然有原罪，就需要贖罪。小說專門寫到了贖罪。在小說的第二部第十章，林道靜受組織指派，化名張秀蘭，以家庭教師的身份，隱蔽在地主老財家裏，準備配合地下黨，發動農民，進行「秋收起義」。在地主家裏，她千方百計接近長工，可是屢次遭到冷遇。後來，她和另一位地下工作者，也是長工，以前也對她冷眼以待的許滿屯「接上了頭」，許一語道出了其中的奧妙和她走向工農的途徑：「你還是想法子替你那父母贖點罪吧！」

對於不具備階級意識的知識分子來說，為自己的出身贖罪是不可思議的：

> 「贖罪？……」道靜聽到這句話是這樣不舒服，甚至刺耳。她面紅耳赤地問滿屯，「我不明白我有什麼罪……」過去，她也曾說自己是喝農民的血長大的，可是，現在聽到別人這樣說自己時，她卻受不住了。〔註7〕

許滿屯一番簡陋甚至粗魯的話，使林道靜一下領悟了自己和黑骨頭出身之間的差距：「這長工立場多麼堅定，見解又是多麼尖銳。」〔註8〕從理性上說，「她向這些人學到許多她以前從沒有體會過的東西，她覺得高興。」但在感情上，在靈魂深處，她卻忍受著痛苦的煎熬，和這些人來往，又使她覺得

〔註6〕楊沫：《青春之歌》，第 257 頁，中國青年出版社 2000 年版。
〔註7〕楊沫：《青春之歌》，第 329 頁，中國青年出版社 2000 年版。
〔註8〕楊沫：《青春之歌》，第 330 頁，中國青年出版社 2000 年版。

不大自在，使身上隱隱發痛：

> 彷彿自己身上有許多醜陋的瘡疤被人揭開了，她從內心裏感到不好意思、丟人。贖罪？……她要贖罪？一想到這兩個字，她毛骨悚然，心裏一陣陣地疼痛。〔註9〕

儘管林道靜對自己要不要贖罪還有所懷疑，但是贖罪卻是她通往信仰的必經之途，贖罪也從此潛入其意識深處。由於她有了贖罪意識，當她再次推開長工鄭德富的牲口般的房門時，「儘管又是一陣惡臭薰鼻」，卻「不再覺得噁心了。」精神的力量改變了生理的功能。同時，當鄭德富對她的熱情，依然抱著仇視、冷淡和輕蔑時，「忽然『贖罪』兩個字又清晰地浮上了腦際」，她又獲得了「團結」對方的力量。〔註10〕

以林道靜信奉的社會科學理性來審視，她的罪性還很大，那是一個原罪所不能涵蓋的。他贖罪的路還很長。她首先要告別自己的名字所代表的生存方式，這種寄寓了佛教寧靜致遠、淡泊明志的人生態度，只能將她的靈魂帶到離她所追隨的那個彼岸世界更遠的地方。她得學會仇恨、暴力、革命和鬥爭，得陶洗掉身上的柔情、溫情，甚至得重新打造自己的性別特徵，尋找自己靈、魂、肉的歸宿。在當時的歷史語境中，她既要和民族的敵人、賣國的政府戰鬥，又要和所屬的階級決裂，還要與自己的靈魂搏鬥。總之，她必須經歷地獄、煉獄的考驗，來一次「脫胎換骨」的蛻變，她才能抵達信仰的天堂。

在林道靜靈魂獲救、抵達信仰的途中，有幾個人扮演了「魔鬼」或「牧師」的重要角色。

余永澤看似以「情魔」的身份出現，實際上是另一種社會科學理性的象徵性符號，後來林道靜對他的離開，隱喻著對一種社會科學理性的唾棄。因此，這個愛情事件是一個關於信仰的事件，是林道靜確立信仰、走向信仰的起點。余永澤是林道靜遭遇的第一個「理想中的英雄人物」。海邊的英雄救美，共同的文學誌趣和浪漫情懷，使林道靜絕處逢生的心裏，充滿了「青春的喜悅」，她帶著「感恩、知己的激情」自然地走向了余永澤〔註11〕。那時的余永澤在林道靜眼中是「多情的騎士，有才學的青年」〔註12〕。林道靜之所以與

〔註9〕楊沫：《青春之歌》，第331頁，中國青年出版社2000年版。
〔註10〕楊沫：《青春之歌》，第331頁，中國青年出版社2000年版。
〔註11〕楊沫：《青春之歌》，第44頁，中國青年出版社2000年版。
〔註12〕楊沫：《青春之歌》，第48頁，中國青年出版社2000年版。

余永澤決裂，不僅在於「他那騎士兼詩人的超人的風度」的虛假性（即「他原來是個自私的、平庸的、只注重瑣碎生活的男子」）〔註13〕，更在於它的真實性。余永澤是個自由主義的知識分子，他信奉另一套社會科學理性：多研究些問題、少談些主義。他不願意參加激進的學生運動，認為那種「赤手空拳」的革命不如「埋頭讀點書」好。這樣，就如保爾‧柯察金與冬妮亞分道揚鑣一樣，林道靜離開余永澤就成了必然的選擇。

盧嘉川與江華是「革命的使者」，是林道靜靈魂得救的真正「牧師」。如果說余永澤拯救了林道靜的「身」，那麼盧、江則拯救了林道靜的「心」。在這兩者中，盧嘉川更具有「精神導師」的意味。他有一切偉大的牧師的人格魅力。他不僅有餘永澤所不具備的挺拔的身材、聰明英俊的大眼睛、濃密的黑髮、和善端莊的面孔，更有對信仰的執著和獻身的行動。他是另一種基督形象的轉喻：既傳播著十字架上的真理，又被釘死在十字架上。他不僅給了林道靜最初的信仰，同時發現林道靜是富有「神性」，可被馴導的「羔羊」。他以佈道的方式，給林道靜講紅軍、講毛澤東、講馬克思主義、講中國革命、講民族戰爭；他還給林道靜帶來了革命的聖經：《怎樣研究新興社會科學》、《國家與革命》、《反杜林論》、《哲學之貧困》……〔註14〕，這使林道靜「似乎黯淡下去的青春的生命復活了」〔註15〕：

> 自從看了你們給我的那些革命的書，明白了真理，我就決心為真理去死。〔註16〕

而盧嘉川為真理而死的英雄壯舉，一個受難基督的形象，更加堅定了她的確信：「為共產主義事業、為祖國和人類的和平幸福去死，這是我最光榮的一天。」小說中，林道靜對盧嘉川柏拉圖式的、至死不渝的精神戀愛，實質上是對盧嘉川所代表的信仰的執念。江華最後完成了對林道靜靈魂的救贖。他有比盧嘉川更為純正的血統，有著領導階級——工人的出身。他以豐富的鬥爭經驗、具體延伸著林道靜腳下的、由盧嘉川等人開闢的信仰之路。

對於信仰，尤其是對於社會科學理性的信仰，單靠「牧師」的引導是不夠，更需要親身的踐行、血與火的「洗禮」。對此有兩位女性對林道靜起了至

〔註13〕楊沫：《青春之歌》，第99頁，中國青年出版社2000年版。
〔註14〕楊沫：《青春之歌》，第118～119頁，中國青年出版社2000年版。
〔註15〕楊沫：《青春之歌》，第120頁，中國青年出版社2000年版。
〔註16〕楊沫：《青春之歌》，第123頁，中國青年出版社2000年版。

關重要的作用，一位是姑母，一位是林紅。姑母是個神奇的人物，她直接指導了林道靜的農村革命鬥爭。林紅可以說是又一位為信仰受難的基督形象，她是林道靜被捕入獄後遭遇的一個「老布爾塞維克」。林紅獄中對信仰／真理／生命關係的宣講，使林道靜又一次「發現自己的靈魂深處還有這麼多不健康、這麼多脆弱的地方」。林紅說：

> 一個人要是有了共產主義的信仰，要是願意為真理、為大多數
> 人的幸福去鬥爭，甚至不怕犧牲自己生命的時候，那麼，他一人的
> 生命立刻就會變成幾十個、幾百個、甚至全體人類的生命那樣巨
> 大⋯⋯這樣巨大的生命是不會死的，永遠不死。〔註17〕

林紅視死如歸的、為信仰承擔苦難的獻身精神，直接促成了林道靜最後的絕食鬥爭。

監獄裏敵人慘無人道的刑罰，驗證了林道靜的信仰，同時又象徵性地將她身上與生俱來的「白骨頭」擊得粉碎。這樣，她就徹底的脫胎換骨、洗心革面，學會了仇恨、暴力、革命與鬥爭，從而完成了靈魂得救的艱難歷程。組織上根據她在「監獄裏的表現」，同意吸收她入黨〔註18〕。

在林道靜通往信仰的漫漫征程中，前面提及的三位男性和兩位女性，分別有著不同的象徵意義。林道靜與三位男性的情感與信仰的糾纏，表現了愛情、婚姻的歸宿與信仰歸宿的一致性。如果說盧嘉川對於林道靜還有著真誠的男女情感蘊藏其中的話，那麼，林道靜最後對江華的選擇，純粹是出於信仰的原因：「像江華這樣的布爾維克同志是值得她深愛的，她有什麼理由拒絕這個早已深愛自己的同志呢？」〔註19〕是的，從信仰的角度來說她是沒有拒絕的理由的。在這裡，與其說她愛的是「人」的江華，不如說愛的是「同志」的江華。而林道靜與余永澤的分離更是由於信仰的分歧。有了小說這樣的敘事，林道靜就不僅將靈魂而且也將情感、身體交給了信仰。兩位女性對於林道靜正如俞淑秀對林紅的告白：「你教給我認識——認識了真正的生活。」〔註20〕喻意是：一個有信仰的女性應該像一個有信仰的男性一樣生活。具體地說，應該像林紅所引以為毫的丈夫一樣為信仰而死；應該像姑母，為了信仰可以一無所有，那怕是丈夫、兒子，「變成個徹底的無產階級」，成為一個名譽上的女性，而實質上的「孤

〔註17〕楊沫：《青春之歌》，第402頁，中國青年出版社2000年版。
〔註18〕楊沫：《青春之歌》，第452頁，中國青年出版社2000年版。
〔註19〕楊沫：《青春之歌》，第581頁，中國青年出版社2000年版。
〔註20〕楊沫：《青春之歌》，第407頁，中國青年出版社2000年版。

母」。小說如此這般的敘事，又暗示著林道靜不僅將靈魂、情感、身體交給了信仰，還要將性別也交給信仰。這樣，在林道靜入黨的時候，她的那番飽含淚水的話，就不得不使人信以為真：

從今天起，我將把整個的生命無條件地交給黨，交給世界上最偉大崇高的事業。〔註21〕

饒有興味的是，林道靜入黨的時候，紅軍正在奔赴陝北的途中。幾個月後，當林道靜成為一個成熟的革命者的時候，紅軍已經到達延安。此後，像丁玲、艾青等無數優秀的中國知識分子紛紛奔向延安，接受延河的洗禮。這場洗禮曠日持久，一直延續到寫作《青春之歌》的 50 年代，甚至更久。

延河成為一種信仰的標誌。

二

在林道靜完成信仰儀式，走向社會科學理性的 10 年以後，另一個人則從醫科大學畢業，開始了沉淪與救贖的路，他就是《施洗的河》的主人公劉浪。不過，這次他的目標不是社會科學理性，而是馬太福音書，是耶穌基督。當然，小說的寫作時間一晃也到了 90 年代的第三個年頭，一段臨近世紀末的日子。

《施洗的河》是一部典型的宗教小說，背後隱藏著一個自莎士比亞到列夫‧托爾斯泰就有的、長久以來貫穿西方文學的精神圖式：罪惡與拯救。它完整地演繹了《聖經》的要義：「人有兩種能力——為善和作惡——而且必須在善和惡、祈禱和詈罵、生死之間作出選擇，即使上帝也不干涉他的選擇。」小說或者以流浪向傳道者懺悔的方式回述，或者以上帝悲憫的眼光凝視，或者以基督信徒虔誠的口吻告白。總之，敘述者似乎站在超驗的立場，以神性的尺度在測繪和言說一個屬於人的俗世。在這個世界上，罪惡無處不在、無時不有。罪惡是此世的本色。

無論誰都深陷罪惡的淵藪，這是《施詵的河》首先向我們證明的。劉浪的父親是罪惡的化身，醜陋的軀殼負載著一顆骯髒的靈魂，他涉足的世界，成了他施罪和肆虐的對象。劉浪是他在菜裏強姦佃家的女兒種下的惡果，道德、倫理猶如一張在他手裏可以隨意撕碎的紙片。他可以公開在兒子的面前手淫；可以在兒子開裂的額上再搥上一拳，讓鮮血飛濺；可以開槍打掉兒子

〔註21〕楊沫：《青春之歌》，第 454 頁，中國青年出版社 2000 年版。

的耳垂，若無其事。他冰冷的血液中容不下任何親情、溫情，兒子在他眼中不過「一把芥末、一隻蟲和一塊土坷垃。」這個牙齒髮黑、鼻孔長滿了骯髒的黑毛，有著一張說盡髒話的臭嘴的男人，還有一套罪惡的生存哲學。在劉浪就要離開霍童，去樟阪繼承他的產業的時候，這個父親指著金條和槍說：「小子，做人要做頭人，做事要占人先，啥時你玩人像玩雞巴一樣了，你就算是人了，因為他們都是雞巴，你才是人。你不要相信任何人，只能相信金條和槍，對你來說，這兩樣東西是爹。」〔註22〕與劉浪的父親同屬草莽英雄的馬大，是劉家父子兩代的對手和仇人，不僅作惡的本事登峰造極，而且對此有著直言不諱的坦率，一幅潑皮無賴的嘴臉：「我是杜村的鄉巴佬，我不識字，我只對女人感興趣，對於我來說，樟阪就是一個女人，十足的賤貨。」〔註23〕劉浪父子的管家董雲，是條隱藏在樟阪的毒蛇，他玩弄法術、興風作浪，以陰險狡詐的方式導演了一幕幕的罪惡。

劉浪就沉浮於這個罪惡的世界中。由於罪惡喚醒著罪惡，罪惡滋生著罪惡，罪惡推動著罪惡，劉浪成了樟阪罪惡的主角。劉浪的父親、馬大、董雲頂多是民間草莽、江湖術士，其作惡多端，情有可原。可是，對於劉浪，這個畢業於醫科大學的優等生，竟然在他身上除了罪惡，連一點現代知識分子應有的正義、良知和理性的氣息都沒有，著實讓人匪夷所思。罪惡彷彿原罪在他的生命中一次持久不衰的噴發。這個「沉默寡言的孩子」，一踏上樟阪的土地，就從一隻羔羊變成了兇猛的狼，現代的知識和智慧使他作惡的手段較之其父有過之而無不及。他不僅以狐狸般的狡猾和算計與馬大互相殘殺，瘋狂地實施對樟阪的征服，而且變態地虐殺女性和親人。徐麗絲、如玉，甚至自己的同胞兄弟、親生的兒子，都被他先後送進了閻王殿。他比他的父親更加的無情和殘忍，「那些有生命的東西一跟他接觸就要死去」，「他跟一切好的事物無關，跟陽光無關。」

在此，《施洗的河》彷彿再向我們證明：對於劉浪，就像對於馬大、董雲，乃至他的父親一樣，作惡不需要理由。罪性源於人性本身，或者說人性就等於罪行。性之所到，罪之所到；性之所興，惡之所生。任何一個時空的偶然，都是作惡的必然。劉浪怪戾的德行，使他的作惡行動神秘莫測、陰晴不定。他陡然間容不下一對鸚鵡，將其捧得血肉模糊；他突然間看不慣狼犬的興高

〔註22〕北村：《施洗的河》，第 32 頁，花城出版社 1996 年版。
〔註23〕北村：《施洗的河》，第 46 頁，花城出版社 1996 年版。

采烈，一槍將其斃命。他面對滿園的鮮花，頃刻間惡性大發，他辭退花工，直至花園遍地枯萎。馬大也是如此，罪惡得逞時他會高唱山歌，失意時他會鞭打自己的老婆取樂，仇恨時他會出人意外的殺人放火。

然而，作惡就是作踐自己，從肉體到精神；作惡就是不斷抽空自己存在的根據，讓生命的意義變得荒蕪。劉浪在作惡的過程中，一切屬於人的東西，屬於美好的東西，都向他遠離。他漸漸失去了性功能，失去了作為男人最主要的性徵。他還幾乎喪失了言說和行動的能力。他變得怕光，甚至過早地修好墳墓，開始過一種穴居的生活，「黑暗、陰鬱、潮濕、寂靜和死亡」如影隨形。再後來，他出現了幻聽、幻視，死亡和巨大的恐怖像夢魘一樣追逐著他。最後，他似乎病入膏肓，身體像秋風中飄零的落葉一樣無可挽回地衰敗，玉食珍饌、世間各種神奇的藥膳，甚至女人的胎盤，都無濟於事。這個昔日作霸一方的惡魔英雄，一如他晚年「像一隻弓一樣繃在床上」的父親，變得「乾癟、堅硬、起皺，像一個核桃，眼神空洞，莫衷一是。」〔註24〕隨著肉體的衰敗，劉浪的精神也踏上了毀滅的征途。命運和死亡的焦慮，生命的孤獨感、荒誕感、絕望感潮水般地向他湧來，吞噬著他的靈魂。無邊無際的痛苦和恐怖，將他生存下去的一切吸乾，撕碎。

《施洗的河》通過如此的言述，又向我們證明：罪與罰同行。一切生命的路已經阻塞，對於劉浪，除了等待死亡，就只有自己對自己的救贖，在絕望中希望奇蹟的降臨了。劉浪最初想從書本中，想從過往的文化中尋求心靈的歸所。他突然恢復了讀書的興趣，《論語》、《荀子》、《逍遙遊》、《黃帝內經》、《紅樓》、《三國》等古籍使他「茶飯不思」，但一本莫明其妙的《水經注》耗盡了他最後的元氣。他從現實世界逃離，遁入與世隔絕的墓穴，但精神的焦慮使他的魂靈依然無法安頓，後來，他又通過回鄉賑災、奔喪，寄託於良心的發現和溫情的回憶，但這一切的一切都歸於失敗，現實向他關上了一扇又一扇拯救的大門。無可奈何地從現實的途中折回，劉浪又沉醉於神秘文化，企圖在其中覓得精神的皈依。從某一天起劉浪迷上了法術，而對劉浪充滿仇視的馬大也在某個黃昏，走進劉浪的住地雲驤閣，共同陶醉於占卜鬥法之中，兩個宿敵幻想通過法術，戰勝共同的敵人董雲，挽回他們快要喪失殆盡的信心和滑向深淵的精神。然而，等待他的仍舊是永劫不復的沉淪。他的所有的行為，與其說是拯救，不如說是向黑暗世界的進一步墮落。

〔註24〕北村：《施洗的河》，第208頁，花城出版社1996年版。

「劉浪陷入了徹底的黑暗」，〔註25〕救贖的路，究竟在哪裏？

這時，劉浪聽到了一個聲音。他聽隨著聲音的召喚和引領，劃著一條小船順流而下。他心頭的石頭撞破了船底，沉入了施洗的河。這個遭遇滅頂之災的男人，「在溺死之前吸足最後一口氣」：

　　　　他抓到一根水草，接著一根水草，然後他看見了岸。岸上站著
　　一個表情溫和的人。他伸出手，說，抓住我的手，再用點力。〔註26〕

劉浪上了岸，他獲救了，是上帝拯救了他。他期望的人間奇蹟沒有出現，而來自天國的神迹出現了，上帝降臨了，為他分擔苦弱。

劉浪從此獲得了新生，他認識了神，找到了十字架上的真理，變成了一隻「溫順的羔羊」。從此陽光照臨到他的身上，「一切都是和諧的」〔註27〕。

敘事至此，《施洗的河》終其全篇向我們證明：人無法自救，一切俗世的教育、道德、宗教，乃至行善的行為，都不能使人脫離罪性，「靈裏的問題只有神能解決」〔註28〕。

三

從延河到施洗的河，從社會科學理性到基督神性，《青春之歌》和《施洗的河》反映了 20 世紀 50、90 年代文學想像知識分子靈魂得救的不同方式。有趣的是：50、90 年代的文學，關於知識分子靈魂得救的想像為何是這樣？何以如此的不同？

50 年代，有兩首歌開始在中國大地唱紅，幾乎響徹每一次官方組織的會議。這一做法一直延續了以後的幾十年。一首歌唱道：「從來就沒有什麼救世主」，而另一首歌又唱道：「他是人民大救星」。似乎從來就沒有人聽出過其中的不和諧音，或者曖昧、弔詭、滑稽與相互顛覆之處。因為，那是一個滅神與造神的年代，對此人們或已心領神會，或已習以為常，或者心照不宣。滅神，就是要趕走「救世主」，就是要誅滅封建迷信、封建權威和其他被指認為唯心主義的東西，為新權威和無神論的大行其道掃清道路。在當時，宗教信仰自由被寫進了新中國的第一部憲法，具有文本式的合法性，出入於官方話語。但在真正的公共空間，甚至私人空間，在大多數的情況下則是另一回事。

〔註25〕北村：《施洗的河》，第 219 頁，花城出版社 1996 年版。
〔註26〕北村：《施洗的河》，第 238 頁，花城出版社 1996 年版。
〔註27〕北村：《施洗的河》，第 253 頁，花城出版社 1996 年版。
〔註28〕北村：《施洗的河》，第 236 頁，花城出版社 1996 年版。

作為基督教的實際情況，一方面可能被作為無神論的靶子被批判，一方面又可能被視為帝國主義文化、殖民主義文化被拒絕，再方面還可能與資產階級意識形態掛上鉤而被鬥爭。如此這般的複雜情境，使耶穌基督、上帝難以在「六億神州盡舜堯」的中國大地安頓。基督教在當時的尷尬境地，在《青春之歌》中以轉喻的方式，被無意間透露出些許消息：他們或者利用「聖經會的傳道會」，「做起共產主義、紅軍的勝利和抗日救國的演講來」，以代替牧師「喃喃祈禱上帝」的聲音；或者在危急的時候，「穿上事先準備好的牧師的衣服」，掩蓋自己的真實身份〔註 29〕；或者利用基督教徒對政治的冷漠、遲鈍，隱蔽地從事革命工作。

　　超驗的神一旦遠離俗世，俗世的神便接踵而至。「救世主」隱匿，「大救星」就開始顯身。這裡的「大救星」，不僅僅指稱後來才被人們熟知並流於口頭指責的個人崇拜，更是指對某種世俗的權威、世俗的運動、世俗的作為、世俗的某段特定的歷史，尤其是某種社會科學理性的神聖化。人的話被作為神的話、理性被當作信仰而受到頂禮膜拜。於是，50 年代又成了一個按照主流意識形態，大量生產社會科學理性神話的時代。在此生產領域，文學首當其衝，扮演了相當重要的角色。一時間，包括《青春之歌》在內的、後來被命名為「革命歷史小說」的一批作品問世。黃子平在分析這批作品時說：

> 這些作品在既定意識形態的規限內講述既定的歷史題材，以達成既定意識形態的目的：它們承擔了將剛剛過去的「革命歷史」經典化的功能，講述革命的起源神話、英雄傳奇和終極承諾，以此維繫當代國人的大希望與大恐懼，證明當代現實的合理性，通過全國範圍內的講述與閱讀實踐，建構國人在這革命所建立的新秩序中的主體意識。〔註 30〕

進而言之，這種主體意識的建構，在這批作品中，是以富有想像力和感染力的文學語言理性，去神化和確認某種歷史理性、社會科學理性而得以完成的。與此建構同時並舉的是清洗。清洗掉思想、精神、情感的雜質，本身也是建構唯一的科學理性神話，鞏固新生政權文化根基的一種方式、一種必需。於是，50 年代又是一個精神清洗、靈魂漂白的時代。從 50 年代初的《武訓傳》批判運動、文藝界的整風學習，到中期的《紅樓夢》研究批判運動、胡適文

〔註29〕楊沫：《青春之歌》，第 190 頁，中國青年出版社 2000 年版。
〔註30〕黃子平：《「灰闌」中的敘述》，第 2 頁，上海文藝出版社 2001 年版。

學思想的批判運動，胡風文藝思想的批判運動，再到雙百方針以後緊隨而來的反右派運動，僅六、七年間，思想界、文藝界可謂忙得不可開交，一個個異端分子，連同被認為是異端的思想意識被清除出革命隊伍或者從靈魂深處清洗掉。而這六、七年間，恰恰是《青春之歌》「斷續經過六年」的寫作時間。在這樣的清洗運動中，曾經是革命者，又是知識分子的作家楊沫，她還能怎樣想像？還能怎樣寫作呢？對此，洪子誠的有關分析是頗為精闢的：

> 在當代，作家選擇什麼題材、在作品中表現哪些方面的生活內
> 容，寫作哪一類型的人物，被認為是體現世界觀、政治立場和藝術
> 思想的重要問題。〔註31〕

由此可以斷言，一方面面對建構科學社會理性神話的時代要求，一方面面對精神清洗的巨大壓力，再加上作家與黨員的雙重身份，楊沫寫作《青春之歌》就決不會是一個簡單的文學事件，而更是一個切己的政治事件，尤其是生活政治事件。「藝術作品所由的社會語境是薩特所說的境遇：困境、矛盾、難題，而藝術作品就是對這種境遇的想像性解決。」〔註32〕在這個意義上，《青春之歌》與其說是一部小說，不如說是作家自己向黨的一份懺悔錄、告白書，向黨交心、陶心、表忠誠的思想彙報。林道靜走向信仰的過程，既是建構社會科學理性神話的過程，同時也是作者再一次向黨陳述自己對信仰的認識過程，以此獲得在清洗運動中「過關」的通行證。我們沒有半點懷疑楊沫對信仰的真誠，到是當時的一些激進主義者對這種真誠表示了基本的否定〔註33〕。

　　較之50年代，90年代的情形似乎更加複雜，也更加簡單。這已經是一個不談信仰，或者談信仰顯得不合適宜的時代。90年代的中國，開始進入了消費主義社會。這個社會初期的徵象在《施洗的河》中借助對40年代中後期樟阪社會的鏡象性描繪得到了某種曲折的展現，對物質、資本、權力、地位的崇拜代替了對正義、良心的祈求而成為社會的集體性想像，個體的欲望被無限制的放大。尤其是隨著跨國資本的侵入，90年代中國還在資本主義生產方式形成之初，就事實上開始被晚期資本主義的邏輯收編，而被拋入到一個後工業社會的生活空間。關於這個生活空間的文化徵象和文化邏輯，詹姆遜曾

〔註31〕洪子誠：《當代文學概說》，第121頁，廣西教育出版社2000年版。
〔註32〕陳永國：《文化的政治闡釋學》，第238頁，中國社會科學出版社2000年版。
〔註33〕郭開：《略談對林道靜的描寫中的缺點——評楊沫的小說〈青春之歌〉》，《中國青年》1959年第2期。

在一系列的文章裏有過這樣的描述：

> 擴張的媒體導致階級結構的隱匿，主體的破碎化，日常生活和
> 經驗與資本主義制度全球擴張的脫節，日益嚴重的社會現象的形象
> 化以及由此而導致的生產蹤跡的塗抹，最後是形而上學的衰落和解
> 體。〔註34〕

這些文化症候，在 90 年代中國都有不同程度的表現。可以這樣說，如果 50
年代的中國是要著力建構一個現代性的民族國家的話，那麼，90 年代則事實
上步入了後現代社會。這個社會在文化上的最大特徵，是中心化社會價值體
系的崩潰，後現代思潮的蜂擁席捲。「上帝死了」（尼采語）、「人死了」（福科
語）「作者死了」（羅蘭‧巴特語）在知識界在在流傳；形而上學的普適性、
普世性被動搖；社會科學理性更是在解構化思潮中受到普遍置疑；由當下而
展開的烏托邦的社會前景，也被一個日益腐敗墮落而開始與民眾對立的特殊
階層所擊毀。延河因環境的破壞與污染顯得暗淡無光，施洗的河早已被堵塞。
對此岸和彼岸世界信心的喪失，使人們在物質名利的瘋狂追逐中精神被陶空
殆盡，人的無根基性任何時候也沒有像 90 年代那樣被表現得如此觸目驚心。
對此，《施洗的河》的作者，兼有基督教徒和作家身份的北村說：「人類從來
沒有像今天這樣絕望。」〔註35〕

在 90 年代，人的存在的深淵已然顯現，面對這樣的遭遇，文學又應怎樣
想像性地解決呢？北村說：

> 我所期待的拯救者只有一位就是主耶穌。〔註36〕

在北村看來：「當下的生存境遇中的人性的困難，這是自人文主義以來一直到
克爾凱郭爾直至後現代社會人的理性崩潰之後的現實。」〔註37〕面對這樣的
現實「人的生存必須有一個引導，否則人類將面臨它的後果。」〔註38〕以此
出發，北村不僅自己在 1992 年的某一個晚上，「蒙神的帶領，進入廈門一個
破舊的小閣樓」，「在聽了不到二十分鐘福音後就歸入主耶穌基督」〔註39〕，
而且開始以寫作的方式疏通、清理曾被堵塞的施洗的河。這樣，當劉浪「失

〔註34〕陳永國：《文化的政治闡釋學》，第 225 頁，中國社會科學出版社 2000 年版。
〔註35〕林舟：《生命的擺渡》，第 147 頁，海天出版社 1998 年版。
〔註36〕林舟：《生命的擺渡》，第 146 頁，海天出版社 1998 年版。
〔註37〕林舟：《生命的擺渡》，第 146 頁，海天出版社 1998 年版。
〔註38〕林舟：《生命的擺渡》，第 147 頁，海天出版社 1998 年版。
〔註39〕北村：《我與文學的衝突》，《當代作家評論》1995 年第 4 期。

敗的人性」被演繹到淋漓盡致以後，就自然被帶到了上帝的面前。當一切俗世的神話轟毀後，基督又臨場了。歷史彷彿一個大的轉盤。

但事實或許遠沒有這麼簡單，還有許多問題值得思考。譬如，到底是社會科學理性能夠拯救人類，還是耶穌基督？楊沫顯然是確信前者。可是任何社會科學理性都是人的話語表述而不是神的言說，而人的話都是在特定的語境中產生的，背後都隱藏著這樣那樣的權力運作，而且還可以隨時隨地修改，這樣的真理、這樣的信仰真的靠得住嗎？它作為人的終極信仰的合法性依據在哪裏？比如，50 至 70 年代說：有組織按比例發展的計劃經濟，是社會主義的本質特徵，80 年代以後又說：資本主義有計劃，社會主義有市場，這兩種說法哪一種代表了關於社會主義的真理性認識？有些政治經濟學者，既論證過前者的必然性、規律性，又同樣論證過後者的必然性、規律性，世間有關於一個問題的兩種真理嗎？再比如，《青春之歌》出版之初，雖然有人指責，但肯定的聲音是主流，因為它「通過一個知識分子的成長道路」證明了「只有共產黨才是青年的唯一領路人和保護者」〔註40〕。可是，「它成了『文革』中受批判最重的『大毒草』之一」〔註41〕，現在又成了「百年百種優秀中國圖書」之一，將來還會怎樣？

北村確信後者卻以否定前者為出發點。劉浪是醫科大學畢業的優等生，是在現代科學理性哺育起來的一代青年，但是在北村的想像中，科學理性給予劉浪的不是正義、良知，而是為其作惡如虎添翼。《施洗的河》中的另一個知識分子、生化教授唐松，是與劉浪對照出現的又一個人物。他是劉浪的同學，是一個安分守己、誠實勤奮的科學家。可是他的科學成果被製作成了毒氣彈殘害人類。從此「他突然變得無所事事」，感覺生命失去意義，很快從精神到肉體和劉浪一樣墮落，最後迷醉氣功，死於煙霞癖。唐松和劉浪都是醫生，有科學理性的支撐，可是，都醫不好自己的病，解決不了自己「靈」的問題。因此，北村寫道：「教育不能叫人脫離罪，道德不能叫人脫離罪」，「你的靈裏的問題只有神能解決」〔註42〕。

《青春之歌》和《施洗的河》擺出了兩個如此截然不同的上帝形象：一個是形而上學的上帝，一個是聖經中的上帝。究竟信仰哪個上帝？舍期托夫

〔註40〕劉導生：《黨使我們的青春發出光輝》，《文藝報》1958 年第 12 期。

〔註41〕楊沫：《青春之歌》，第 645 頁，中國青年出版社 2000 年版。

〔註42〕北村：《施洗的河》，第 236 頁，花城出版社 1996 年版。

的論斷也許會有啟發意義：

> 信仰不是對我們所聞、所見、所學的東西的信賴。信仰是思辨
> 哲學無從知曉也無法具有的思維之新的一維，它敞開了通向擁有塵
> 世間存在的一切的創世主的道路，敞開了通向一切可能性之本源的
> 道路，敞開了那個對他來說在可能和不可能之間不存在界限之人的
> 道路。〔註 43〕

其實，關於信仰，人永遠在路上。對它所下的任何結論，不是為時太早，就是為時已遲。

〔註43〕劉小楓：《走向十字架的真》，第 35 頁，生活・讀書・新知三聯書店 1995 年
版。

極限情景：史鐵生存在詩學的邏輯起點

〔註1〕

　　史鐵生的詩學，是關於人的意義之在的存在詩學。身體和精神所遭遇的「極限情景」是其詩學的邏輯起點。自覺到人的存在的有限性和苦難性，史鐵生關切生命過程、迫近心魂自由、探入藝術根基和尋求超越之路的詩學理念，確立了他探詢生命意義的方向，也使他具有一種謙卑的倫理心態，客觀冷靜地觀察人的能力和處身位置，而使他對個體心性和人的存在的勘探，抵達了理性不能照亮的「黑夜」。

一

　　史鐵生是我們這個時代最深刻的文學家之一。他的寫作進入到了現代漢語文學和詩學未曾到達過的領域。那裡隔著一條河，河的那邊是一片人跡罕至的思想飛地，史鐵生從寫作之夜出發，搖著輪椅，借助冥思和無與倫比的意志到達那裡。他記錄這個過程寫下的那些小說、隨筆，是這個時代漢語思想界足以與帕斯卡爾、克爾凱哥爾、薇依等人媲美的沉思錄。

　　一位學者在談到史鐵生的長篇小說《務虛筆記》時指出：

> 如果放長時間尺度——例如半個世紀，一個世紀，甚至更長——來估量中國文化的發展，這部被人忽略的長篇小說，就會以其卓絕獨特的品格，立在世紀之交的地平線上，成為一柱標尺：這個有著悠久文明的民族，可能已經開始新的艱苦尋求。〔註2〕

〔註1〕本篇最初發表於《文學評論》2005年第5期。

〔註2〕趙毅衡：《神性的證明：面對史鐵生》，《開放時代》2001年7月號。

另一位學者對史鐵生曾經寫下了這樣一段話：

> 我們面前終於出現了一位作家，一位真正的創造者，一位顛覆者，他不再從眼前的現實中、從傳說中、從過去中尋求某種現成的語言或理想，而是從自己的靈魂中本原地創造出一種語言、一種理想，並用它來衡量或「說」我們這個千古一貫的現實。在他那裡，語言是神聖的、純淨的，我們還從未見過像史鐵生的那麼純淨的語言。只有這種語言，才配成為神聖的語言，才真正有力量完成世界的顛倒、名與實的顛倒、可能世界與現實世界的顛倒；因為，它已不是人間的語言，而是真正的「邏各斯」，是彼岸的語言，是衡量此岸世界的尺度。……它理智清明而洞察秋毫，它表達出最深沉、最激烈的情感而不陷入情感，它總是把情感引向高處、引向未來、引向純粹精神和理想的可能世界！……使邏各斯的真理自由地展示在他心裏，展示在讀者面前。〔註3〕

史鐵生從自身的殘疾，看到了人的殘缺和人的有限性；從人的有限性思入了人的存在；又從對人的存在的追尋，抵達了對神在的仰望。他完成了從審美向倫理、向哲學，最後向宗教的跳躍。他為人的「不可能」的現實，敞開了一個無限的可能性的希望世界。而這些非凡之「思」則是以「詩」的方式完成的。這為當下以致未來已經或將會被消費欲望引誘或刺激得失魂落魄的漢語文學與詩學，找到了一條超越之路。

我以為史鐵生的詩學是一種存在詩學。一方面是，他確曾受到過西方存在主義哲學的較大影響。〔註4〕另一方面，我是在這樣的意義上理解存在的：存在是「語言活動中發生的意義之在」。對存在的思考即對意義之在的思考。只有把握了意義之在，才有可能理解人的存在，即此在，因為人的存在，本質上即意義之在的歷史性發生。〔註5〕當然，史鐵生的存在詩學在思路和言路上可能與哲學不一樣，它是倒過來的，他首先面臨歷史性的此在，並由此在出發去追問和追尋那個意義之在，再反過來讓此在的意義得到澄明。

〔註3〕鄧曉芒：《靈魂之旅——九十年代文學的生存境界》，第151～125頁，湖北人民出版社1998年版。

〔註4〕參林舟：《生命的擺渡——中國當代作家訪談錄》，第175頁，海天出版社1998年版。

〔註5〕朱立元主編：《當代西方文藝理論》，第143頁，華東師範大學出版社1997年版。

史鐵生的存在詩學是以生命體驗為邏輯起點的。他是從常人只有到死或者難以遭遇的困境中才能感受到的體驗出發，開始詩學之思，這決定了他詩學的走向、樣態、品質、高度和深度。

二

史鐵生詩學的邏輯起點，或者說那個生命體驗為何？簡而言之：極限情景。極限情景是存在主義的關鍵性概念之一。始作俑者雅斯貝爾斯用以指稱人類生存中這麼一些情景：

> 我們從未選擇過它們，而它們卻使我們面對「在此世存在」之徹底開放性和疏遠性。……這些情景中最重要的有偶然、過失以及死亡。它們是人生不可逃避的，但又無法改善的狀況。它們向我們的生活注入一種使人不舒服的對危險和不安全的感覺，使我們意識到自己的脆弱和無家可歸。〔註6〕

顯然，極限情景是一些威脅生存，又無法逃避，把人直接拋入無家可歸的、偶然或必然的深淵性事件。

史鐵生在 21 歲上遭遇了這樣的事件：高位截癱。他在著名的《我與地壇》中說：「我活到最狂妄的年齡上忽然地殘廢了雙腿」，突然成了一個失魂落魄的人，「找不到工作，找不到去路，忽然間什麼也找不到了」。〔註7〕請注意這個時間：21 歲，這是人生最美好的一切正在和就要展開的時候。如果是先天性殘疾，或者是沒有記憶之前已經這樣了，也許史鐵生不會如此劇烈地體會到命運的巨大偶然性和不公。不期而遇的苦難，從此把他殘酷地鎖定在輪椅上，將一個活蹦亂跳的生命囚禁於見方之地，絕望的高牆陡然間隔斷了他的前程。災難並未就此結束，50 歲左右他又患上尿毒癥，雙腎壞死，每三天去醫院做一次透析。死神須臾不離地覬覦著他的生命。接踵而至的苦難，注定了史鐵生——如果他要活下去——終生必須無休無止地撞牆。這是加繆《西緒福斯神話》裏那堵「荒誕的牆」，是陀思妥耶夫斯基《死屋手記》面對的那堵「監獄的高牆」，是安德列夫象徵世界中「我和另外一個麻風病人」以胸膛撞擊，用鮮血染紅的那堵牆，也是史鐵生筆下那堵神明般啟示的牆、「偉大的

〔註6〕詹姆斯‧C‧利文斯頓：《現代基督教思想》（下卷），第 694 頁，四川人民出版社 1999 年版。

〔註7〕史鐵生：《我與地壇》，《中華散文珍藏本‧史鐵生卷》，第 8～9 頁，人民文學出版社 2000 年版。

牆」：牆永遠地在他心裏，構築恐懼，也牽動思念。〔註8〕

就這樣，史鐵生實際上成了薩特境遇劇的主人公。他面臨一個致命的問題，即當年丹麥王子哈姆萊特曾經面臨過的：是死還是活？也是存在主義哲學家認為真正嚴肅的哲學問題：「判斷人值得生存與否」的問題。〔註9〕這意味著，史鐵生必須在命運設定的極限境遇中做出「自由選擇」——生與死的抉擇。

許多年以後，當他在回憶當年殘疾的情景時這樣寫道：「心裏荒荒涼涼地祈禱：上帝如果你不收我回去，就把能走路的腿也給我留下！」〔註10〕但是上帝沒有應答，也沒有給他留下能走路的腿，只是把無路可走的絕望，以及還要不要繼續走路和走怎樣的路的問題留給了他。為了解答這個問題，史鐵生一思索就思索了好幾年。

從一般的意義而言，史鐵生陷入了這樣的悖論：對於他，生存下去就是受苦，而這種受苦如果沒有意義，也就失去了生存下去的正當性，不如及早解脫；而要解脫，又必須找到去死的理由，尋求死亡的意義，否則就此放棄生命這一行為本身也就失去了根據。換言之，不解決死的意義，這樣的死與無意義的活沒有什麼兩樣。可是，死的意義不是容易解決的，它關涉到人生的根本問題。從存在主義的角度來說，人就是向死而生的存有。死是存在與非存在的邊界。按照海德格爾的說法，死是毀滅性的虛無，是人面臨的一種無可逃避的、非存在的威脅。死的意義是如此重大：「對於死亡時虛無的預想，賦予了人的生存以其生存的特徵。」當然，人受到非存在威脅的還不僅僅是死，另一位存在主義的大師薩特認為還有無意義之威脅。〔註11〕即是說，雖不死，但無意義的活著，依然是非生存。這樣，史鐵生事實上陷入了更大的悖論：選擇死，就是選擇非存在，選擇活，倘若無意義，也是非存在。那麼，剩下的就只有一條路了：活，而且必須活出意義？不過，這只是存在主義的理論推論，而史鐵生面對的是殘酷的生命事實。

〔註8〕史鐵生：《牆下短記》，《中華散文珍藏本·史鐵生卷》，第104～107頁，人民文學出版社2000年版。

〔註9〕加繆：《西緒福斯神話》，《加繆文集》，第624頁，譯林出版社1999年版。

〔註10〕史鐵生：《我二十一歲那年》，《史鐵生作品全編》第6卷，第76頁，人民文學出版社2017年版。

〔註11〕蒂利希：《存在與上帝》，劉小楓主編《20世紀西方宗教哲學文選》（中卷），第850頁，上海三聯書店1996年版。

據史鐵生回憶，在那些思索的日子裏，他一連幾小時專心致志地想關於死的事，也以同樣的耐心和方式想過他為什麼要出生：

> 這樣想了好幾年，最後事情終於弄明白了：一個人，出生了，這就不再是一個可以辯論的問題，而只是上帝交給他的一個事實：上帝在交給我們這件事實的時候，已經順便保證了它的結果，所以死是一件不必急於求成的事，死是一個必然會降臨的節日。……剩下的就是怎樣活的問題了。〔註12〕

後來，他在另一處也表達了與此相似的意思：「劇本早就寫好了，演員的責任就很明確：把戲演好，別的沒你什麼事。」〔註13〕史鐵生是怎樣弄明白的，使他得出了這一達觀得有些宿命色彩的結論，而將他從極限情景中拯救出來，決定活下去？這要看逼迫史鐵生思考生死問題的究竟是什麼？說穿了，就是殘疾。當他選擇活下去的時候，實際上他確認了這樣一個事實：殘疾地活下去是值得的、有意義的。也就是說，他為人的殘疾找到了正當性根據。

人的殘疾是正當的、有價值的、有意義的？是的。因為史鐵生從一己肉體的殘疾，看出了人、人類的殘缺，即人的根本性偏限——人的有限性。

史鐵生認為：「殘疾，並非殘疾人所獨有。殘疾即殘缺、限制、阻障，名為人者，已經是一種限制」；〔註14〕「人的殘疾即是人的偏限。」〔註15〕殘疾人的殘疾是肉體上的，整個人類的殘疾卻是與生俱來的殘缺，「對某一鐵生而言是這樣，對所有的人來說也是這樣，人所不能者，即是限制，即是殘疾，這從來就沒有離開過」。〔註16〕從這個意義上說，每一個人都是殘疾人。何以這樣說？或者說史鐵生的根據是什麼？

在史鐵生看來，人的出生是不可選擇的、不可辯論的偶然性事件，人「只是一具偶然的肉身。所有的肉身都是偶然的肉身，……是那亙古不滅的消息使生命成為可能」。〔註17〕

〔註12〕史鐵生：《我與地壇》，《中華散文珍藏本‧史鐵生卷》第 7 卷，第 11 頁，人民文學出版社 2000 年版。
〔註13〕史鐵生：《病隙碎筆》，第 189 頁，陝西師範大學出版社 2003 年版。
〔註14〕史鐵生：《病隙碎筆》，第 72 頁，陝西師範大學出版社 2003 年版。
〔註15〕史鐵生：《超越幾近燒焦的偏限——姚平和他如火的詩行》，《史鐵生作品全編》，第 116 頁，人民文學出版社 2017 年版。
〔註16〕史鐵生：《病隙碎筆》，第 69 頁，陝西師範大學出版社 2003 年版。
〔註17〕史鐵生：《病隙碎筆》，第 168 頁，陝西師範大學出版社 2003 年版。

從生存論的角度看，「我們生存的空間有限，我們經歷的時間有限」。〔註18〕
而殘疾的驀然而至，更使人感受到命運的荒誕。史鐵生對人之存在的這種完全
的偶然性和尖銳的荒誕性的體驗，帕斯卡爾曾經有過這樣的描述：

> 當我思索我的生命歷時之短暫，這生命被以前以後的永恆所吞
> 沒，又思索我所佔據的空間之渺小……，我被拋進了無限浩瀚的空
> 間之中，我對之一無所知，它對我也十分陌生，這時候我會感到恐
> 怖，我為自己生存於此地而不是彼地感到驚駭，因為沒有任何理由
> 是在此地而不是在彼地，是在此時而不是在彼時。是誰把我放在此
> 地的？這個地方和這段時間，是根據誰的命令和指示而分配給我的。

〔註19〕

從認識論的層面說，我們的知識永遠不可能窮盡外部世界的奧秘，「我們
其實永遠在主觀世界中徘徊。而一切知識都只是在不斷地證明著自身的殘缺，
它們越是廣博高妙越是證明這殘缺的永恆與深重，它們一再地超越便是一再
地證明著自身的無效。」〔註20〕這是人的「智力的絕境——你不可能把矛盾
認識完。」〔註21〕

從行為能力著眼，就像高位截癱的人不能行走一樣，健全的人也不能飛
翔。概而言之，人是被拋到這個世界上來的。生而為人，終難免苦弱無助，
即便是多麼英勇無敵，多麼厚學博聞，多麼風流倜儻，世界還是要以其巨大
的神秘置你於無知無能的地位。〔註22〕

這樣，史鐵生實際上就從審視生理上的殘疾，上升到了對人的有限性的
形而上學的思考：人是有限性的存在。何謂有限性？當代著名的存在主義神
學家蒂利希解釋說：「受到非存在所限制的存在，是有限性。」非存在又顯現
為存在之尚未，以及存在之不再。史鐵生對人的有限性的上述思考，是頗富
洞見的，暗合了蒂利希的理論。蒂利希認為，時間、空間、因果性和實體性
都具有存在與非存在這雙重性，其中的非存在性是人成為有限性存在的重要

〔註18〕史鐵生：《記憶迷宮》，《史鐵生作品全編》第 6 卷，第 228 頁，人民文學出版
　　　　社 2017 年版。
〔註19〕詹姆斯・C・利文斯頓：《現代基督教思想》（下卷），第 686 頁，四川人民出
　　　　版社 1999 年版。
〔註20〕史鐵生：《病隙碎筆》，第 95 頁，陝西師範大學出版社 2003 年版。
〔註21〕史鐵生：《答自己問》，《寫作之夜》，第 24 頁，春風文藝出版社 2002 年版。
〔註22〕史鐵生：《病隙碎筆》，第 10 頁，陝西師範大學出版社 2003 年版。

因素。時間是本體性質的，它吞噬著它的所造物，使其由盛而衰，歸於消亡，人由此產生了「對於不得不死的焦慮」，正是在這種焦慮中，非存在被人從內部體驗到了。人「佔有空間，也就意味著受制於非存在」，意味著「不擁有任何確定的地位」，意味著「不得不最終喪失每一個地位，並隨之而喪失存在本身」。因為人終有一死。因果性的非存在性，對人而言則表現為不擁有「自存性」，即人的存在不是自明的，人存在的原因不在自身，而在之外。「自存性只是上帝才有的特點」，作為有限的人，如海德格爾所言是被拋入存在的。因而「人的存在是偶然的；他自身沒有任何必然性」，他是非存在的獵物，「把人拋入生存的那同一種偶然性，也可以把人推出生存」。這也決定了人是從屬於偶然事件的實體。也可以說，「它在偶然事件中表現自己」。〔註23〕

三

人的有限性，決定了人的根本困境。史鐵生認為，人有三種根本困境：

> 第一，人生來注定只能是自己，人生來注定是活在無數他人中間並且無法與他人徹底溝通。這意味著孤獨。第二，人生來有欲望，人實現欲望的能力永遠趕不上他欲望的能力，這是一個永恆的距離。這意味著痛苦。第三，人生來不想死，可是人生來就是在走向死。這意味著恐懼。〔註24〕

孤獨、痛苦、恐懼是人生無法根除的苦難。這些苦難是在體性，它們塑造了人，成為人的存在本身，也構成了人的命運。這裡的命運，不是一種無意義的宿命，「它是與意義結合在一起的必然性」。〔註25〕在史鐵生看來，自覺到人的有限性和苦難的在體性，是人尋找生命的意義的開端，也是包括文學在內的一切藝術的動力和源泉。換言之，人的殘缺和苦難，對於人不僅不是無意義的，而且是意義之源。

生命的意義只能在生命的過程中產生和建構。意識到這一點，就可能從當初重視生命的目的轉向重視生命的過程：「惟有過程才是實在」，何苦不在這必死的路上縱舞歡歌呢？坦然地「把上帝賜予的高山和深淵都接過來，『乘

〔註23〕蒂利希：《存在與上帝》，劉小楓主編《20世紀西方宗教哲學文選》（中卷），
第854～862頁，上海三聯書店1996年版。

〔註24〕史鐵生：《自言自語》，《寫作之夜》，第51頁，春風文藝出版社2002年版。

〔註25〕蒂利希：《存在與上帝》，劉小楓主編《20世紀西方宗教哲學文選》（中卷），
第865頁，上海三聯書店1996年版。

物以遊心」，玩它一路，玩得醉心神迷不絆不羈創造不止靈感紛呈」，〔註26〕
在歡樂中承擔苦難，在承擔苦難中享受歡樂，在苦難和歡樂的過程中創造生
命的意義。只有過程才是對付絕境的辦法：

> 過程！對，生命的意義就在於你能創造這過程的美好與精彩，
> 生命的價值就在於你能鎮靜而又激動地欣賞這過程的美麗與悲壯。
> 但是，除非你看到了目的的虛無你才能進入這審美的境地，除非你
> 看到了目的的絕望你才能找到這審美的救助。但這虛無與絕望難道
> 不會使你痛苦嗎？是的，除非你為此痛苦，除非這痛苦足夠大，大
> 得不可消滅大得不可動搖，除非這樣你才能甘心從目的轉向過程，
> 從對目的的焦慮轉向對過程的關注，除非這樣的痛苦與你同在，永
> 遠與你同在，你才能夠永遠欣賞到人類的步伐與舞姿，讚美著生命
> 的呼喊與歌唱，從不屈獲得驕傲，從苦難提取幸福，從虛無中創造
> 意義，直到死神和天使一起來接你回去，你依然沒有玩夠，但你卻
> 不驚慌，你知道過程怎麼能有個完呢？過程在到處繼續，在人間、
> 在天堂、在地獄，過程都是上帝的巧妙設計。〔註27〕

其次，迫近心魂的自由。外在肉體的殘疾，存在時空的有限，好比是一
場安排好的戲劇，人是這齣劇中的演員。而「一個好演員，必是因其無比豐
富的心魂被困於此一肉身，被困於此一境遇，被困於一個時代所有的束縛，
所以他／她有著要走出這種種實際的強烈欲望，要在千變萬化的角色與境遇
中，實現其心魂的自由」。〔註28〕如果說殘疾是肉身折磨著精神，孤獨、痛苦
和恐懼是精神折磨著心魂，那麼，受多重磨挫的心魂，必產生衝破肉身與精
神囚禁的巨大驅動力，奔赴其自由的境界。

再次，探入藝術的根基。藝術的根基是什麼？史鐵生說，「是人類與生俱
來的困境」。已有的文化是否成為藝術的根基，取決於它是否為人類造出困境，
「惟其造出困境，這才長出文學」，長出藝術。〔註29〕因為困境是這樣一種東
西，它讓藝術家一來就「掉進了一個有限的皮囊」，他的周圍「是隔膜，是限

〔註26〕 史鐵生：《答自己問》，《寫作之夜》，第 24 頁，春風文藝出版社 2002 年版。
〔註27〕 史鐵生：《好運設計》，《中華散文珍藏本·史鐵生卷》，第 53 頁，人民文學出
版社 2000 年版。
〔註28〕 史鐵生：《病隙碎筆》，第 168 頁，陝西師範大學出版社 2003 年版。
〔註29〕 史鐵生：《隨想與反省》，《寫作之夜》，第 78～79 頁，春風文藝出版社 2002
年版。

制，是數不盡的牆壁和牢籠，靈魂不堪重負，於是呼喊，於是求助於藝術，
開闢出一處自由的時空以趨向那無限之在和終極意義」，從而使藝術稟有了
「美的恒久品質」。〔註30〕就純文學而論，它所面對的就是「人本的困境」，「譬
如對死亡的默想、對生命的沉思，譬如人的欲望和人實現欲望的能力之間的
永恆差距，譬如宇宙終歸要毀滅，那麼人的掙扎奮鬥的意義何在等等，這些
都是與生俱來的問題，不依社會制度的異同而有無。因此它是超越著制度和
階級，在探索一條屬於全人類的路。」〔註31〕

最後，人的有限性和苦難在體性的澄明，使人不斷尋求超越之路。史鐵
生說：「無緣無故的受苦，才是人的根本處境」，也正是上帝的啟示。但「這
處境不是依靠革命、科學以及任何方法可以改變的，而是必然逼迫著你向神
秘去尋求解釋，向牆壁尋求回答，向無窮的過程尋求救助」。〔註32〕我理解，
他的意思是說，世俗生活世界的一切無力解救人的困境，人必須探詢一條世
俗意義以上的路：超越之路。個人永遠都是有限，都有局部，「局部之困苦，
無不源於局部之有限，因而局部的歡愉必是朝向那無限之整體的皈依。」所
以史鐵生說：「只要你注意到了人性的種種醜惡，肉身的種種限制，你就是在
諦聽和仰望那更為高貴的消息了。」〔註33〕所以史鐵生又說：「人既看見了自
身的殘缺，也就看見了神的完美，有了對神的敬畏、感恩與讚歎。」〔註34〕

從探詢生命意義的方向來看，認識到人的有限性和苦難的在體性，使人
向個體自身和生命的內部要意義。史鐵生引用劉小楓的話說，人的有限性以
及受苦是私人形而上學意義上的，不是現世社會意義上的，所以根本不幹正
義的事。為私人的受苦尋求社會或人類的正義，不僅荒唐，而且會製造出更
多的惡。個體的不幸及生命的意義只能靠個體自身來解決。正如俄羅斯思想
家弗蘭克在其《生命的意義》中所說，生命的意義不是給予的，而是被提出
來的：

> 生命的意義不在向外的尋取，而在內在的建立。那意義本非與
> 生俱來，生理的人無緣與之相遇。那意義由精神所提出，也由精神
> 去實現，那便是神性對人性的要求。這要求之下，曾消散於宇宙之

〔註30〕史鐵生：《病隙碎筆》，第 172 頁，陝西師範大學出版社 2003 年版。
〔註31〕史鐵生：《答自己問》，第 30 頁，《寫作之夜》，春風文藝出版社 2002 年版。
〔註32〕史鐵生：《宿命的寫作》，《寫作之夜》，第 11 頁，春風文藝出版社 2002 年版。
〔註33〕史鐵生：《病隙碎筆》，第 166～167 頁，陝西師範大學出版社 2003 年版。
〔註34〕史鐵生：《病隙碎筆》，第 147 頁，陝西師範大學出版社 2003 年版。

無邊的生命意義重又聚攏起來，迷失於命運之常的生命意義重又聰

慧起來，受困於人之殘缺的生命意義終於看見了路。〔註35〕

所以，對探尋生命意義的個體心性而言，史鐵生認為重要的不是外在的客觀
真理，而是克爾凱郭爾的主觀性真理。

　　作為存在主義者的克爾凱郭爾不相信所謂的客觀反映之說，對理性的客
觀性大張撻伐，指責其把主體變成了偶然隨機的東西，把主體的生存改造成
了某種非人格的東西，排除了人的切身體驗，否定了人的自由選擇與自我決
定，從而也就否定了人自己造就自己的能力和事實。純客觀的真理不能認識
人類生存的真理，「真理恰恰在於內在性」，「因為，每個人都是一個精神性的
存在，對他來說，真理不存在於任何別的東西之中，而存在於親自運用的自
我活動之中。」〔註36〕真理的這種切己性是說，「我們只有從生存上去體驗另
一種生存方式，才能理解那種方式」，這就好比馬丁・路德所說：「一個人成
為神學家，靠的是生活、死亡、受罰，而不是靠理解、閱讀、冥想。」〔註37〕
人的有限性和苦難的在體性，催迫人向生命的內部要意義，尋找主觀性真理，
其實質是「要找到一個對我來說是真實的真理，要找到我可以為之生為之死
的觀念。」〔註38〕這樣的主觀性真理，雖然「不存在供人們建立其合法性以
及使其合法的任何客觀準則」，卻「是發揚生命的難以捉摸、微妙莫測和不肯
定性的依據」。〔註39〕

　　在長篇小說《務虛筆記》中，「我」對主觀性真理有過一段生存現象學式
的還原與闡釋。有一天我知道了「哥德爾不無完全性定理」：一個試圖知道全
體的部分，不可能逃出自我指稱的限制。由此，我獲得了更多想像的自由，
我的冥思也開始澄明。當我要「回答世界是從什麼時候開始」的這樣的問題，
我發現，「一個不可逃脫的限制就是我，我只能是我。事實上我只能回答，世
界對我來說開始於何時」。比如，我生於 1951 年，但它對於我只是一個傳說。
因為它對我來說是一片空白，是零，是完全的虛無。只有到了 1955 年的某個

〔註35〕史鐵生：《病隙碎筆》，第 96 頁，陝西師範大學出版社 2003 年版。
〔註36〕詹姆斯・C・利文斯頓：《現代基督教思想》（下卷），第 638 頁，四川人民出
　　　　版社 1999 年版。
〔註37〕詹姆斯・C・利文斯頓：《現代基督教思想》（下卷），第 689～690 頁，四川人
　　　　民出版社 1999 年版。
〔註38〕詹姆斯・C・利文斯頓：《現代基督教思想》（下卷），第 634 頁，四川人民出
　　　　版社 1999 年版。
〔註39〕史鐵生：《病隙碎筆》，第 95 頁，陝西師範大學出版社 2003 年版。

週末之後，世界對我才開始存在，才漸漸有了意義。據說生「我」那天下著大雪，從未有過的大雪，可是，我總是用 1956 年的雪去想像 1951 年的雪，或者說 1956 年的雪，才使 1951 年的雪有了形象，有了印象，雪對於我也才開始存在。「因為我找不到非我的世界，永遠都不可能找到。所以世界不可能不是對我來說的世界。」〔註40〕

自覺到人的存在的有限性和苦難的在體性，對於史鐵生，不僅形成了關切生命過程、迫近心魂自由、探入藝術根基和尋求超越道路這樣的生命意義結構，確立了在生命內部探詢主觀性真理的意義叩問方向，而且使史鐵生具有了謙卑的倫理心態，站出人自身反觀人的能力和處身位置，在主體內部產生了「我」與「史鐵生」這一主客體交互的對話結構，從而對個體心性和人的存在的勘探，抵達了理性不能照亮的「黑夜」。

四

有必要再一次提到克爾凱郭爾，不只因為他是存在主義哲學家，而是因為他關於絕望與拯救的論述太過切合史鐵生的心路歷程。克氏認為絕望可以導致一種精神上的僵硬和死亡，也可以有助於喚醒一個人，使他明白自己永恆的正當性。他甚至斷言，除了經歷絕望之外，是不存在任何拯救的：「我勸告你要絕望……不是作為一種安慰，不是一種你要繼續留在其中的狀態，而是作為一種需要靈魂之全部力量、嚴肅和專注的行為……。一個人倘若沒有嘗過絕望的痛苦，他也就錯失了生命的意義。」〔註41〕絕對地絕望，就是掙脫有限的觀察角度對自己的束縛，因為，「當一個決意要（絕對地）絕望的時候，他也就選擇了絕望所選擇的東西，即處於永恆正當性之中的自身」。〔註42〕史鐵生所處的極限境遇，曾經使他深陷絕望的深淵，思想情感無數次行走在自殺的邊緣。但他終於從個體肉身的殘疾，看到了人類的殘缺和有限性，產生了尋求生命意義的內在動力，明確了意義尋求的方向、倫理態度，以及在個體內部展開主客體交互對話的意義詢問方式。絕望的痛苦，催他上路，去求索生命的永恆的正當性。

〔註40〕史鐵生：《務虛筆記》，第 84～85 頁，上海文藝出版社 1996 年版。
〔註41〕詹姆斯・C・利文斯頓：《現代基督教思想》（下卷），第 619 頁，四川人民出版社 1999 年版。
〔註42〕詹姆斯・C・利文斯頓：《現代基督教思想》（下卷），第 619 頁，四川人民出版社 1999 年版。

　　到此這樣說一點也不為過：史鐵生是從個體的生存體驗，走向形上的存在之思，又從存在之思叩問超越之路。簡言之，他是從經驗的生存，走向先驗的存在，並朝著超驗的神在跳躍。

　　自覺到生命意義的重要固然關鍵，但意義不會自動呈現。從存在的此岸世界，到達神在的彼岸世界，需要過渡的橋樑，或者說中介。這個橋樑或中介，對於史鐵生而言就是寫作。

　　寫作，是對史鐵生的救贖。在《我與地壇》中，史鐵生思考了三個要命的問題：要不要去死？為什麼活？幹嘛要寫作？在這裡，寫作問題是與生死問題並列的同等重要的問題。當死的問題被懸置（解決）以後，寫作與活就是一而二、二而一的事了。那麼，寫作與活的關係又如何呢？史鐵生否定了為了寫作而活著的說法，認為「只是因為我活著，我才不得不寫作。」抑或是因為還想活著，所以才寫作。寫作是活下去的一條路：「寫，真是個辦法，是條條絕路之後的一條路。」〔註43〕在另一處，史鐵生在回答「人為什麼寫作」時，更是直白地說：「為了不至於自殺。」〔註44〕

　　換個提問的角度：為何寫作拯救了史鐵生？為何寫作使他不至於自殺？一個直接的理由是，寫作「油然地通向著安靜」，通向靈魂的安寧。〔註45〕在史鐵生殘疾不久的日子裏，他被命運擊昏了頭，脾氣壞到極點，經常像發了瘋一樣，這時，寫作使他浮躁凌厲之心，趨於平靜。後來史鐵生回憶說：「我其實未必合適當作家，只不過命運把我弄到這一條（近似的）路上來了。左右蒼茫時，總也得有條路走，這路又不能再用腿去趟，便用筆去找。而這樣的找，後來發現利於此一鐵生，利於世間一顆最為躁動的心走向寧靜」，「寫作救了史鐵生和我」。在這個意義上說，「寫作為生是一件被逼無奈的事。」〔註46〕當然，有一個推論也是可以成立的：我們知道，史鐵生是因著生命的意義而活下去的，既然寫作可以讓他活下去，那說明寫作於他而言，是可以產生意義的。對此，史鐵生如此說：「寫作便是要為活著找到可靠的理由，終於找不到就難免自殺或還不如自殺」，〔註47〕「寫作就是要為生存找一個

〔註43〕史鐵生：《宿命的寫作》，《寫作之夜》，第8頁，春風文藝出版社2002年版。
〔註44〕史鐵生：《答自己問》，《寫作之夜》，第17頁，春風文藝出版社2002年版。
〔註45〕史鐵生：《宿命的寫作》、《答自己問》，《寫作之夜》，第12頁、第20頁，春風文藝出版社2002年版。
〔註46〕史鐵生：《病隙碎筆》，第63頁，陝西師範大學出版社2003年版。
〔註47〕史鐵生：《答自己問》，第17頁，《寫作之夜》，春風文藝出版社2002年版。

至一萬個精神上的理由，以便生活不只是一個生物過程，更是一個充實、旺盛、快樂和鎮靜的精神過程。」〔註48〕寫作在這裡成了尋找，成了一個在尋找中精神不斷攀升，生命的意義不斷湧現的過程。

問題是，史鐵生處身於一個絕對價值缺席的時代，他藉以救贖、藉以尋找生命意義的寫作所面對的是「世界黑夜」，這構成史鐵生無法逃避的又一極限困境。它的困難程度遠遠超過了肉身的殘疾：他是人在自覺到人的有限性之後，卻無法突圍，難以超越，走向無限的一種深淵困境。史鐵生把這一困境命名為「寫作之夜」。

史鐵生曾經這樣描述這個時代，「神約」已然放棄，人性解放成魔性，而「魔性一經有了人性作招牌，靡菲斯特宏圖大展正是一路勢如破竹了」；人雖然放逐了諸神，「可人造為神的現代迷信並不絕跡」；新的神祇——「一切以商品、利潤為號召的主義」——正在各處顯身。〔註49〕人們追求的只是對物質與權力的渴慕，「從不問靈魂在暗夜裏怎樣號啕，從不知精神在太陽底下如何陷入迷途，從不見人類是同一支大軍，他們在廣袤的大地上悲壯地行進被圍困重重，從不想這顆人類居住的星球在荒涼的宇宙中應該閃耀怎樣的光彩。」〔註50〕史鐵生描述的這個時代的特徵，正是海德格爾筆下的「世界黑夜的時代」的寫照。在海德格爾那裡，隨著赫拉克斯（Herakles）、狄奧尼索斯（Dionysos）和耶穌基督（Christus）這個「三位一體」棄世而去，世界時代的夜晚便趨於黑夜。世界黑夜彌漫著它的黑暗。上帝的離去意味著：「神性之光輝也已經在世界歷史中黯然熄滅。世界黑夜的時代是貧困的時代，因為它一味地變得更加貧困。它已經變得如此貧困，以致於它不再能察覺到上帝之缺席本身了。」〔註51〕

史鐵生的特殊困難還在於，他要在這個失去了意義根基的世界，通過寫作找回意義。這如何可能？這樣，史鐵生在寫作之夜對生命意義的尋求，只是「吟唱著去摸索遠逝諸神之蹤跡」，「從而為其終有一死的同類追尋那通達轉向的道路」；只是在黑夜的時代裏「道說神聖」，〔註52〕只能是對上帝的重

〔註48〕史鐵生：《答自己問》，《寫作之夜》，第18頁，春風文藝出版社2002年版。
〔註49〕史鐵生：《病隙碎筆》，第96頁，陝西師範大學出版社2003年版。
〔註50〕史鐵生：《答自己問》，第29頁，《寫作之夜》，春風文藝出版社2002年版。
〔註51〕海德格爾：《詩人何為？》，孫周興選編《海德格爾選集》上，第407～408頁，上海三聯書店1996年版。
〔註52〕海德格爾：《詩人何為？》，孫周興選編《海德格爾選集》上，第408～410頁，上海三聯書店1996年版。

臨和諸神的返回發出泣淚的呼告。

　　因此，史鐵生寫作所面對的黑夜，「不是外部世界的黑夜，而是內在心流的黑夜。」〔註 53〕心流的黑夜不只在黑夜，也在白晝的狂歡之中，而「寫作不過是為心魂尋一條活路」。因為，在史鐵生看來，「唯心神的黑夜，才開出生命的廣闊，才通向精神的家園」，〔註 54〕才通達「詩意地棲居」。

〔註 53〕史鐵生：《病隙碎筆》，第 95 頁，陝西師範大學出版社 2003 年版。

〔註 54〕史鐵生：《病隙碎筆》，第 109 頁，陝西師範大學出版社 2003 年版。

論北村的基督宗教詩學 [註1]

　　就我的論題而言，所謂詩學，是指有關文學的學問，並以文論的方式表現出來。基督宗教詩學，則是以基督教為價值取向建構的一套文論話語。

　　對於 90 年代的漢語小說界，宗教已然形成勢頭較為強勁的話語場。張承志皈依伊斯蘭教，寫出驚世駭俗的長篇小說《心靈史》；北村受洗成為基督徒，創作《施洗的河》等一系列宗教小說；史鐵生推出宗教蘊含複雜的長篇《務虛筆記》和一批宗教文化意味濃鬱的散文隨筆；加之，儒教在張煒、陳忠實等作家筆下的復活；禪宗意涵在賈平凹字裏行間的反覆渲染；禪劇在高行健那裡的在在問世，以及佛教精義在虹影《阿難》等長篇中的當下演繹……90 年代以降的漢語小說界可謂進入了宗教話語喧嘩的時代。而在此語境下，由北村在 90 年代中前期發表的一組文論文章所建構的基督宗教詩學，不僅特別引人注目，而且給現代漢語詩學史注入了新的因素。

一

　　北村自述：「1992 年 3 月 10 晚上 8 時，我蒙神的帶領，進入了廈門一個破舊的小閣樓，在那個地方，我見到了一些人，一些活在上界的人。神揀選了我。我在聽了不到二十分鐘福音後就歸入主耶穌基督。」三年以後，當他談到這段神聖的經歷時還說，我可以見證耶穌基督「是宇宙間惟一真活的神，他就是道路、真理和生命」[註2]。可見，北村對基督教的虔誠。

　　作為虔誠的基督徒作家之前的北村，曾經受到福克納、海明威、川端康

〔註1〕　本篇最初發表於《社會科學研究》2006 年第 3 期。
〔註2〕　北村：《我與文學的衝突》，《當代作家評論》1995 年第 4 期。

成、喬伊斯和卡夫卡等文學大師的影響，他從他們那裡深刻地感受到了來自深淵的黑暗，看到了人性的頹敗，也第一次發現了新的小說寫法，再加上接踵而至的法國新小說的啟迪，北村一度成為那個時代中國小說形式實驗的先鋒。更致命的是，他在這些文學大師那裡接受了這樣的教訓：人類無法改變現狀，絕望是可以接受的。後來，他又對加繆的《西西弗斯神話》發生興趣，結果又不得不承認存在是荒謬的。從那時開始，北村的道德水準「開始崩潰」。不久，尼采這個「瘋子」又告訴他：「這個世界沒有神」。儘管北村對這個謊言有所懷疑，甚至還在一篇很長的理論文字中得出結論：「有一個比三度空間和四度空間更超越的五度空間」。但據北村說，他當時還不明白這就是神，還不明白在人的體和魂之上還有靈這個唯一與神交通的器官，以至於他的道德沒有任何改良，直至正式告別妻子，小家庭解體。成為基督徒作家以後的北村，他的文學創作和詩學觀念發生了跳躍式的變化，因為他已確信「人活著是有意義的，沒有神人活著就沒有意義」。他創作了《施洗的河》、《張生的婚姻》、《傷逝》等一批基督宗教小說。他「用一個基督徒的目光打量這個墮落的世界」，開始他關於現代漢語詩學的宗教言述〔註3〕。但在這之前的兩三年，也就是在北村走向基督教的認信途中，他的詩學思想已經飽含基督神性色彩，構成其基督宗教詩學的重要組成部分。

北村詩學的問題意識是：為何整個漢語小說創作普遍存在精神疲軟現象？為何重歸本體的小說創作在經歷各種各樣技術探索和形式試驗後最終停留在一片精神的空谷之中？為何名噪一時的「第三代小說」老是在一個精神的大限中茫然無措？為何漢語小說的發展會形成精神與信仰均不在場的荒原？這些問題，使北村「從來沒有像今天一樣對文學的價值感到懷疑和困惑」〔註4〕。

北村的思索是從這裡上路的：漢語文學發展到今天究竟缺失了什麼？北村認為是作家的能力和信心。能力和信心的喪失直接導致作家意志的消沉，生命力的萎縮和枯竭，尤其是人文精神的內在危機。在北村看來，這一危機不是漢語文學獨有，而是人類性的。根源在於將知識、理性和人的認識能力作為「終極和信心的基礎」，作為人的存在的根基。事實上，「當工具理性吞噬價值理性時，人類理性的神話已經破產」。原因恰恰在於，人的認識能力不是信心的基礎，而是建立在信心之上。何以這樣說？因為：

〔註3〕 北村：《我與文學的衝突》，《當代作家評論》1995 年第 4 期。
〔註4〕 北村：《神格的獲得與終極價值》，《文學自由談》1990 年第 2 期。

> 人認識世界的方法是命名，只有通過命名才能把人從對象中區
> 別出來從而把握對象，進而使人獲得真實的主體地位。這種命名使
> 人有信心，但命名需要的是權柄，這權柄就是神。神把權柄交給人，
> 人成了神的代表權柄，人代表神管理萬物，這就是人的本位。如果
> 離開了一個有位格、無限的神，人沒有權柄，只有思想，人就通過
> 自己的認識能力製造一個龐大的思想系統和遊戲規則。問題的嚴重
> 性在於，無論這些思想系統和遊戲規則如何豐富，它卻缺乏中心，
> 缺乏能力和信心……這就是人類理性的失敗……〔註5〕

正是在這裡，即人的能力和信心靠什麼獲得上，基督教信仰進入了北村的詩
學。

理性神話的破產，開始了人類對非理性領域的探索，但是在北村看來，
人類的非理性步入了「一個人否認自己之後又拒絕神聖啟示的荒謬境遇」。儘
管海德格爾已然洞悉人失去命名和自我命名能力以後的焦慮，但仍然認為其
使人有存在的肯定，催逼人去作出抉擇。北村要問的是，既然沒有了神，人
如何選擇？因此，海德格爾的「思」只是對神的期待。福柯與其宣稱的是「人
類已經死亡」，不如說他宣布了傳統哲學關於「人」的概念的徹底瓦解，說出
的是人的絕望而不是自有永有的神。德里達解構的邏各斯中心論，解構的是
來自希臘哲學的理性邏各斯，而不是源於耶路撒冷的神的話語的邏各斯。神
的話語的邏各斯「不是理性，而是生命，它是人類相信的對象，以啟示為出
發點」。德里達宛若福柯，宣告的是人的神話的破產，是人自動交出人的話語
權，自動放棄人的意志和人的立場。而哈貝馬斯力求通過交往理性重建一套
普遍主義原則的企圖和努力，在德里達和福柯的上述死刑宣判面前，又是顯
得何等的空洞和蒼白。西方現代哲學到如今，建構的是一套「自毀原則」。

理性神話的破產，非理性探索的荒謬，重建普遍主義的虛妄，哲學的「自
毀原則」，是北村對人類現代精神走向，以及 20 世紀中葉以降西方哲學所作
的神學詮釋，在此基礎上，北村得出結論：「人失語了」。失語的原因不在於
人類認識能力的衰竭，乃在於失信。

> 實際上今天人類的認識能力超過以往任何一個時代，但人類的
> 精神卻萎縮到一個地步，喪失了全部的價值立場。人一旦失去信心，
> 就失去了超越現實的能力，人只能情緒頹廢意志消沉，以至降低精

〔註 5〕 北村：《神聖啟示與良知的寫作》，《鍾山》1995 年第 4 期。

> 神品格，生活得如蟲一般，這是精神虛無的一般特徵。於是一些景
> 觀出現了：實有空間膨脹，心靈空間萎縮，感動下降為感覺，神聖
> 與卑微同等，從敬虔走向背德，熱情變作冷漠，愛成了性。〔註6〕

這樣的描述，實際上已經觸及當下漢語文化與文學現象。但北村對整個人類
精神危機的言述還意猶未盡，當他完成了對哲學「自毀原則」的揭示後，又
開始了他對神學和宗教的批判。他認為，神學是一門用哲學的方式證明神存
在的學說，它只思想神，卻不能接受神，更不能發現神。而宗教更不過是在
繁複儀式中滿足人的自然崇拜，建立人的虛假信心而已。永恆的是生命。生
命才是人的源泉和根基。問題是，什麼是生命呢？北村回答說：是神。這樣，
北村就把人類的全部價值基礎挪到了神上，落腳在了基督教信理上，最後達
成於信仰中：「神作為生命，與人類只能建立信靠關係，而不是認識和理解的
關係。」為了信靠，人類必須閉抑所有的理性和認知：「人類的認識能力是人
的魂的功能，魂的功能（如悟性）是可用的，但魂的生命（指人向神獨立的
生命）必須殺死，只有靈能認識神，魂裏有人的心思、情感和意志，靈裏有
良心、直覺和交通。後者是認識神的唯一器官。〔註7〕」

二

　　北村清理完並奠定了自己的價值地基以後，才開始了他真正的漢語詩學
言述。易言之，他的整個詩學言述都力求立足於他的基督教信仰上。因為，
北村詩學還有一個至關重要的出發點，那就是在他看來，「作為一個作家，
他的寫作作為他的言說方式總是先和真理達成和解，然後才找到他的言說對
象」。而這個真理，在北村那裡就是十字架上的真理。在這個真理確認以後，
他的詩學言述就得以可能了。

　　北村「呼籲一個良心的立場，一種良知的寫作」。他認為，無論在中國乃
至世界，只有這種寫作在末世是有意義的。這種呼籲，我們似乎在20世紀初
就已經聽到過？是的，創造社的洪為法不是曾經斷言「真的藝術家，他必是
良心的戰士，良心的擁護者；他的藝術便是他良心的呼聲」嗎〔註8〕？時間進
入世紀末，而世紀之初的吶喊在這裡得到有力的回應。歷史是否也在固守著
某種自以為是的永恆？

〔註6〕　北村：《神聖啟示與良知的寫作》，《鍾山》1995年第4期。
〔註7〕　北村：《神聖啟示與良知的寫作》，《鍾山》1995年第4期。
〔註8〕　為法：《真的藝術家》，《洪水》半月刊第1卷第2期，1925年。

「良心」作為北村詩學的關鍵詞，到底是何意思？它與北村宗教詩學之間究竟有何關係？何以一當作家站在超越立場說話就往往離不開「良心」訴求？這就要看何為「良心」。

其實，良心不僅僅是日常生活空間的倫理話語，它有著更為深廣的內涵。費爾巴哈認為：

> 良心是從知識導源而來的，或者說與知識有密切的關係，但它
> 不意味一般的知識，而意味特種的特殊部類的知識，即那種與我們
> 的道德行為、與我們的善或惡的心情和行為有關的知識。〔註9〕

在這裡，良心屬於倫理知識、倫理話語的範疇。問題是良心在倫理話語的哪一個範圍內有效呢？佩斯塔那說：「良心的命令僅僅針對一個人自己的行為：良心不涉及對其他人行為的道德評價。」〔註10〕即是說，良心只關涉人的個體心性。

那麼，良心又關涉人的個體心性的哪些方面呢？約瑟夫‧富切斯疏解了良心概念的雙重含義，其中狹義的良心，「特別在天主教的道德理論中，是指在具體的場合決定某種行為是否善和應當的權威。」〔註11〕顯然，良心在終極意義上關涉人的信仰，「良心從本質上具有宗教層面」，而且是基督宗教性質的：「對於奧古斯丁來說，良心是天主和人進行愛的交談的地方，是天主的聲音。」良心是人的神性中心，在此中心內，天主對人講話，人能感覺到天主的臨在和靈魂的存在。在中世紀的神秘主義者那裡，良心的內在基礎是靈魂的火花，人在火花閃耀的靈魂中與天主相遇〔註12〕。當代神學家奧吾爾也認為，良心「是人類存有的最深底蘊，是人的最深層次的核心，靠天主的指導和維護。」〔註13〕

〔註9〕 費爾巴哈：《費爾巴哈哲學著作選集》，上卷，第584頁，三聯書店1959年版。

〔註10〕 John K. Roth, *International Encyclopedia of Ethics*, Braun-Brumfield InC. U.C, 1995, pp.187~188。轉引自王海明《倫理學原理》，第316頁，北京大學出版社2001年版。

〔註11〕 Gerhard Zecha and Paul Weingartner, *Conscience: An Interdisciplinary*, D. Reidel Publishing Company, Dordrecht, Holland, 1987, p.29。轉引自王海明《倫理學原理》，第316頁，北京大學出版社2001年版。

〔註12〕 卡爾‧白舍客：《基督宗教倫理學》第一卷，第226頁，上海三聯書店2002年版。

〔註13〕 轉引自卡爾‧白舍客：《基督宗教倫理學》第一卷，第227頁，上海三聯書店2002年版。

可見，良心在基督教視閾內是人的一種本能，「這種本能基本上不是倫理
價值及倫理善惡的理論化或科學性知識；它向人顯示了他的終極召叫是什麼
及天主所給予他的個人責任有哪些，這種本能也幫助人意識到這些責任及召
叫的絕對性與約束力。」〔註14〕

正是在基督宗教的意義上，北村將良心引入了他的詩學，作為判定藝術
真理的依據和尺度〔註15〕。在北村看來，「良心的聲音是最權威的聲音，良心
在人的靈而不在人的魂裏，靈是與神接觸的唯一途徑」。良心所根據的是祈禱
以後神那邊的啟示回應。聽從良心的聲音，即是聽從神的聲音，即是領承啟
示的光芒的照耀。北村堅信，在這種光芒裏，「我們能夠看見當今時代作為末
世的種種真實特徵」。並不是每位作家都能得到這種啟示，沐浴這種光輝，關
鍵在他是否有信心。陀思妥也夫斯基渴想神又帶著懷疑的立場，使他的精神
始終處於分裂邊緣；卡夫卡試圖在基督教中找到避難所，但缺乏足夠的信心；
魯迅以惡抗惡，因而無法擔當正義。等等。在北村看來，「一個作家，對人自
身最堅決、深刻、徹底的批判和否定，只能來自於信仰」，以及由此而生的良
心的立場，而不是人性。人性在奧斯威辛已經宣告破產，「當人性殺害猶太人
時，人性就殺害了自己」。文學是一種語言，「語言是一種刀」，良心告訴我們，
良心讓我們發現，刀握在誰的手裏，刀要砍向何處。因此，「作家首先要成為

〔註14〕卡爾·白舍客：《基督宗教倫理學》第一卷，第 228 頁，上海三聯書店 2002
年版。

〔註15〕其實，在洪為發那裡也是一樣的。洪為法在同一篇文章中指出：「我們人類
自從在伊甸園中吃過了智慧之果，（其實是罪惡之果）便一步一步的向下墮
落。披上樹葉，躲在草裏，生恐赤裸裸的見到上帝，這便是墮落的初步。
幾千萬年墮落的結果，便是良心的堙沒。」洪為法把人類良心的墮落追溯
到始祖對上帝的背離，以及隨後的越來越遠離。因此，他之所謂良心，不
僅指世俗道德之良心，更是指具有基督宗教倫理意味的。正是沿此理路，
洪為法繼續推演，忠於自己的良心，「是一種聖者的態度」，真的藝術家的
楷模是基督耶穌：「耶穌釘在十字架的時候，他只悲憫下面的群眾，何嘗怪
倒他自己擁護良心的不是？這是聖者！這是藝術家！這是真的藝術家！」
耶穌即使被釘十字架，也沒有放棄良心，也沒有為曾經擁有的良心而後悔，
有的只是對庸眾的悲憫，這與魯迅在《復仇（其二）》中對基督受難心態的
闡釋相似。同樣，在洪為發看來，良心也是最高的道德律，是判斷真的藝
術家的尺度，耶穌的人格是現代作家人格的標杆：「所謂真正的藝術家：他
須有他偉大的性格，他須是良心的戰士；他的作品，又須是他良心的呼聲。
非是者，我才不知道誰是藝術家！」（參為法：《真的藝術家》，《洪水》半
月刊第 1 卷第 2 期，1925 年。）

這個時代良心的代表」，寫作則應當是對神聖啟示的傾聽與應答〔註16〕。

愛，就是一種良心的聲音，也是寫作應傾聽和應答的聲音。北村如是說：「恢復起初的愛，再啟動這支筆。」〔註17〕這愛不是本能的愛，「本能不是愛」，只是一點感覺或殘缺的情感，而愛是一種感動。

> 寫作是依靠感動而不是感覺的，感動裏有真知，感覺卻是沒有原則的，在感覺裏，語言可以成為遊戲，頹廢的情緒可以歌頌，自瀆可以接受。因為感覺的要求與真知無關，它只要求新奇和怪異。文學一旦從感動淪陷到感覺裏，人類所有不健康的體驗都會隨之湧出並且成為時尚，從而被當作價值接受。作家的寫作從感動下降到感覺，實際上就是放棄對真理追求的立場所導致的。〔註18〕

何以這樣說？因為依靠感動寫作，實際上就是依靠愛寫作。而「愛是具有神聖感和終極性的」。

顯然，「愛」亦如「良心」，也是構成北村詩學的核心概念。那麼，什麼是愛？在北村那裡，就像在所有虔誠的基督徒那裡一樣，「神就是愛。愛是神的專利和基本的性情。」在愛裏，作家達到了人所能達到的最高境界，即馬克斯・舍勒所說的「盡一切可能仿如上帝愛事物般地愛事物，並且在愛的行動中體悟神與人的行動正好交匯在價值世界的同一點上」〔註19〕。這個同一點也許就是北村之所謂真理。而且，進入愛，進入愛的秩序，也就進入了上帝的秩序，進入了世界秩序的核心，也就隨之進入或者接近了真知。問題或許還不全在這裡，問題還在於，「人棄絕了神的愛，起首走上了一條背逆的路」，今天，背逆的路已經到了盡頭，到了該結束的地方。至交者要在地上恢復他的道路。在北村看來，這時對於作家而言，「你不是作神的抄寫員，就是當魔鬼的秘書，沒有第三個地位」。《彼得前書》早已忠告：「萬物的結局近了；所以你們要謹慎自守，儆醒禱告，最要緊的是彼此切實相愛；因為愛能遮掩許多的罪。」愛是神的聲音，也是良心的聲音，作家應當傾聽，應當應答。〔註20〕

〔註16〕 北村：《神聖啟示與良知的寫作》，《鍾山》1995 年第 4 期。
〔註17〕 北村：《愛能遮掩許多的罪》，《鍾山》1993 年第 6 期。
〔註18〕 北村：《神聖啟示與良知的寫作》，《鍾山》1995 年第 4 期。
〔註19〕 舍勒：《愛的秩序》，劉小楓選編《舍勒選集》下，第 740 頁，上海三聯書店 1999 年版。
〔註20〕 北村：《愛能遮掩許多的罪》，《鍾山》1993 年第 6 期。

三

　　神格的獲得、終極價值與終極操作的獲取，是北村詩學所要抵達的最高境界。

　　北村粗略地反思過中國傳統知識分子，也反思過「五四」的精神財富，以及 20 世紀 80 年代以後的漢語文學，其基本結論是：缺少超驗的價值和終極關懷。他指出：「中國知識分子幾乎從來沒有『神』的觀念，他們的『絕對』和『天道』是以人對受造物（自然）的認識關係達成的，它的本質是智慧。因此，生命的體驗淪落為對自然的體驗，人就成了體驗的出發點，於是終極關懷自然下降為道德關懷。」進入近現代，中國文化中一直存在的這種道德關懷，甚至實踐為「道德救國論」，以至於對民族存亡危機的思考代替人類關懷成為最高精神事務。「『五四』的成果只拿來了『德先生』和『賽先生』」；「五四」留給中國知識分子的使命感和正義感，也只存在於人的思想和感覺裏，而不在人的信心裏，「它缺乏與現實對抗的能力」，一遭嘲弄和詆毀就很容易被知識分子所放棄。〔註21〕具體到當代漢語小說，1985 之前「幾乎不關注與人存在有關的任何問題」，之後雖然從知性上觸及過一些人類的原命題，但無論是「尋根文學」、「先鋒文學」，還是個別所謂切入人性深處的女性作家的作品，除了「相當濃厚的技術性色彩」和「完成了人性的一次必要的宣洩」外，「我們無法看見作家對終極命題的態度」，能夠看見的是「無主的精神世界的混亂」，是抽空了價值系統的敘事遊戲〔註22〕。這實際上進入了前述的北村問題意識的腹心。

　　北村提出三個概念用以搭建自己的理想詩學：神格、終極價值和終極操作。神格針對創作主體而言；終極價值指涉文本的意義；終極操作面向文本的形式和技術層面。北村的真正問題是：漢語文學終極價值的缺失如何解決？在搞清這個問題之前，我感興趣的是，北村所說的終極價值是什麼。從北村的敘述來看，是與「人類精神的原命題相契合」的價值系統。

　　　　終極價值所有命題幾乎是簡約和唯一的，那就是獲得被我們確
　　　認的那個世界的真實，並讓我們的精神與之發生聯繫。從而形成我
　　　們與世界相持的基本格局。……一旦我們建立了我們對世界的關於
　　　真實的觀念，也就形成了我們關於歷史的觀念，從而確立一整套小

〔註21〕北村：《神聖啟示與良知的寫作》，《鍾山》1995 年第 4 期。
〔註22〕北村：《神格的獲得與終極價值》，《文學自由談》1990 年第 2 期。

說的價值觀和時空觀。〔註23〕

終極價值似乎就是關於人類精神的所有原命題，這些原命題的破譯是對世界終極真實——「世界真實的本質」——的獲得，這種獲得是形成我們的精神世界和歷史觀的基礎，是我們與世界相持的依據，同時也是包括小說在內的文學的價值地基。北村認為，「小說創作的其他一切問題皆與這個中心問題相關」。終極價值包含了一套關於世界秩序的觀念，這些觀念是如此地吸引我們，使我們形成了「終極信念」。終極信念與我們通常持守的政治與社會的烏托邦完全兩樣，它「不是某種主義的化身，某種政治傾向，而是一種純粹的看待世界的方式，它是一種視線，在它的視野中，世界的新秩序展現在我們面前。」文學大師與職業寫手的區別就在於其是否具有終極信念。對於作家而言，終極信念是一切意義之源，存在與寫作的根本問題都因此而得到解決。因為作家的「文本是他與這個世界相持的基本方式」，隨著終極價值與終極信念的解決，「寫什麼以及怎麼寫等技術層面」的問題都隨之得到解決。北村的現實焦慮在於：「在目前中國大多數作家的創作中，我們看不到這種一以貫之的終極之光，我們也許能看到一種道德感，一種政治態度，一種民族憂患意識等等，就是難以看到他對存在的特殊敏感、對人類生存原痛苦的敏感和對生命的終極體驗。」〔註24〕

回到北村的問題上來：漢語文學終極價值的缺失如何解決？北村說，核心在於神格的獲得。何謂神格？北村語焉不詳，結合他的基督教徒身份和以下的敘述，似乎又不難理解。總之，在北村看來，神格的獲得，「這是文學作品超越人文層次進入它的核心——對人類精神原痛苦的感悟——的基本手段，亦是優秀作品獲得永恆魅力的根本動因。」一方面，神格的獲得，可以實現徹底的非人格化。所謂非人格化，並非背離文學是人學這一總的傾向，它意指通神，「即超越已無法揭示人生存本質的有關真實的觀念，達到新的形而上的認識層次」；是指以神性的目光注視一切，消解一切關於道德、社會、政治等人性內涵和意識形態內容，其主要特徵，是將痛苦抽象到智慧的高度。另一方面，神格的獲得標誌著新英雄主義的誕生。

理由是：

首先，神格的獲得即終極信念的獲得，它與反英雄的平民主義

〔註23〕北村：《神格的獲得與終極價值》，《文學自由談》1990年第2期。
〔註24〕北村：《神格的獲得與終極價值》，《文學自由談》1990年第2期。

或市民主義傾向相對立。神格的痛苦之所以稱為原痛苦，是指它超越了社會與民族、人文與道德、人性與文化的程序，成為一種抽象的痛苦體驗的範式。原痛苦是關注人類存在的本質的，它是一個新的深度模式。而原痛苦是新英雄主義基本的情感特徵。其次，神格的獲得與摹仿英雄的舊的英雄模式相對立。它不開出任何濟世良方，它不是醒世者。它對世界的基本態度不是改良，而是聒噪。獲得神格的文本就是一種在聒噪中建立新的時空秩序，從而改變整個關於歷史的觀念和價值系統。這個行為藝術的意義將使小說從社會、道德、文化甚至美學的功利價值系統中解脫出來，回到它的本體。這個本體就是目的，……它直指信念。〔註25〕

正是在這個意義上，「終極價值就是神格的獲得」。職此之故，北村堅信，神格作為一種光，照亮我們走向終極之路。

在北村的詩學裏，人格與文格既是相對應而出現的範疇，又是協調一致的。非道德意義的人格，即作家注視世界的方式，帶出了作品的藝術形式。這就意味著神格的獲得，亦即終極價值與終極信念的獲得決定了作品的終極操作。北村說，「小說中獲得神格必經由一個獨立的形式」，一種終極價值觀必帶來一種終極操作的形式。這種形式不具獨立存在的意義，不進入任何普遍的美學範疇，不能從小說中單獨抽離，否則，終極價值將蕩然無存。易言之，在北村看來，「在一種終極價值到實踐文本之間，不存在美學的層次」。這樣，作為小說的寫作過程就是這樣一種終極操作的過程，作家的情感抽象到智慧的高度，達至形而上境界。這個抽象過程由形式得以完成，因其獨在和唯一的性質，使其操作充滿了終極性。這種終極性「改變的不是作品的主題，而是一個時空，使作家和他的文本實現對舊有時空的逃亡」，在另一時空達成和解。意指由此岸世界向彼岸世界的奔赴。〔註26〕

就這樣，北村經由神格、終極價值和終極操作建立了自己詩學的烏托邦。並堅信：「神格作為一種光，照亮了我們的終極之路」；堅信在終極信念和終極操作兩方面的徹底革命，將是漢語小說的「一種出路」。

我們不一定贊同北村充滿佈道意味的詩學觀，但到了北村這裡，現代漢語詩學中的基督宗教話語躍升為現代漢語基督宗教詩學卻是不爭的事實。他

〔註25〕 北村：《神格的獲得與終極價值》，《文學自由談》1990 年第 2 期。
〔註26〕 北村：《神格的獲得與終極價值》，《文學自由談》1990 年第 2 期。

把現代漢語詩學與基督教的話語關係幾乎推到一個極致。而這一「推到」或「推進」，不僅為現代漢語詩學提供了新的東西，而且是否也給在消費主義泥淖裏掙扎的當下文學指示了某種超越之途呢？

最民間的，恰恰是最宗教的：于堅民間詩學的基督教神學背景〔註1〕

　　于堅無疑是 20 世紀 80 年代以降中國詩壇最有成就的詩人之一，他的《0檔案》、《飛行》、《尚義街六號》等詩篇廣為流傳，有的被選進大、中學生閱讀教材。2000 年 12 月，人民文學出版社有重要影響的「藍星詩庫」，在繼海子、西川、昌耀、舒婷之後，推出了《于堅的詩》，更進一步證明了于堅在當代詩壇的地位。于堅還是一位正在成長的詩人，關於他的詩作已有不少的批評和闡釋，有關他的以詩論為核心的詩學，系統的研究尚未見到。本文擬從于堅詩學與基督教神學的關係切入，就其詩學的思想資源作一嘗試性的探討。

　　作為文學的終極意義在哪裏？于堅說，在於回到真理。作為文學的寫作就成了回到真理的鬥爭〔註2〕。在漢語文學界，恐怕至今還沒有人認為于堅是具有宗教情懷的作家。而較為一致的看法是，他是一個遠離形而上的「民間詩人」，離所謂的「知識分子立場」也有相當的距離，他對那些自以為靠神性寫作的詩人，還頗有微詞，更談何宗教意識？于堅本人如果知道將他納入現代漢語詩學與基督教這一話題進行談論，想來也會大惑不解？其實，這有什麼好奇怪的，于堅通過其天才的思考和詩意的言說，使他的詩論從最底層的民間，走向了彷彿遙不可及的「彼岸」。

〔註1〕本篇最初發表於《海南師範學院學報》2005 年第 4 期。

〔註2〕于堅：《棕皮手記・1997～1998》，《棕皮手記・活頁夾》，第 240 頁，花城出版社 2001 年版。

詩的遮蔽

　　于堅詩學要解決的核心問題是，什麼是「真正的詩」？或者說，他的「思」是帶著對「真正的詩」的追問和尋找上路的。

　　談到「詩」，首先要對這裡的「詩」劃定範圍。于堅是詩人，因此很容易被人誤會，他說的詩或詩歌就是說的詩歌這類文體。但事實遠非如此。引一段于堅的話為證：

> 　　其實那些具有偉大精神世界的詩歌，例如《紅樓夢》、《尤利西斯》、《尋找失去的時間》、《在流放地》無不首先是日常生活的史詩，而不是思想的史詩。〔註3〕

從這段話可以看出，于堅所說的詩歌，主要指整個文學作品，他關於詩的言說，就主要是關於文學的理論。

　　問「什麼是真正的詩？」實際上就是在本體論的層次上對詩進行界定。維特根斯坦說：界定就是否定。要回答詩是什麼，也就是要回答詩不是什麼。于堅在關於詩的言述中，也採用了這樣的策略：「這個充滿偽知識的世界把詩歌變成了知識、神學、修辭學、讀後感。真正的詩歌只是詩歌。詩歌是第一性的，是最直接的智慧，它不需要知識、主義的闡釋，它不是知識、主義的復述。」〔註4〕在別處，于堅還多次說過，詩歌不是意識形態，不是形而上學，也不是烏托邦。

　　問題是，歷史的情形恰恰相反。進入 20 世紀，漢語思想界「被現代」的過程，在某種意義上說，就是被意識形態化的過程。意識形態的標準「空前的統一」。時至今日，漢語詩歌「依然是意識形態或知識系統的附庸體。詩歌不能自己證實自己，詩歌必須依附於某種時代的、意識形態的權力話語或西方的『語言資源』、大眾的平庸趣味才能獲得證實。」〔註5〕詩歌何以會陷入這種失去「自明」狀態的深淵？于堅認為，一是源於某種堅不可摧的歷史理性，即所謂「新世界的哲學基礎」——達爾文主義：歷史是一維向前推進的，越是現代的就越是進步的，反之則是反動的落後的。「革命」成為這個世紀的中心詞，也成為這個世紀詩學最主要的特徵。可是，在革命的途中，詩歌遠

〔註3〕于堅：《詩人及其命運》，《棕皮手記·活頁夾》，第 274 頁，花城出版社 2001 年版。

〔註4〕于堅：《詩人寫作》，《棕皮手記·活頁夾》，第 282 頁，花城出版社 2001 年版。

〔註5〕于堅：《棕皮手記·1997～1998》，《棕皮手記·活頁夾》，第 255 頁，花城出版社 2001 年版。

離了自身，愈來愈成為時代腳步的紀錄，最終墮落為意識形態的符號。

與此相關，是文學日益膨脹的、不斷「上升」的欲望。文學如何「上升」？說到底就是與「意義」結緣，向「意義」攀升：

> 漢語的寫作方向潛在著一種來自語言本質中的「昇華」化、詩意化的傾向。作家往往在不知不覺中就把語言往美的有價值的方向去運用。或者通過故意醜化來擺脫。一種清醒的，不被語言左右的、拒絕昇華的中性的寫作非常困難。〔註6〕

因為，「我們從小就被告知，要使自己的一生成為有意義的。語文老師布置作業，題目多半是：記有意義的一天。這種教育構成了我們的回憶的基本結構。文學也通常只為有意義的部分提供能指。」〔註7〕

文學是有意義的，文學主動向意義昇華，這本身沒有錯，關鍵是究竟什麼才是「有意義的」？于堅回答說，有意義的「往往是意識形態所批准的部分。」這樣，文學的寫作就成了意識形態的寫作。詩也就被意識形態所遮蔽。

為什麼「有意義的」就一定是「意識形態的」呢？要釐清這個問題，首先要來看一看，關於意義，我們形成了怎樣的「記憶的基本結構」？

> 二十世紀的記憶是集體的、時代的、革命的。這是一個中國人集體在焦慮中尋找生活之意義的世紀。革命使得所有的記憶都成為急功近利的歷史的儲藏庫，失去的時間根據它的意義的深淺，僅僅留下那些「前進」的時刻。即便是那些號稱個人寫作的東西，我看到它們仍然是基於一種集體記憶的。〔註8〕

質言之，在20世紀，我們關於意義的記憶結構是一維的，那就是「集體記憶」。「私人記憶」則失去了存在的空間。而「私人記憶」的喪失，「使人們往往喪失了對無意義的、私人生活的記憶，即使人們要尋找這些失去的時間，現成的話語系統也不為他們提供能指。」〔註9〕那麼，「集體記憶」又記住了什麼樣的意義呢？「集體記憶」記住的，只是歷史學家關於歷史的分析、判斷和

〔註6〕于堅：《棕皮手記・1997～1998》，《棕皮手記・活頁夾》，第231頁，花城出版社2001年版。

〔註7〕于堅：《棕皮手記・1997～1998》，《棕皮手記・活頁夾》，第235頁，花城出版社2001年版。

〔註8〕于堅：《棕皮手記・1997～1998》，《棕皮手記・活頁夾》，第235頁，花城出版社2001年版。

〔註9〕于堅：《棕皮手記・1997～1998》，《棕皮手記・活頁夾》，第235頁，花城出版社2001年版。

「空洞的結論」，只是那些構成了我們的意識形態和知識結構，被「去粗取精」的所謂「本質的部分」。而一當歷史學家被主流意識形態的權力話語所左右，意義所剩下的就只有權力意識形態本身了。那些被判定和權力意識形態無關的、屬己的、而與個人的存在息息相關的部分，被視為「無意義」的東西，排除在了歷史之外。

當「私人記憶」被唯我獨尊的「集體記憶」取代以後，「我」也被「我們」所取代，成了「一種敘訴集體記憶的代名詞」，而與個人的肉體和生命攸關的「日常生活被視為反動的意識形態」：

> 日常生活在這個國家聲名狼藉。人必須完全地依附於國家的意
> 識形態，而不是他的肉體，他才會獲得安全感，或者他必須依附相
> 反的意識形態，成為一個潛在的反社會分子，他才有存在感。〔註10〕

由此，詩人對日常生活產生了恐懼感，以至於對它麻木不仁、視而不見。蔑視日常生活「成為我們時代的生活和文化方式、話語方式、教育方式、寫作界限」。

遠離了日常生活，「詩歌漂浮在生活的形而上部分。詩歌變成思想、智慧的載體，一種有著優雅包裝的工具，集裝箱，容器，花瓶等等。詩歌被意識形態異化。」

> 詩歌以為只要和意識形態結盟，就具有了身份、權力、地位。
> 〔註11〕

顯然，集體記憶或者歷史記憶以意識形態遮蔽了存在，也遮蔽了詩歌。詩歌向此種意義的攀升，實際上是一種拙劣的降低：「把詩歌降低到意識形態工具的水平。」〔註12〕

詩歌向意義「昇華」的第二種表象，是「把詩歌降到知識的水平」。在于堅看來，20 世紀末，由詩人首先提出來的「知識分子寫作」的出現，是詩歌被意識形態、知識代表的正統文化秩序所異化的標誌。而其中最可怕的是其鼓吹的「漢語詩人應該在西方獲得語言資源。應該以西方詩歌為標準。」于

〔註10〕于堅：《詩人及其命運》，《棕皮手記·活頁夾》，第 274 頁，花城出版社 2001
　　　　年版。

〔註11〕于堅：《詩人及其命運》，《棕皮手記·活頁夾》，第 275 頁，花城出版社 2001
　　　　年版。

〔註12〕于堅：《棕皮手記·1997～1998》，《棕皮手記·活頁夾》，第 263 頁，花城出
　　　　版社 2001 年版。

堅斥責道：

> 在這個人民普遍與意識形態達成共識，把西方生活作為現代化
> 惟一標準的時代，這種知識尤其容易妖言惑眾，尤其媚俗。這是一
> 種通向死亡的知識。這是我們時代最可恥的殖民地知識。它毀掉了
> 許多人的寫作，把他們的寫作變成了可怕的「世界圖畫」的寫作，
> 變成了「知識的詩」。〔註13〕

這是繼 50 年代興起的「普通話寫作」，對漢語的道德式淨化、意識形態化之
後，對詩歌的又一異化行動。這一異化行動還表現在一些詩人對某些「先驗」
的理論或知識——關於美的、經典的、先鋒派的——按圖索驥式的寫作。而
這些先驗的理論或知識往往又是「西方」的，按圖索驥其實就是複製，隱藏
其後的是整個漢語藝術界的殖民文化心態和投機意識。以繪畫為例：

> 藝術已經成了如此簡單的東西，藝術不再是關於如何畫的創造
> 活動，而是畫什麼的圈地運動，只要藝術家在中國生活中找到某個
> 「什麼」，某個意識形態有關的「圖畫」或圖式的變體，只要這個圖
> 式能夠符合西方人關於中國生活的意識形態偏見，那麼這位藝術家
> 就成功了。他剩下了的工作只是複製這一圖式，直到它的意識形態
> 差價被淘空。〔註14〕

可悲的是，這種「不需要智力、沒有創造力、無比媚俗的活動被稱為中國的
『先鋒藝術』」。那些被總結出來的西方「圖式」往往以知識的名義存在，並
獲得話語權力。先鋒小說、先鋒詩歌的情形並無大的不同。

知識遮蔽了詩歌。而「在詩歌中，知識永遠是次要的。」〔註15〕

詩歌向意義提升，最迷惑人的莫過於烏托邦寫作。何謂烏托邦寫作？「昇
華與遮蔽，這就是烏托邦寫作。」這裡再一次顯示了于堅目光的銳利：

> 我一向對中國當代先鋒詩歌中那種虛幻的烏托邦寫作、神話寫
> 作深惡痛絕。住在條件優越的大城市裏，喝著咖啡，想像著自己的
> 名字與什麼茨基、什麼爾克或赫斯的名字接軌。卻在詩歌裏玩通靈
> 術，動不動神啊靈啊的。無比渺小卑劣無比地市儈，整日鑽營的是

〔註13〕 于堅：《詩人寫作》，《棕皮手記・活頁夾》，第 286 頁，花城出版社 2001 年版。
〔註14〕 于堅：《為人生的藝術——序陳恒、馬雲〈滇南花月〉畫展》，《棕皮手記・活
頁夾》，第 340 頁，花城出版社 2001 年版。
〔註15〕 于堅：《棕皮手記・1997～1998》，《棕皮手記・活頁夾》，第 266 頁，花城出
版社 2001 年版。

打通地獄的關節，卻把他們的有毒的玫瑰獻在眾神的腳下。〔註16〕
這種烏托邦寫作的實質「乃是在大都會的詩歌沙龍中懷著文化優越感的才子們虛構出來的精神幻象，自我戲劇化，自我神化，自以為懷有拯救芸芸眾生的義務。」詩人以「生活在別處」自居，在人群中處於「比你較為神聖」的地位，具有某種沾沾自喜的優越感。

烏托邦話語，是 20 世紀的話語霸權。這裡的「霸權」，不是葛蘭西原本意義的運用，而是指的一種霸道。這種霸權的哲學基礎，是庸俗社會進化論的一維時間觀，認為歷史是單向度地向著「美好的未來」前進的，儘管可能會出現許多曲折。在此時間觀的支配下，烏托邦話語就獲得了合法性和優位性。

不過，在 20 世紀烏托邦話語的內容是不斷轉換的，不同的時代有不同的蘊含。于堅指出，今天的詩歌中的烏托邦話語與六十年代不同之處是，「生活在別處」中的這個別處在 60 年代指的是時間上的別處（將來、總有一天），在 90 年代這個別處現在轉移到了空間上（與西方的接軌、語言資源、玫瑰的嫁接、歐洲的詩歌節）。

這樣，烏托邦話語遮蔽了詩歌。

「二十世紀是一個崇尚昇華的時代」。〔註17〕與詩歌向意識形態、知識和烏托邦話語「昇華」相適應，詩人的位置也自以為是的不斷的「上升」：

詩人從歌詠者、大地的寓公上升為引領者、發現者和記憶者。

詩人開始在人群中鳳毛麟角，具有天賦的發言權。〔註18〕

只要他是詩人，他似乎就獲得了「巫師的資格」。尤其是「今日的詩人高蹈在形而上的精神高處，他們成了神的隱喻，而不是神自己。」他們已不再是日常生活的棲居者。

詩人企圖通過抬高自己的位置，來抬高詩歌的地位，其結果是「詩人遮蔽了詩歌。」〔註19〕

〔註16〕于堅：《眾神的歌者——讀〈藏族當代詩人詩選〉》，《棕皮手記・活頁夾》，第335~336 頁，花城出版社 2001 年版。

〔註17〕于堅：《棕皮手記・1997~1998》，《棕皮手記・活頁夾》，第 259 頁，花城出版社 2001 年版。

〔註18〕于堅：《詩人及其命運》，《棕皮手記・活頁夾》，第 271 頁，花城出版社 2001 年版。

〔註19〕于堅：《詩人及其命運》，《棕皮手記・活頁夾》，第 272 頁，花城出版社 2001 年版。

如此眾多地層層遮蔽，使「今天的詩歌的存在具有非常現實的目的。詩歌扮演的是殉道者，它反抗的是秩序對語言的統一。詩歌成了文明價值貴賤高低的一種尺度，區別價值是非的遊戲，詩人成為語言的過濾器……成了語言的守護者，維修工」。詩人從話語的創造者，變成了某部已經完成詞典的管理者。詩歌勉為其難地成為真理的同謀者，「成為秩序最為兇惡的敵人」，成為某種秩序的象徵。〔註20〕

如此，詩歌焉在？詩歌何以能「自明」？于堅發出了與維特根斯坦相同的感歎：要看見正在眼前的事物是多麼難啊！何況我們的眼鏡還蒙著一塊意義的或所指的麻布。

詩的澄明

以上的言述，是于堅在為詩歌「祛魅」。他要揭去蒙在詩歌上的意識形態、知識和烏托邦等「形而上之布」，從而「看見那孤零零高踞在黑暗山岡上的諸神」——真正的詩歌之神。

那麼，究竟什麼是真正的詩歌呢？界定即否定，但否定之後應該是肯定的澄明。

于堅認為：「真正的詩歌本身就像光輝熠熠的鑽石那樣，那光輝是自在的，不必依附於另外的東西，不必借光，它不是反光板，這光輝自有力量。能夠穿透那些已經完成的東西對存在的遮蔽。」〔註21〕一言以蔽之，「詩歌就是存在，存在就是詩歌」。〔註22〕

> 詩歌的價值在於，它總是通過自由的、獨立的、天馬行空的、
> 自在的、原創性的品質復蘇著人們在秩序化的精神生活中日益僵硬
> 的想像力，重新領悟到存在的本真。〔註23〕

那些腐朽的美學、知識、意識形態、烏托邦話語，正是通過對「存在的真相」的遮蔽而使詩歌隱而不見的。

〔註20〕于堅：《詩人及其命運》，《棕皮手記・活頁夾》，第275頁，花城出版社2001年版。

〔註21〕于堅：《棕皮手記・1997～1998》，《棕皮手記・活頁夾》，第255頁，花城出版社2001年版。

〔註22〕于堅：《詩人及其命運》，《棕皮手記・活頁夾》，第270頁，花城出版社，2001年版。

〔註23〕于堅：《棕皮手記・1997～1998》，《棕皮手記・活頁夾》，第254頁，花城出版社2001年版。

　　看來，弄清于堅之所謂「存在」的源初意義，對於理解于堅詩歌的本義至為關鍵。這有必要聯繫其對詩人的論述來分析。作為以詩歌的方式澄明「存在」的詩人是誰？它應該具有何種身份呢？

　　于堅說：「詩人是人群中惟一可以稱為神祇的一群。他們代替被放逐的諸神繼續行使著神的職責。」詩人是神的一隻筆。〔註24〕「詩人的寫作是神性的寫作」。詩人堅守著自古以來滋潤著歷史的神性，固執站在那些對「詩性」麻木不仁的人們中間。詩人通過對「存在」的再次澄明，將「永恆」昭示於他的時代，將「原在」彰顯出來，讓那些在時代之夜中迷失的人們有所依託。詩人還是那種敢於在時間中「原在」的人。

　　顯然，在這裡，「存在」與「詩性」、「原在」、「神性」達成某種意義的同構，成為于堅界定「真正的詩歌」和「真正的詩人」的重要邊界。這明顯受到了海德格爾詩學的影響。于堅的詩學言述中貫穿了海氏關於時代的特徵、人的存在方式、詩意化的大地意識、語言的本質以及詩性抵抗技術性的諸多詩學觀念。

　　于堅運用海氏的「時代之夜」的概念來指稱這個時代，來闡明詩人的職責：「在此時代之夜中，夜，我指的是海格爾所謂的『世界的圖畫時代』」，即世界被納入全球一體化的世界圖式的時代，「詩人應當深入到這時代之夜中，成為黑暗的一部分，成為更真實的黑暗，使那黑暗由於詩人的加入成為具有靈性的。詩人決不以可妄言拯救，他不以可倨傲自持，他應當知道，他並不是神，他只是替天行道，他只是神的一支筆。」〔註25〕

　　海氏「詩意的棲居在大地上」的存在方式，也是于堅詩歌要抵達的存在的境界。他不僅以此為尺度來打量當下的世界，而且不止一次地讚美雲南的詩人，尤其是西藏的詩人，他們離神最近，他們「只到神所在的地方去」，人生的終點就在神的周圍。「神對於他們，不需要尋找，更不能炫耀，眾神從他們誕生的時刻就住在他們家中，住在他們故鄉世界的山崗樹林河流以及家具之中。他們不拯救，他們只是呼吸著，在眾神的空氣中。」〔註26〕他們從對故鄉世界的傾聽中，接近了詩歌之神，是真正詩意地棲居在大地上的人。

〔註24〕于堅：《詩人寫作》，《棕皮手記‧活頁夾》，第284頁，花城出版社2001年版。
〔註25〕于堅：《詩人寫作》，《棕皮手記‧活頁夾》，第284頁，花城出版社2001年版。
〔註26〕于堅：《眾神的歌者——讀〈藏族當代詩人詩選〉》，《棕皮手記‧活頁夾》，第336頁，花城出版社2001年版。

　　于堅也認為「語言是存在的家園」，並由此展開了對家園的反思：「在漢語中，家園實際上恰恰不是存在本身，而是某種遠離存在的烏托邦，正像這個詞所隱喻的世外桃源一樣。」那麼，家園何在？「我以為它就是棲居在中國人日常的現代漢語之中。它是能指那些我們的存在真相的話語。」〔註27〕

　　海氏所謂的「人民幾百年來未曾變化的生活那種不可替代的大地的根基」，也是于堅詩學的立腳點。他引用海氏的話，譴責那些以「解放者」、「拯救者」的身份自居，居高臨下地看待大地，以抽象的「終極關懷」否定具體的存在，否定「日常關懷」的詩人們，同「今天許多城里人……在村子裏，在農民家裏，行事往往就跟他們在城市娛樂區『找樂子』一樣。這種行為一夜之間所破壞的東西比幾百年來關於民俗民風的博學炫耀所能破壞的還要多。」〔註28〕

　　既然于堅是在海德格爾的意義上使用「存在」一詞的，那麼，海氏的「存在」與我們談論的于堅詩學與基督教有何相干？

　　劉小楓把海德格爾的哲學概括為「期待上帝的思」是極富洞見的。儘管海德格爾在哲學上推拒神學，嚴格區分存在的真理與十字架上的真理、存在之維與神聖之維，但是，在其哲學的背後和前方，卻矗立著無法超越的神學傳統。何況，海氏是帶著時代問題進入哲學問題的。他所面臨的是一個虛無主義的、絕望的時代。在此時代，正如阿多爾諾所言：「唯一可以盡責履行的哲學就是，站在救贖的立場上，按照它們自己將來會呈現的那種樣子去沉思一切事物。」〔註29〕海氏的哲學就是在存在之思中期待救贖的。因此，他毫不諱言地說：「我的哲學是期待上帝」，其思想也是出於某種神學：「沒有這一神學之源，我也許根本不會走向這條思路。我的神學之源將一直持續到將來。」他甚至聲稱：「我是基督神學家。」〔註30〕

　　這樣，作為海氏哲學之思的核心問題——存在，無疑就與基督教有著密不可分的關聯。可是，海氏又堅持哲學問題與信仰問題毫不相干，將上帝作為形而上學的最高存在者來思，這本身就是對神性的上帝的否定，是對存在

〔註27〕于堅：《棕皮手記・1997～1998》，《棕皮手記・活頁夾》，第 230 頁，花城出版社 2001 年版。

〔註28〕于堅：《棕皮手記・1997～1998》，《棕皮手記・活頁夾》，第 261 頁，花城出版社 2001 年版。

〔註29〕劉小楓：《期待上帝的思》，《走向十字架上的真》，第 255 頁，上海三聯書店 1995 年版。

〔註30〕劉小楓：《期待上帝的思》，《走向十字架上的真》，第 257～258 頁，上海三聯書店 1995 年版。

和上帝的雙重遺忘。因而，海氏之存在與神學的關聯又處身於無關聯的狀態中。按照海氏的思路，這種關聯僅僅在於：不首先解決存在之遺忘，就不能根本解決上帝之被遺忘：

> 神聖者的本質只有從存在的真理才思得到。神性的本質只有從神聖者的本質才可以思。在神性的本質的照耀下才能思能說「上帝」這個詞要指稱什麼。……如果人偏不首先思入那個問題只有在其中才能被追問的此一度中去的話，究竟當今世界歷史的人要怎樣才能夠哪怕只是嚴肅而嚴格地問一下上帝是臨近了還是離去了呢？但此一度就是神聖者的度，而如果存在的敞開的東西沒有被照亮而且在存在的澄明中臨近人的話，那麼此一神聖者的度甚至只作為度就還是封閉著的。〔註31〕

換言之，存在之思是走向神聖之思的前提，是通向神聖之思之路。當于堅在海氏哲學的意義上使用存在一詞，並認為詩歌就是存在，存在就是詩歌，詩就是為存在去蔽，就是澄明存在的真相的時候，他實際上隱含這樣的詩學之思：詩性是抵達神性之途。或者，反過來說，詩性是神性的朗現。正是在這個意義上，于堅認為詩人是人群中唯一可以稱得上神祇的一群，詩人是神的一支筆。

當然，于堅的此種說法並非他的獨創，他依然是跟著海德格爾的詩學理論說的。在海氏看來，上帝和諸神都居於神聖之維，而人離上帝太過遙遠，需要詩人為媒。恰如劉小楓明澈的闡釋：「詩人——真正的詩人——吟詠的是歌之歌——存在之歌唱，存在離人近，而上帝的露面又與存在之光相關，那麼，詩的言說或許就是存在指向上帝的路徑。」〔註32〕做詩的不過是被召喚並聆聽和跟隨上帝的源初之言而說，詩人是「將上帝為躲避癲狂的追逐而藏身於其中的發光的景象顯示出來」，「讓至高無上者在語言中顯露」。詩人乃神的一支筆。

進一步的問題是，于堅被稱為「民間詩人」，他的寫作被稱為「民間寫作」。他特別重視「日常生活」、當下體驗，強調詩歌的大地性。他甚至宣稱：「詩

〔註31〕劉小楓：《期待上帝的思》，《走向十字架上的真》，第 271 頁，上海三聯書店 1995 年版。

〔註32〕劉小楓：《期待上帝的思》，《走向十字架上的真》，第 282 頁，上海三聯書店 1995 年版。

歌是大地上的糧食。」〔註33〕因為「大地是永恆之象，世界只是大地的表面、痕跡。」而日常生活最靠近大地。他呼籲「重建日常生活的尊嚴。就是重建大地的尊嚴，讓被遮蔽的大地重新具象，露面。這是詩人的工作。這是詩人這一古老行當之所以有存在之必要的根本。」〔註34〕於是，問題就這樣呈現出來了：于堅的民間立場與他的神性詩學之間究竟是什麼關係？其內在有何必然的邏輯關聯？

「大地」一詞，同樣是海德格爾詩學中的關鍵詞彙。海氏曾經把其闡釋荷爾德林詩歌的詩論直接命名為「荷爾德林的大地與天空」。那麼，海氏詩論中的「大地」與其哲學中的「存在」有何關聯呢？

如前所述，海德格爾哲學的核心問題一直是存在的意義問題，即追問存在本身的意義。但存在本身是不可定義、不可言說的。如何破解存在的意義？海氏走的是一條現象學的道路，也就是乃師胡塞爾所倡導的「回到實事本身」。那麼海氏回到哪裏呢？海氏回到了「此在」。「此在」也就成為海氏破解存在之謎的突破口。換一種說法，存在就在此在之中，破譯此在，就能敞現存在。何謂此在，在海氏哲學中也是一個不易言清的問題。但說此在就是存在者，是大抵不錯的。而存在者作為大千世界的「現象學」呈現，以象徵性的「大地」或「日常生活」命名，也是可以理解的。因此，于堅要求詩人寫作回到大地，回到日常生活現場，回到當下體驗，實際上就是回到「此在」，將「現象」呈現出來，也就是將「存在」朗現出來，而「存在」是通向「神聖」之途。這樣，于堅就從最「民間」的走向最「神聖」的，而建構起自己的「神性詩學」。

有趣的是，于堅受到海德格爾哲學和詩學影響太深。就像海氏晚年對東方的世界觀和老莊智慧有所傾慕一樣，于堅也認為詩性存在於中國的遠古，存在於老莊時代，存在於「天人合一」的古代先賢的詩意棲居當中。只可惜這些在現代化的途中被拋棄了。尋找詩性、神性，還應該把眼光「朝向過去」，並力求「復興偉大的中國文明」。〔註35〕在文化全球化的時代，尤其是面臨西

〔註33〕于堅：《詩人及其命運》，《棕皮手記·活頁夾》，第 271 頁，花城出版社 2001 年版。

〔註34〕于堅：《詩人及其命運》，《棕皮手記·活頁夾》，第 278 頁，花城出版社 2001 年版。

〔註35〕于堅：《棕皮手記·1997～1998》，《棕皮手記·活頁夾》，第 256～257 頁，花城出版社 2001 年版。

方文化霸權的威脅，此種文化民族主義情緒是可以理解的。問題是，正像海德格爾是借助傳統的漢語思想復興東方之「道」，還是借助漢語之「道」以復興上帝之「言」是值得特別研究的一樣，于堅的此種言說的真理性同樣值得審理。

但無論如何，于堅建立起了自己的「神性詩學」，並以此來抵抗「形上詩學」，即當下將詩歌意識形態化、知識化、烏托邦化等的詩學傾向。而這種抵抗，就詩人寫作而言，就是回到真理的鬥爭。

文學的人性與先鋒以後：對虹影《阿難》及其閱讀的閱讀 [註1]

　　阿難是釋迦牟尼佛最木訥的弟子，卻是日後傳經最多的弟子。在敦煌彩塑中，站在菩薩旁邊風流倜儻的阿難，在虹影的小說中同樣風流倜儻。他不是佛界的阿難，他是一場教派之戰中幸存的孤兒。他在歷經人生的劫難與痛苦、光榮與夢想後，在變為黃亞連，遠離佛祖多年以後，又帶著有罪之身，重新潛回佛國，企圖在舉世滌罪的狂歡背影中，淌過恆河，回到母親曾經虔信，後來因為世俗生活的誘惑而放逐了的回家的路。

　　離去與回歸，對父親的背叛抑或對母親的擁抱？半個多世紀的煙雲與滄桑，中西文化的交融與碰撞，詩性、哲性與神性的迷思，價值體系潰敗的奇異景觀，眾多悖論的纏繞，多種文本的相互生發……《阿難》在饒有興味的敘述中，騰出了太多太多的思索空間。

　　《阿難》的出現，是 21 世紀初年引人注目的文學事件：其對人的精神空間的深度開掘，對小說的後先鋒實驗，都切中了這個時代某些病入膏肓的脈象，似在象徵著未來中國文學及文化的某種走向。

人性的限度與突圍

　　20 世紀中國文學最大的神話是人性的神話。

　　眾所周知，中國古代文學是半截子人性的文學，從「發乎情，止乎禮儀」到「存天理，滅人慾」，儘管中間有「魏晉風度」、「童心說」等邊緣話語的衝

〔註1〕本篇最初發表於《百花洲》2002 年第 6 期。

擊，但這一傳統本身並未受到根本性的動搖。這就內在地決定了，中國文學在走向現代化伊始，將解放人性作為最重要的目標，把掃除人性的障礙作為一項根本性的文學任務。於是，有了魯迅的「幻燈片」事件，對人性麻木的尖銳痛覺，有了他的「立人」，對國民性的祛昧；有了周作人的《人的文學》；有了郁達夫、丁玲、沈從文等人的文學的人性實踐。在特定時代的人性沉默後，又有了短暫的百花時代，人學是文學的呼聲再次變得響亮，《達吉和他的父親》、《紅豆》都怯生生地靠近人性。在一場更大的災難以後，人性像一頭久困籠中的猛獸呼嘯於文壇，隨著傷痕、反思與接踵而至的主體性哲學的湧動，以《愛，是不能忘記的》等作品為標識，掀起了20世紀頗為壯觀的人性解放狂瀾。其實，以啟蒙或新啟蒙命名的文學、文化思潮背後，洶湧的是人性的潮汐；集中在20世紀絕大多數時間裏，文學意識形態領域的爭鬥，是人性與反人性的爭奪。人們堅定地相信：人性的解放是中國文學、文化現代化的必經之途，人性解放是未來社會最為絢麗的圖景。

這似無可非議，而且究其實質，這時的人性解放較之以往更為徹底了些。真正看似較為全面的解放，是隨著經濟與文化的全球化，隨著市場與消費時代的到來，人性第一次獲得了無限擴張的場域。與之相應，欲望化寫作、身體寫作、私人化寫作……好似一場人性的盛宴。

統觀20世紀，人性無疑取得了輝煌的勝利。然而在當下，人性的無邊化，越來越成為觸目驚心的事實。問題是，人性解放以後怎樣？

80年代中後期出現的先鋒小說，成為人性解放後世界圖景的另一預言。它表面上是一次逃離人性、消解主體的事件，而在最深刻的意義上恰恰落入人性的窠臼之中，它試圖抽空歷史、現實與意識形態，直面人性的惡，將人性的深淵景象，近乎冷酷地呈現出來，並不容置疑地說，這是現實一種：與身俱來的暴力、病態的性愛、浸入肌理的罪惡、連綿不絕的災難、揮之不去的死亡陰影和無法根除的絕望感、荒誕感，成為先鋒小說的主題話語。余華、格非、蘇童、馬原、潘軍們都在此顯示了驚人的才華。先鋒小說家的敏銳在於，他們觸摸到了人性的邊緣，看到了人性的限度。無邊的人性解放不僅會帶出善，還會帶出人性惡。這些在那時還像一個預言，到90年代，到世紀之交，才以現實的面目殘酷地顯露出來。

人性神話的坍塌，從另一意義上說，來自人性解放自身。

先鋒作家不是沒有進行人性的突圍。比如余華，但正如青年評論家謝有

順所指出，在《現實一種》、《河邊的錯誤》、《一九八六》等作品對人性的暴力、生存的災難極盡渲染之後，余華在《細雨與呼喊》、《活著》、《許三觀賣血》中，開出的救贖之路則是回憶、忍耐和幽默。〔註2〕北村、張承志皈依基督教和伊斯蘭教，通過《施洗的河》、《心靈史》塑造了一個神意的世界來拯救沉淪的人意世界。還有史鐵生，也以一顆極富神性的心靈，小心翼翼地探尋著最後的精神家園。他們都為這個時代的價值重建在努力著。可是，他們的努力，大都站在歷史的視角，對當下現實往往緘默不語。

　　《阿難》正是從他們緘默不語處開始言說，它的嶄新意義正是從這裡得到顯現。它講述的是一個關涉歷史、觸及現實、指向未來的故事，又彷彿是一個真實的故事。抹去阿難含混不清、詭異難辨的前世歷史，他今生今世的故事，就是我們身邊近半個世紀以來，始終立在時代風潮的浪尖之上的一人群的故事，是一個人性不斷展開、飛翔，最後泛濫成災的故事。幼年時因歷史不清命運多舛，在沉默中積聚著仇恨，後來有了火燒英國代辦處的驚人之舉；青年時落戶邊疆，在自卑中積蓄內力，現實一旦提供契機，他又是紅遍大江南北的搖滾樂聖手。商品大潮席捲而至，他又改名黃亞連，迅速用「以錢養藝」的名義縱身商海，傳奇般的一夜暴富，最後涉嫌一樁走私、謀殺的重大國際案件。阿難的人生之旅就是人性慾望之旅。虹影還怕如此表現不夠充分，專門設計一個巧妙的細節，讓他用一個精緻的盒子，收集眾多與之交歡的女性的陰毛；還設置一個獨身的蘇菲，讓他享盡人間的欲望之樂。從阿難到黃亞連，虹影展示了一群體從人性的壓制、萎縮——復蘇、擴張——沉淪、墮落以至毀滅的整個過程。

　　門並未就此關上。黃亞連還要變回阿難，他躲過國際刑警鷹犬式的眼睛，趕赴昆巴美拉節。他踏上艱難的恒河之路，顯然沒必要花如此大的成本去畏罪自殺，他要洗滌罪惡，救贖自身，通過毀滅肉體、毀滅靈魂的極端方式。在此，《阿難》的意義，就向未來豁然洞開：人性之後，人如何生存？人如何站出自身？

人如何站出自身

　　進入 21 世紀，現代化之途繼續向前延伸的時候，人如何站出自身，或許

〔註 2〕謝有順：《余華：活著及其待解的問題》，《話語的德性》，第 22 頁，海南出版社 2002 年。

就成為中國文化、文學繞不開的話題。它不是一個純粹的學理推論和文學虛構，它是阿難和黃亞連們的現實生存處境逼出來的問題。《阿難》提出了這個問題，但是，它沒有也不可能一下子就解決這個問題，它的意義在於開始了此一問題的追問與求索。

站出人自身，是人對自身進行反思與完善的前提。陷入人性之倉的人，是不可能真正審視自身的。巴赫金是深刻的，他指出《復活》揭示出了托爾斯泰小說的基本主題思想：「不能允許人對人的任何審判」。這正如《復活》所描寫，而被巴赫金所演繹的那樣：「沒有一個配做法官的人，也不可能有這樣的人」。《復活》對審判的書寫，其實是對審判本身的審判〔註3〕。人對人的審判，基於審判者對自身的無罪推定，對自己上帝身份的預設，這顯然是令人置疑的。於是，黃亞連拒絕認罪伏法，而走向了恒河。

現在，關鍵是人如何站出自身？李潔非先生對《阿難》的解讀是頗富洞見的。他不僅準確地指出，《阿難》「是對中國和中華民族精神危機的一次長鏡頭式鋪覽，是對精神上『家』的概念的追問」，而且更在於，他對造成這種精神危機和精神家園失落的歷史、文化原因的精到分析。他的結論是：「中國人的精神危機，並非其文化上先天匱乏宗教所致，更非走向恒河、耶路撒冷、麥加所能替代地解決。」這似無多大爭論的餘地，但最後他認為：「中國人的希望在於，能夠回到自己固有的精神家園，簡單地說，就是重新認同、肯定自己的歷史、倫理和價值觀念：捨此別無他途」〔註4〕。這種在本民族文化內部尋找精神歸途，尋覓人站出自身的方式不是不可以，關鍵是可不可能？如何可能？且不置疑，先秦以降至近代的中國文化，是否「自適、自足、有效、運轉良好」，是否「足以支撐中國人的精神，供給情感與理智之所需，解決疑問或危機」。即便是如此，它也是在相對封閉與超穩定的社會結構中生長出來的，是在欲望、人性這隻猛獸被強制圈養起來，並以強大的極權政治為其保障的。進入 20 世紀，這一文化體系已經被摧毀，如何重建？更何況，我們置身在一個人性的樊籬已漸被拆除，而從文化的角度，國家與國家、民族與民族，甚至自我與他者的界限也開始模糊的處境中，中國人的精神維度、精神需求早已發生轉換，其魂靈豈是傳統中國文化可以安泊得下的？其實，關於

〔註3〕巴赫金：《列夫·托爾斯泰〈復活〉序言》，《巴赫金全集·小說理論》，第 22 頁，河北教育出版社 1998 年。

〔註4〕李潔非：《為何去印度——對虹影〈阿難〉的感思》，《二十一世紀》2002 年第 8 期。

傳統中國文化的神力奇效，在我看來，只是當代人後烏托邦式的描述，它是在西方強勢文化的擠壓下，在民族文化身份認同的焦慮中，向精神潰敗的現實轉身離去，求索精神歸途的一種心理幻象。中國傳統文化不可能引渡當下人站出自身。

趙毅衡先生對此一問題的思考是饒有興味的。他認為《阿難》不是一本宗教小說，它只是借自我主體的自我完美來暗示，中國人面對的價值缺失，或許有個補救之途。阿難之最後走向恒河，不是要印證馬克斯・韋伯的理論，走向某一種宗教，而是體現了人對超越自身，即站出自身的追求。「尋求超越，本身就是超越」〔註5〕，至於是誰引領人走出自身，走向何處並不重要。實際上，趙毅衡先生關注的，不是中國人有沒有宗教，而是中國人有沒有神性的問題。這就觸及到了中國文化的病根：神性的缺席。神性的不在，是導致黃亞連們人性沉淪，是導致現實混濁黑暗，是導致當下人生存失據的根由。神性並不等於宗教，它是對與其相關的「信仰、希望、公義、聖潔和愛等神聖素質」的追求〔註6〕。

《阿難》通過細雨式的恬靜敘述，是對神性到場的尖銳呼喊，是對在現有中國文化的天、地、人三維結構中，再建神性文化維度的渴望。

小說的先鋒以後

上面對小說《阿難》的不同闡釋，已經說明其意蘊的複雜性。此一複雜性是由文本的後先鋒實驗衝動帶出的。

80 年代中後期，莫言、殘雪、馬原、余華、格非、蘇童、孫甘露、洪峰等人發動的新潮小說或曰先鋒小說實驗，是 20 世紀中國文學最壯麗的風景之一。他們在敘事策略、敘事結構、敘事風格以及敘述語言方面的實驗，為未來中國文學開闢了無限可能性。在這個意義上，雖然先鋒小說作為一個思潮已經結束，但其影響遠為終結。這並不是說，它沒有侷限。它的侷限在我看來，大都以冥想的方式說話，面對過住的歷史言說，站在邊緣處敘述，越過一層厚厚的屏障關涉現實。他們大都沒有伸出強有力的臂膀，擔當起文學應承擔的那份現實關懷和人文道義。而且，過分迷信技術理性，也拒絕了相當一部分讀者，比如迷宮情景的極端化追求，語言能指與所指的過度遊戲。

〔註5〕趙毅衡：《如何走出「雙重真空」？——跟著李潔非讀〈阿難〉》，《二十一世紀》
　　　 2002 年第 8 期。
〔註6〕謝有順：《北村：寫作能回家嗎？》，《話語的德性》，第 86 頁，海南出版社 2002。

　　儘管如此，先鋒的精神不應放棄，實驗仍需進行。虹影的《阿難》就試圖在先鋒小說的路上再往前走。在意義的層面上，有對現存社會現象的批判，而同時又在新的精神向度即宗教精神向度上開掘。在文本上，努力走向一種新的融合：將現代性敘事與後現代性敘事統攝起來。比如，跨文化的敘事背景設置，阿難是中印血統，他的情人蘇菲是中英後裔；大眾的網絡文化與神秘的宗教文化的交錯。再如，「俗」與「雅」匯通的敘事追求：《阿難》在敘事結構與敘述情調上，是對偵探小說與言情小說的戲仿，在敘述的內容上，又有著嚴肅而高雅的反腐小說與宗教小說的特徵。在敘述語式上，還有著遊記小說的新奇與美麗，有時又有些許淡遠幽邃的哲理玄思。《阿難》的文本本身就是當下多元文化社會的某種隱喻。

　　《阿難》的某些實驗還相當尖銳，似目睹當年先鋒小說的風采。故事開始前的那份遺書，結束後拼貼上去的那部分《小說容不下的內容》，似有「元小說」的意味，又不唯是，它進一步為小說敞開了更加廣闊的闡釋空間。而讓我最感興趣的是，小說的互文性特徵。讀到蘇菲，你無法不想到《蘇菲的世界》，讀到辛格上校，你又不得不想到二戰後美國的猶太作家辛格……還有那個畢業於40年代的西南聯大的年輕詩人黃慎之，他參加中國遠征軍的經歷，使我想起了另一位中國詩人，他大概就是在那場自殺性的滇緬之戰中，在失蹤五個月以後，從死亡之林裏爬出來的，然後去了印度，去了美國，最後回再到中國的時候，苦難在神性中化作一抹輕煙淡去。

　　他當然不是黃慎之，也不是阿難，他是充滿神性的詩人穆旦，是20世紀中國最優秀的詩人之一。虹影沒有穿越那座死亡之林的經歷，卻有從《飢餓的女兒》向如今爬涉的艱苦歷程，有過多年海外漂泊、精神無根的切身之痛。在她無異於穿過了另一座死亡之林以後，卻在人性的另一端與神性相接。

使命寫作：評郭嚴隸長篇小說《鎖沙》

〔註1〕

　　閱讀《鎖沙》，使我想起魯迅。這並不是說郭嚴隸的文學成就可以與魯迅先生相提並論，而是說他們之間有一部分血脈相通。上世紀20年代初，魯迅自稱第一本小說集《吶喊》是「聽將令」的結果〔註2〕。十年以後，魯迅又稱它為「遵命文學」，說他所遵奉的「是那時革命的前驅者的命令」〔註3〕。在這個意義上可以說，魯迅的《吶喊》是聽從時代召喚的「使命寫作」。我認為，郭嚴隸的長篇小說《鎖沙》，承接了魯迅的這個傳統，是「使命寫作」在新世紀、新的歷史條件下的最新收穫，也是本世紀第一個十年不容忽視的文學現象。

　　《鎖沙》講述了內蒙古烏蘭布通大草原治沙鎖沙、重建家園、走向富裕的故事。

　　主人公、大學畢業生鄭舜成回到家鄉曼陀北村，發現原來這個觸目皆綠、花香四溢、如詩如畫的地方，正在迅速沙化。綠草退去、河流乾涸、黃沙飛揚、頑石裸露、人民赤貧。傳說中80年復活一次的孽龍——沙龍，即將席捲全村，吞噬一切生命。全村上下、人心惶惶、人心思走、一盤散沙。村支書

<hr />

〔註1〕　本篇的有關部分最初分別發表在《光明日報》2010年7月15日第12版、《文學自由談》2011年第6期和《當代文壇》2012年第1期上。

〔註2〕　魯迅：《吶喊·自序》，《魯迅全集》第1卷，第419頁，人民文學出版社1989年版。

〔註3〕　魯迅：《〈自選集〉自序》，《魯迅全集》第4卷，第456頁，人民文學出版社1989年版。

陸顯堂，正在組織、動員村民火燒老榆樹，毀掉果樹園，消滅最後一點綠色，迎接沙塵暴到來，積極創造條件，爭取上級認可，提前實現生態移民，舉村搬遷到山清水秀、適宜人居的地方。

鄭舜成被家鄉如此的變化所深深觸動。良心和責任的驅使，父老鄉親們的感召，鎮黨委書記劉遜的勸說，在他心底掀起巨大的波瀾。經過一番內心的搏鬥、靈魂的掙扎，他最終拋棄優厚的工作待遇，放棄進入大城市深圳發展的機會，以及與女友白詩洛比翼雙飛的職業設計和人生理想，留下來帶領大夥，展開了防沙治沙、植樹種草、重建家園的艱苦卓絕的偉大鬥爭。在人與自然、人與社會、人與人的激烈衝突中，鄭舜成憑藉理想的魔力、開闊的胸襟、堅韌的意志，在劉遜等上級的支持下，依靠烏仁其其格老人、巴特爾、斯琴婭娃等中堅力量，戰勝以陸顯堂、何安為代表的地方邪惡勢力，識破其一系列的陰謀詭計，取得一個又一個勝利，最後成功鎖住沙龍，建成綠色立體經濟。

大地復活，草原重現生機。天藍水白、草綠風清、月淺星繁、牛羊成群，恍若童話，曼陀村的生態建設蜚聲全鎮、全市、全旗，乃至世界。《鎖沙》由此譜寫了一曲草原人民防沙治沙的英雄頌歌，描繪了一幅人與自然博弈、文明與愚昧較量的壯麗歷史畫卷，塑造了一個改天換地、樂園復得的當代神話，完成了天地人神和諧共處、充滿浪漫諦克的理想建構，具有震撼人心的藝術力量。

一

《鎖沙》打動人心的力量，首先來源於對人性複雜幽微的洞察與展示。這種洞察和展示，是在多重矛盾的交織、衝突中得以完成的。換言之，小說中人物的人性光輝，是在劇烈的矛盾衝突中迸發出來的。

小說開篇，幾乎所有人都捲入一個無法迴避的現實問題：「走」還是「留」。沙塵暴逼近，孽龍即將復活，曼陀北村人生存的空間越來越逼窄，越來越惡化，昔日大草原的美好已經不復存在，是繼續留在這塊祖祖輩輩繁衍生息的土地上，與大自然搏鬥，重建家園，還是跟隨支書陸顯堂遠走他鄉，進行生態移民。即便留下來，出路又在哪裏？

曼陀北村的沙化，就像草原別的地方一樣，並非自古有之，它只是近十幾年，甚至近幾年不斷現代化的後果。在某種意義上是我們「發展」所帶來

的後果，如此後果的解決，豈是輕而易舉的事情？更何況，往昔靜謐、安寧、富饒的大草原背後，是一顆靜謐、安寧、富饒的人心。如今，在市場經濟刺激下，這顆心不僅躁動起來，而且早已躁動不安，日益膨脹的貪欲列車與主流意識形態合謀，猶如快馬加鞭、一日千里，誰能阻擋？又如何阻擋？草原沙化，在歸根到底的意義上，是符合時代潮流、具有「政治正確」的人慾泛濫後向大地母親無盡索取、過度放牧的結果，是過度發展對人的存在的遺忘。隱藏其後的是人心的沙化、人性的沙化。如此人性的和存在的問題，豈是「留」下來就能解決？又豈是「走」開就能解脫？懷揣這樣的人心、人性，即便生態移民，就算到了一個眼下山清水秀、適宜人居的地方，置於未有變局的現實處境，誰又能保證幾年、十幾年以後這個地方不面臨新的「沙化」？不再度上演烏蘭布通曼陀北村的悲劇？到那時，又往哪裏走？「走」與「留」於是陷入似乎無法求解的、巨大的悖論當中。正是這種悖論，使主人公、大學畢業生鄭舜成的「去」與「留」的選擇，甚至比曼陀北村人變得更加艱難。也正是這種艱難的選擇，以及日後為這種選擇所付出的巨大代價、所贏得的非凡成功，才使他的人性在一次次困境和突圍中，迸發出奪目的光輝，也才使他成其當今之「舜」，成為一個不可多得的大學生村官形象。

鄭舜成與別的大學生村官不同，他不是在自願申請的基礎上由上級派遣，從一開始就具有某種合法性和「天賦」的威權；也不是將此當作自己的理想和「奔前程」的起點，在「尚方」的關注和照料下成長；更沒有別的「派遣村官」所獲得的鮮花和掌聲。確切地說，他既不是現行體制和意識形態生產的青年偶像、政治符號、文化符號和精神符號，也不是消費政治的產物。這就意味著，他因「先天不足」而將舉步維艱，而將面臨比「派遣村官」們更為崎嶇、更為坎坷的人生道路；也意味著，鄭舜成這個形象在當下具有更加非同尋常、更加不可替代的意義。

讀書考試，走出家鄉，尋求別樣的人生，是自古至今，好多農村窮孩子改變命運的重要方式，在今天幾乎更是成了唯一的方式。鄭舜成考上大學，差點無法成行，因為沒有路費和學費。到了畢業，不僅因欠學費拿不到畢業證書，而且一身債務。貧窮給他留下的，豈止是關於故鄉的苦澀的記憶？讀完大學，遠離故土，謀求發展，償還債務，追求富裕，醫治貧窮創傷，當然成了他的第一選擇，只有偽善者才會對此加以指責，或說三道四。何況，這是一個自我獨尊、欲望橫流的時代。「國內業界舉足輕重的地位和其他單位無

可比擬的高額薪金」，使他已經與深圳巨星電子集團有限公司簽約。加上「同窗美女」、公司董事長女兒白詩洛早已對他傾心。事業與愛情如此美滿地擺在那裡，唾手可得，這對於一個農村窮孩子來說，其所具有的魅力無以復加。他此番回鄉，原想看過父母，即刻南下，開啟新的人生里程。哪知家鄉的巨變深深地刺痛了他的靈魂，也讓他做出了常人所難以理解的選擇。因此，鄭舜成的留下，完全出自知識分子的良知、道義和責任，出自對歷史使命和現實苦難的自覺擔當。他違背常情、常理的「逆向」選擇本身，就是用具體實在的行為，對美好人性的復歸發出振聾發聵的深情呼喚。他放棄個人的私欲、私念，而這私欲私念正是人心沙化的根源，將個人的前途和命運，與父老鄉親們的前途和命運捆綁在一起，自覺背負苦難、艱難前行，向著光明的地方走去，這正是中國知識分子濟世救民的優秀品質在當代的振興和弘揚。

這樣的傳統已經久違了。這就注定要與現存秩序發生尖銳矛盾。不是你想承擔就能承擔，不是你想背負就能背負，現實並未給鄭舜成留下現存的施展空間。每一絲縫隙，都要用自己的生命去撞擊，才能打開。他擠進基層政權，成為曼陀北村的支部書記、領頭雁，如果沒有鎮黨委書記劉遜的幫助根本不可能。民主選舉還未開場，老支書陸顯堂，石料場長李占山，兩股勢力早已擺開爭奪陣勢，箭在弦上，一觸即發。眾所周知，選舉背後是利益的爭奪和重新分配。甚至是腐敗的掩飾、陰謀的繼續。鄭舜成競選的風聲剛一傳出，他家的大黑狗就被毒死。行賄拉票，排擠鄭舜成的行動，已由陸顯堂悄然布置，在曼陀村的夜幕下秘密進行。巴特爾的當眾揭露，使鄭舜成看到了正義的力量和依靠的對象。當上村支書，異象接踵而至。撤除食堂，抵止幹部吃喝，小試鋒芒，卻被陸顯堂和鎮派聯村幹部林青田當頭棒喝，最後險些落入對方陷阱，反倒背上吃喝黑鍋。上山植樹挖坑，最初只有自己年老的父母和烏仁老人等幾人響應。詭計多端的會計劉安、蠻勇兇殘的陸二愣、趙鋼柱、趙鐵柱等，作為陸顯堂的親信和槍子，隨時受其唆使，不斷從中作梗，一次在大壩上搞鬼，百年不遇的大洪水襲來，差點就要了整個南嘎查村民的性命。劉遜送一臺電腦給他，卻被惡人反咬，村委會被封，他本人受到上級審計、紀律和檢察院等部門輪番審查。25 年前酒醉後失手，殺了跟村裏光棍漢偷情的老婆，被判死刑的刑滿釋放犯溫洪彬，知道不能生態移民後，受人支使，死活要鄭舜成給他分配土地。鄭舜成只好將自家的好田好土無償給他。建設生態農業，要關掉李占山的石料廠。李占山在對鄭舜成死磨硬纏，耍盡

各種手段不奏效後，又設美人計。好容易從廁所窗戶溜掉，又巧遇倉皇逃跑中不幸發生車禍的李占山。半夜三更，四遭無人，三輪車夫擔心惹火燒身，再加上路途又遠，不願救人。面對頭臉是血，一息尚存的「仇人」，鄭舜成沒有絲毫猶豫，拖著一條傷腿，冒著落下終生殘疾的危險，一瘸一拐，一步一踉蹌，終於將這個死沉沉如一座大山的李占山，在子夜時分，背到了鎮衛生院門口，直到最後昏迷過去。那在黑夜中一瘸一拐、一步一踉蹌，如背負大山一樣艱難前行的偉岸身影，正是鄭舜成現實命運、崇高人格和堅強人性的形象寫照。

故鄉沉重的苦難，喚醒了知識分子的良知、道義和責任；知識分子的良知、道義和責任，使鄭舜成在重重的矛盾和困境中迸發出人性的光輝和巨大的人格力量。而又正是這種人性光輝和人格力量的感召，使整個烏蘭布通大草原、整個曼陀北村找回了自己的精氣魂魄，煥發出壯麗的青春和非凡的活力，從而為治沙鎖沙、重建美好家園提供了強大的精神動力。草原人民的善良，雖然一度被漫天的黃沙所遮蔽，有過迷失，卻深深植根於民間，就像曼陀北村口那棵撥地參天、千年不衰、生機盎然的老榆樹，戰火硝煙、風雨雷電、刀劈斧削，都不能撼動其根基。烏仁老人就是老一代善良人性的代表。當烏仁老人緊緊握住鄭舜成的手，含著眼淚說：「孩子，你是老天派下來拯救咱烏蘭布通草原的。挑起這付擔子吧，奶奶代表曼陀北村所有不願搬遷的鄉親求你了」〔註4〕的時候；熹微晨光中，當鄭舜成背著行囊走出院門，看見「堅硬的土地上，默默跪著烏仁老人，和幾十位滿面滄桑的鄉親」〔註5〕，又一次求他留下的時候，善良人性的根脈，已經為鄭舜成治沙鎖沙事業的成功夯實了堅實的基礎。巴特爾、斯琴婭娃等則是年輕一代善良人性的代表。他們簇擁在鄭舜成身邊，堅定地支持著他的事業，最後都在這場人與自然的英勇搏鬥中，獻出了年輕的生命。他們都以自己的生命換回了別人的生命。他們捨生忘死的英雄行為，把人性演繹得異常地絢麗壯觀。正是在人性光芒的相互輝映下，知識與正義的力量愈發不可阻擋。於是人們紛紛開始上山植樹鎖沙。「雙臂皆失，只能靠兩個胳肢窩夾著鐵鍬挖土，每挖一鍬，身子艱難地一晃」的殘疾人張金余來了；「只有一臂，便用一隻手和另一個胳肢窩持鍬取土」的殘疾人李金鐸來了；彎腰駝背，耳聾，腿殘，已過花甲，一人承擔五個人任

〔註4〕郭嚴隸：《鎖沙》，第49頁，四川民族出版社2010年版。
〔註5〕郭嚴隸：《鎖沙》，第97頁，四川民族出版社2010年版。

－133－

務的老人趙文來了；〔註6〕還有掄著比自己輕不了多少的鐵鎬，揮汗如雨幹著的，年僅 12 歲的沒有名字的瘦弱女孩來了〔註7〕……就連林青田、溫洪彬們也受到感化，發生了轉變，投身到這場聲勢浩大的行動。不僅此也，人們開始禁牧捨飼、遷移祖墳；開始飼養優質牲畜；開始修建神珠水庫；開始招商引資；開始綠色旅遊。國內外的企業在這裡落戶、漂泊海外的華僑來此投資、京城的大學生到此學習，聯合國的官員也來考察取經。人性的偉大力量，讓大地還魂、草原復活，恢復了往日的生機，煥發出更加蓬勃旺盛的生命力。

二

　　《鎖沙》激動人心的力量不僅源於人性的光輝，還在於神性的書寫。在某種意義上可以說，《鎖沙》是一部充滿信心和信念的寫作。這種信心和信念，給小說中堅硬如水、複雜尖銳的現實以滋潤、溫暖和希望的星光，也給讀者的心靈以慰藉和某種詩意的棲居，同時，也使小說的意蘊得到深化，為小說的闡釋開出了更加廣闊深邃的空間。

　　傳說中曼陀北村的來歷，洋溢著神秘的宗教色彩。還是唐太宗時候，玄奘的弟子身背行囊，從長安雲遊至此，見岩石壯麗，景色幽邃，決意在此修行。於是用自己的積蓄，從內地請來石匠，就石崖開鑿一座洞窟。利用橫在洞窟裏的一塊巨石雕成臥佛。多年以後，多情的僧人占古巴拉循著神的指引，從嶺南到塞北，遙遙迢迢，尋尋覓覓，來到此地，見洞窟上方的風搖石突放異彩，知道神讓他尋找的地方已經到達，不由長跪在地，熱淚長流。他打坐修行至天明，得到烏蘭布通王爺的允諾，修建昭慈寺。並在這個叫船山的地方種滿從南方帶來的曼陀羅花。曼陀北村由此有了這個頗富神性的花兒的名字。這個名字「猶如把偉大的佛教像陽光一樣播撒於塞外草原」〔註8〕，種下了全真、全善、全美和愛的根苗。

　　作為烏蘭布通草原唯有的存在，神奇的老榆樹便是自然神性的象徵。她像一位飽經蒼桑的母親，佇立在歷史與現實的風雨之中，以博大無私的愛，庇祐著多災多難的草原兒女。她牽引著遊子不絕如縷的目光和割捨不斷的情思。陶可及其陶可的祖母，她們的心魂都在老榆樹所在的方向，不管時空如何變化。胡文焉因不忍一棵樹的命運，逃離家鄉，卻無法拒絕老榆樹的召喚，

〔註6〕郭嚴隸：《鎖沙》，第 378 頁，四川民族出版社 2010 年版。
〔註7〕郭嚴隸：《鎖沙》，第 379 頁，四川民族出版社 2010 年版。
〔註8〕郭嚴隸：《鎖沙》，第 15 頁，四川民族出版社 2010 年版。

又行色匆匆地走在返鄉的路上。而小說開頭，鄭舜成與陸二愣們展開的那場驚心動魄的「保衛」與「火燒」老榆樹的戰鬥，實質上是保衛草原母親，保衛綠色之神的戰鬥。老榆樹是曼陀北村的人心所聚、精神所在、魂魄所繫。只要老榆樹不倒，草原的精魂就不散。老榆樹是曼陀北村人的信仰和宗教。

　　小說如此敘述曼陀北村的歷史和老榆樹的真正用心，並非裝神弄鬼，故弄玄虛，而是要賦予人的現實行為以神性的光輝，賦予小說的故事以超越性的審美。在曼陀北村人的眼中，鄭舜成和劉遜，就是佛祖派來救苦救難、普渡眾生的，他們就是今天的占古巴拉，就是今天人們心中的老榆樹。在治沙鎖沙取得成效，重修昭慈寺後，胡文焉與占古巴拉兒子的弟子，「愛坐在老榆樹下冥思苦想」的慧鑒法師，有過一番關於文學與宗教的對話。這番對話可謂道破玄機。在慧鑒法師看來，「宗教的神力」與「人類心靈的力量」是一回事，「宗教的河流從歷史深處滔滔而來，傳達的全是傑出生命燦爛的心念」。〔註9〕你、我，還有鄭舜成、劉遜，相對老榆樹而言，不過是行走的樹，「用行走完成修煉，就像老榆樹用堅定穿越時空。迎風屹立，堅如磐石」一樣。文學和宗教都是「人類精神瑰麗的花朵」，都對於人心具有薰染和導引的作用。在此意義上，文學與宗教本質相同。慧鑒法師告訴胡文焉，他正在醞釀創作一部佛學作品，就像《金剛般若波羅蜜經》講述釋迦牟尼的故事一樣，他要講述曼陀山的故事，講述占古巴拉、鄭舜成等等人物。他認為：

　　　　鄭舜成的偉大，從某種意義上，不遜色於歷史上任何一位大善

　　知識，他的從最實際處改善民生，是一種最輝煌的苦海慈航。〔註10〕

他的著作將從修建神珠水庫寫起，因為那是他初見鄭舜成的地方。顯然，小說是要通過神性來讚美心靈的力量和凡人的偉大。鄭舜成便是小說中溝通此岸和彼岸，打通人性和神性，聯結僧俗兩界的橋樑。這橋樑的核心是「境界」，是鄭舜成所代表的精神境界。誠如慧鑒法師所言：「境界，應該成為宗教的代用詞。成為宗教相對於人的終極目標。」〔註11〕

　　的確，神性的光輝照徹小說的每個角落，猶如皎潔的月光和滿天星斗頻繁地出現在曼陀北村和烏蘭布通草原的上空。那麼，這神性的光輝來源於何處？在我看來，來源於偉大的愛，以及對這愛的信心和守望。

〔註9〕郭嚴隸：《鎖沙》，第322頁，四川民族出版社2010年版。
〔註10〕郭嚴隸：《鎖沙》，第322～323頁，四川民族出版社2010年版。
〔註11〕郭嚴隸：《鎖沙》，第323頁，四川民族出版社2010年版。

　　鄭舜成不是草原的「血脈」，也不是嚴格意義上曼陀北村的後代，所有的人都應該留下，唯有他可以離開。他是兩個北京知青特殊年代的「私生子」。但是，他又是至真、至純、無私的愛的結晶。他的生父母白照群和上官婕，從京城一踏入這塞漠深處的大草原，就被當年占古巴拉種下的曼陀羅花所深深吸引，渾身洋溢著夢想和浪漫情調的年輕生命，沉醉在這漫山遍野的爛漫山花之間，頃刻化為一片愛的氤氳。那愛是如此的熾熱，以至於他們不僅同時被愛神的神箭射中，而且同時刻骨銘心地愛上了這片綠色的土地。他們為了使這裡能夠「山水相依」，讓烏蘭布通大草原變得更加美麗，決心修建曼陀山水庫。最後，在殘酷的政治迫害下，他們與「像基督一樣受難」的水利專家宋一維教授，還有工程師曹文修一起，獻出了寶貴的生命。鄭舜成既是他們愛情的結晶，也是他們熱愛大草原的見證，同時也似乎如「天命」降臨，他無條件地承接起上一代人未能實現的夙願，擔當起他們還沒有來得及完成的歷史使命，將生父母對於草原的大愛繼承下來，進一步地延展開去。陸顯堂雖然是鄭舜成生父母政治災難和生命悲劇的直接製造者，但他因為愛上官婕而愛鄭舜成。當上官婕難產而死後，他為了能永遠有愛護這孩子的可能，把鄭舜成送給了自己不生育的妹妹夫婦，讓他做了自己的外甥，並一路看護著他成長，直到為他能上大學四處籌款借債。鄭舜成的養父母鄭文秀夫婦，在他的身上更是傾注了全部的愛。是愛鑄就了鄭舜成的生命，成就了他的一切。在這個意義上，烏蘭布通大草原、曼陀北村以及這裡的一花一木對他是有恩的，這裡才是他真正的故鄉，是他的根脈所在。也正是出於對這個家的無限的愛和依戀，鄭舜成身上作為知識分子的良知、道義和責任感，才在這個家深陷苦難的時候，被最大限度地喚醒，才使這個血緣上的「外鄉人」，比誰都更為堅定地留了下來，勇敢地率領父老兄弟投入到挽救家鄉的、偉大的「愛」的事業中去。

　　愛的力量是無限的，它穿越時空，甚至泯滅仇怨和各種在世俗世界裡無法跨越的界限，將遊子漂泊的心魂和渴望的腳步，引向烏蘭布通大草原。陶可，這個中央美院國畫系的研究生，從美國到中國求學，又從北京來到曼陀北村，是專門來圓祖母的夢的。剛剛五歲，祖母就告離了人世。但祖母對大草原的那份永遠無法釋懷的愛，卻銘刻在她幼小的心裡。她在臺灣降落人世那年，93 歲的祖母，用盡所有的辦法，讓她記住的第一個詞組，就是烏蘭布通。讓她知道這是一座草原的名字，在遙遠的中國北方，是世界上最美麗的

草原。祖母還把烏蘭布通草原畫成一幅畫，掛在房間，每日抱著她稚嫩的身軀去看，不停地絮叨草原上每一個她能記起的物事。那裡的山川、湖泊、河流，以及神秘的古岩畫。祖母絮絮講述的大草原，隨著歲月的奔流、時光的淘洗，在陶可心裏結成一串閃亮的珍珠，似一種巨大的誘惑和深情的呼喚，使她奔赴草原的腳步顯得如此的迫不及待。而正是這種承載著幾代人的「愛」的奔赴，讓鄭舜成如何心安？祖母和陶可記憶中大草原，已經不復存在，而今有的是漫天的風沙，裸露的岩石，惡劣的生態環境。

也許是年輕的僧人占古巴拉和阿蘭美妮的愛情，為烏蘭布通大草原播下了永恆的愛情的種子。「草原」與「愛情」似乎結下了不解之緣。誰愛草原，誰就會獲得愛情，就像白照群和上官婕一樣。巴特爾以其熱愛草原的英雄行為贏得了銀鳳至死不渝的愛，這種愛超越了門弟、貧窮和傳統的習俗。鄭舜成因為愛草原，幾乎得到了身邊所有年輕女性的青睞，最後，就連遠在深圳的前女友白詩洛，也追隨他的腳步，來到了烏蘭布通大草原。

究其根源，這一切的愛都來源於作家對苦難的體認、面對和勇敢擔當。據說，小說原名即為《愛在原處》。從小說的《後記》得知，作家郭嚴隸曾是內蒙古某報記者，她不僅對美麗草原的沙化、沙塵暴以及因此而使這片土地上人民生活日益貧困的現實感同身受，而且親眼目睹了他們鎖沙治沙、戰天鬥地的動人場景，以及迸發出來的頑強鬥志和偉大的精神力量，甚至每每感動得淚濕衣衫。正是基於對那片土地、那裡人民的深沉的愛，才使現居成都的郭嚴隸，以自己為模特，以自己的心路歷程為道路，塑造了小說的敘述者胡文焉，並在她多元視角和時空交錯的敘述中，講述了《鎖沙》的故事，用誠摯的心靈，在故事中濃墨重彩地寫下了：「故鄉，你永遠與心臟是同一個地方。」前述皎潔的月光，滿天的星斗之所以如此頻繁地出現在小說的上空，出現在烏蘭布通大草原的上空，是因為她們是愛的象徵，是作家不斷仰望星空的結果。

總之，是偉大的愛，是歷史與現實交織的愛，是文學與宗教相同的愛，是苦難、良知、道義和責任凝聚的愛，成就了《鎖沙》顯明的神性。

三

《鎖沙》感人至深的力量，還在於它的詩性特質。小說充滿了理想的激情和浪漫的氣質。不少語言湧動著美妙的詩意、內在的旋律，洋溢著濃鬱的

抒情，但又不乏簡潔明快，甚至是粗礪的文字。「行走」般的視覺轉換和多元敘事，使小說頗具現場感和親歷歷史的意味，像一部仿真的採訪實錄。不同的敘述聲音交替出現，又似一曲多聲部的合唱，多少透露出雄渾的氣象。歷史、現實與理想的渾融，使小說呈現出難得的藝術張力。

　　理想激情和浪漫氣質，是《鎖沙》的詩性源泉。《鎖沙》顯然是一個理想構製。小說是按作家認為理所應當的方式展開，並走向它的結局。在某種意義上，烏蘭布通大草原「復樂園」的景觀，僅是作家多年的夢想和美好的憧憬，它只是一幅掛在作家心中的未來的圖畫。這幅圖畫之所以如此燦爛壯觀，如此生機勃勃，主要得力於作家對故鄉的一往情深和難以遏止的愛的滋潤，得力於作家豐富的想像和描寫的能力。在這個意義上，小說遠不是充分的現實主義的。《鎖沙》中最為真實的，是草原沙漠化以及愈來愈緊迫的現狀；是草原底層民眾治沙鎖沙的英雄壯舉、堅韌意志，以及戰天鬥地、永不放棄、永不妥協的精神；是大學生村官身上所表現出來的知識分子的良知、道義和責任，以及知識和正義的力量；是草原人民在這場人與自然的偉大鬥爭中所迸出的人性和神性的光輝。至於小說中治沙鎖沙所取得的巨大成就，無論是從小說給出的敘述時間，還是從鄭舜成當村官的全部歷史來看，在現實中都是不可能達成的，絕大多數是作家一廂情願的虛構和良好的願望。也正是從這樣的善良願望出發，作家甚至不願意讓小說中的矛盾繼續留下來，一個一個都得到了圓滿的解決。壞人陸顯堂、何安受到法律的懲罰；溫洪彬、林青田發生了轉變；其他的衝突，或者因為同學關係，或者因為各種「巧合」，都得到了化解或和解。小說最後迎來了它的大團圓。作家當然有權利這樣來寫。這樣寫也自有他感人的力量。也應當受到充分的尊重。但是，也不排除這樣寫會使小說損失掉一些應有的深度或其他藝術魅力的可能。尤其是有可能對這場治沙鎖沙鬥爭的艱巨性、複雜性、長期性和全局性重視不夠。再加上作家過多的感情投入，也會使小說太過「愛憎分明」，而讓一些人物被錨釘在「好人」或「壞人」身上，缺乏進一步的性格發展，或者發展不充分，從而影響到形象的盡可能豐盈。這樣說，近乎吹毛求疵了。

　　詩意化的語言，濃鬱的抒情，是《鎖沙》詩性特質的突出表現。小說中的不少語言，具有詩一樣的語彙，詩一樣的韻律，詩一樣的節奏，詩一樣的抒情，詩一樣的意境，甚至詩一樣的朦朧和詩一樣的有意含混、多義。比如：

　　　老榆樹在村子的西邊，就像佛祖在世界的西邊。她朝著那裡走

去，披一身花朵似的月光。只有天邊的村莊才會有這樣的月光。只有這樣的月光才叫月光。村莊中充滿人塵的香氣，炊煙、老牛、幼童、男人和女人相視一笑的眼風，它們在月光的背景中化為意象，而月光因為它們成為物質和永恆。〔註12〕

又如：「村莊在犬吠中靜著，彷彿一個透澈的生命優美地化入禪定。村莊如文章裏通常所形容的，儼然一幅水墨畫了，微淺的墨痕，空靈的用筆。在那畫幅的邊緣，稍稍遠的，祝福一樣呼應著的，就是老榆樹。她望見它時，她早已在它的視線中。她從來就沒有走出過它心靈的眼睛。」〔註13〕有的如果按照詩歌的格式排列，本身就是一首詩。比如：「如果我能愛你，能在清晨與你並肩站在銀杏樹下，沐浴鳥兒的鳴啼；能在黃昏與你手臂相挽，走過花氣氤氳的長堤。//能夠在孤獨中，輕輕呼喚你的名字，//在回憶裏，久久沉醉你的聲音。//如果我能夠，俯在你耳畔，輕輕，輕輕地，//說出心中真實的情意……」。〔註14〕像這樣的例子，還可舉出許多。

「行走敘事」是《鎖沙》在敘述上的詩學特色。也表現出作者在長篇小說藝術追求上的獨具匠心。小說的敘述者胡文焉，曾經是烏蘭布通某報的記者，她有著和作者相似的心路歷程。她逃離故鄉，是因為一棵樹，返回故鄉也因為一棵樹——老榆樹。只不過她對老榆樹的思念，包含極其複雜的情感。這其中，有對故鄉的愧疚、愛戀、反省、眷念、豔羨，甚至不乏宗教情懷。懷著如此複雜的心情，她回到烏蘭布通大草原，對進入視野的每一件物事，都充滿了好奇，都試圖追問，並進行思考。他走一路，看一路，問一路，想一路，記一路。路途中不同的應答者，發出的不同聲音，描述出鄭舜成治沙鎖沙，以及烏蘭布通大草原變化的不同側面，合起來卻構成了小說敘述的多聲部、多視角，從而全面描繪了這場偉大鬥爭的壯麗畫卷。不僅陶可、銀鳳、烏力吉、張枝、林青田、李占山、慧鑒法師等等都作為講述者出現，而且老榆樹也耐不住寂寞開口說話。敘述者，同時也是小說中的被敘述者，小說就在這敘述與被敘述的糾纏、鉸合中透迤展開，變化豐富而不紊亂，表現出繁複雄渾的氣象。難能可貴的是，作者注意到了不同敘述者身份差別所帶來的敘述口吻、敘述方式和敘述語調等細微差異，又使小說在雄渾中具有了某些

〔註12〕郭嚴隸：《鎖沙》，第175頁，四川民族出版社2010年版。
〔註13〕郭嚴隸：《鎖沙》，第175頁，四川民族出版社2010年版。
〔註14〕郭嚴隸：《鎖沙》，第108頁，四川民族出版社2010年版。

細部的精緻。由於小說的敘述者胡文焉總是透過別的講述者來展開故事，這樣被講述的故事本身就離真實的事件至少隔了兩層，也塗上了更多的主觀色彩，在事實上形成敘述的真實與客觀的真實之間的多重文本。這不僅使所有的敘述都帶有回憶的性質，打開了審美應有的距離，給讀者提供了更為廣闊的想像空間，同時這種敘述也有利於作者自由靈活的時空調度，以及對敘述節奏的有效把握，顯示出特有的敘述優越性。

　　《鎖沙》是「人性」、「神性」和「詩性」構築的當代神話。它描寫了我們這個時代的重大題材，觸及了草原沙化，生態治理，人性荒蕪，存在遺忘等重問題，內在地和我們的現實處境、生命體驗和靈魂關切勾連起來，內在地觸動著我們這個時代最為敏感的神經，內在地切中了我們人類最為緊迫、最為致命的要害：今天，誰來保障我們生存家園的安全，留住我們人類最後的根脈？小說中的「沙」，不僅是人類生存環境惡化的現實寫照，更是人類無止盡向大地母親索取、掠奪，滿足無盡貪欲，而精神不斷矮化、異化和沙漠化的象徵。小說迫使我們對近百年，尤其是近幾十年來中國現代化運動進行深刻反思，並提出這樣一個勿容迴避的問題：我們正在面臨和遭遇的生存家園和精神家園的雙重失落，是否使我們加入「鎖沙」的行動顯得如此地迫在眉睫？！從而體現出作者強烈的時代使命感和直面現實、勇於擔當的精神，也使「使命寫作」在今天表現出不可替代的價值和意義。

三、左邊以左：紅色・現實・介入

剩餘權力文化資本的爭奪與紅色民族國家神話的終結：消費時代紅色經典改編的文化闡釋[註1]

　　紅色經典的改編與爭議，恐怕是近年來最大的文化事件之一。對此，文化領導機構表現出多年來少有的緊張，而漢語思想界卻出人意料的冷靜。除個別知識分子接受媒體採訪時發出些許批評聲音外[註2]，這一事件豐富的文化意涵並未引起足夠重視，得到哪怕是初步的闡釋。無論出於何種原因，這都不能不說是一大憾事。

一

　　紅色經典的改編主要發生在影視界。

　　在影視界，經典的改編由來已久。據說，由《紅樓夢》《西遊記》《水滸傳》《三國演義》等改編的影視劇本身也已成為經典。但是對紅色經典的電視劇改編還是三年前的事。2000 年萬科影視公司推出的中國版《鋼鐵是怎樣煉成的》一炮走紅，在賺得不少觀眾的激情、眼淚的同時，也贏得了較高的收視率和豐厚的利潤回報。主流意識形態對此也傾注了很高的熱情，保爾柯察金與比爾·蓋茨並稱當代英雄，塑造著新的神話傳奇。一夜間，開始出現道德真空的消費社會似乎在並不久遠的紅色歷史門限內找回了倫理支柱。文化、

〔註1〕本篇主要內容最初發表在《花城》2005 年第 1 期。
〔註2〕指陳思和接受《南方週末》採訪，見該報 2004 年 5 月 7 日載《陳思和：我不贊成「紅色經典」這個提法》。

經濟、政治、倫理與市場、大眾、消費在紅色經典的影像世界中奇妙融合，
鼓勵、刺激和吸引了更多的文化投資商。去年夏天，電視劇《烈火金剛》熱
播；不久，傳來《小兵張嘎》在白洋淀開機的消息；今年 3 月，《林海雪原》
在各大電視臺輪番上演。改編後的電視劇《紅色娘子軍》也要在今年國慶節
面世。消息還在源源不斷地傳出：完成或正在攝製和籌備之中的紅色經典改
編電視劇的還有：《紅岩》《紅日》《紅旗譜》《阿慶嫂》《紅燈記》《雞毛信》⋯⋯
一個紅色經典改編的熱潮已然到來。

　　爭議接踵而至。《鋼鐵是怎樣煉成的》得到的諸多好處，並未如期而至，
相反，對改編後的紅色經典的指責之聲成為媒體主流。說是爭議，其實有些
言過其實。受眾和原著相關人物可算一方，在多家媒體的助威之下會合成滔
滔批評之聲，後與權力意識形態話語形成共謀，使製片商的申辯或還擊顯得
軟弱無力。力量並不均衡，爭議出現向不利於製片商一方的「一邊倒」。第一
階段的批評主要來自二方面。一是來自原著方的。據網載，《林海雪原》原作
者曲波的夫人指責電視劇「胡編亂造」；楊子榮的養子也要狀告其「侵犯楊子
榮名譽權」；楊子榮的父老鄉親以「家鄉人民」的身份，向媒體表達了對電視
劇的「極其不滿」，認為其醜化了楊子榮的形象和命運〔註3〕。二是電視觀眾。
批評紅色經典的改編不尊重原著，損害了心目中的英雄偶像。尤其是《林海
雪原》中少劍波的歷史口誤，將八・一五光復說成是九・一八光復，令民族
情感受到極大傷害的觀眾不能容忍〔註4〕。但就整體而言，意見稍顯尖銳的，
還是那批喝著紅色經典的奶水成長起來的特殊受眾群體。當然，這是否是消
費時代影視觀眾的真實聲音，只有媒體才知道。即便是，這些來自民間底層
的聲音，不借助傳媒的力量，再強烈也不能與握有雄厚資本的製片商在話語
權上平分秋色。這時，影視公司的回應，就表現出讓人難以置信的冷漠與不
屑一顧。面對原著方的責難，萬科影視的負責人說：「我們改編的態度很認真。
雖然加入了楊子榮的感情戲，但是乾淨得不得了。並沒有歪曲人物的意思。」
至於觀眾提出的意見，這位負責人覺得：「大家有意見就提嘛，沒什麼值得大
驚小怪的。」〔註5〕即使像歷史口誤這樣嚴重的事情，也只是導演出來，表示
一種話語姿態而已。一方面是推卸責任：「後期配字幕和複審的時候我已經離

〔註3〕http://www.people.com.cn/GB/yule/1083/2437692.html。
〔註4〕http://big5.xinhuanet.com/gate/big5/news.xinhuanet.com/ent/2004/-03/12/content
　　　_1361331.htm。
〔註5〕http://ent.163.com/ent_2003/editor/news/starnews/040422_240719.html。

開劇組了」；另一方面是和觀眾套近乎：「北京觀眾真是很認真、很負責，我對此非常感動」；最後才輕描淡寫地談到檢討：「作為導演我應該承擔責任，我向觀眾作檢討」〔註6〕。有趣的是，時至今日不見檢討出來。

第二階段，情形發生了變化。文化領導機構動用行政命令，直接出面干預。今年 4 月初，國家廣電總局向全國各地有關職能部門下發《關於認真對待紅色經典改編電視劇有關問題的通知》（下稱《通知》），核心要求是尊重原著精神，嚴禁戲說調侃，認真對待紅色經典的改編。關於這個通知，廣電總局的一位官員說，「主要是針對紅色經典改編電視劇過程中的低俗化問題」。具體說來，就是目前在紅色經典改編電視劇的過程中存在著「誤讀原著、誤導觀眾、誤解市場」，改編者沒有瞭解原著的核心精神，沒有理解原著表現的時代背景和社會本質，片面追求收視率和娛樂性，在主要人物身上編織太多的情感糾葛，過於強化愛情戲，在英雄人物塑造上刻意挖掘所謂「多重性格」，在反面人物塑造上又追求所謂「人性化」，當原著內容有限時就肆意擴大容量，「稀釋」原著，從而影響了原著的完整性、嚴肅性和經典性。《通知》列舉了十餘部需「認真對待」的紅色經典〔註7〕。面對國家權力話語，背靠資本的話語權力就顯得有些底氣不足，幾乎一致的聲音是低調的喊冤叫屈。萬科影視的負責人說：「我們改編的態度很認真。說我們『誤讀原著、誤導觀眾、誤解市場』，我覺得很委屈。」〔註8〕另一位導演也說，說我毀壞紅色經典太不公平了〔註9〕。大有被冤而又無可奈何之感。

與此明顯不同的是權力知識分子的異常興奮。5 月 18 日《文藝報》登出《文學界人士呼籲：不能亂改「紅色經典」》，仔細一看，呼籲者中沒有一個當紅作家和批評家，哪怕是尚在（能）寫作的作家也幾乎沒有，大都是各地作協的主席、副主席、黨組書記和「老作家」，他們以「文學界」的名義，用久違的聲音複製著《通知》中的官方話語，以習以為常的方式營造著某種話語聲勢，預示著一場話語風暴的到來。不過，顯然有些例行公事。值得特別關注的是，5 月 23 日，在紀念毛澤東《在延安文藝座談會上的講話》發表 62 週年之際，由中國文聯、中國劇協、中國影協、中國視協聯合主辦的「紅色經典」改編創作座談會卻別具象徵意味。會上，第一次全面表達了官方對紅

〔註6〕http://www.people.com.cn/GB/yule/1083/2437692.html。
〔註7〕http://ent.163.com/ent_2003/editor/news/starnews/040422_240682.html。
〔註8〕http://www.daynews.com.cn/mag2/200426/ca21896.htm。
〔註9〕http://ent.goodmood.com.cn/2004/4-28/162317.html。

色經典改編的意見。會議認為，紅色經典是可以改編的，前提是必須尊重原作的基本內涵、時代背景和主要情節，當前的問題正是出在這些方面。原因是改編者有意無意地誤解所謂人性；為了票房和收視率一味地迎合市場，迎合低俗趣味；而理論批評對此又漠然視之，在社會需要發出聲音的時候，卻沉默不語。會上關於紅色經典的界定意義重大，它實質上為這場改編運動定性：「紅色經典」是指在 1942 年毛澤東發表《在延安文藝座談會上的講話》之後，產生的大量反映時代、對人民群眾有重要影響的一批小說、戲劇、電影等作品〔註10〕。

以上可以說都在「務虛」，但「務虛」之後肯定是切實的「行動」，這符合中國一以貫之的政治策略，雖有些陌生了，但這次的操作還是顯得相當嫻熟。會後第二天，即 5 月 25 日，國家廣電總局就向各省、自治區、直轄市廣播影視局（廳）、中央電視臺、中國教育電視臺、解放軍總政宣傳部藝術局、中直有關製作單位發出《關於「紅色經典」改編電視劇審查管理的通知》，把前一個《通知》中的行政命令具體落實到嚴格的審查制度之中。全國所有以「紅色經典」改編的電視劇，須層層審查過關，才可投入演播：省級審查機構初審，國家廣電總局電視劇審查委員會終審，並出具審查意見，頒發《電視劇發行許可證》。從收到通知起，凡未經審查許可的「紅色經典」電視劇，一律不得播出。違者，一經查實，將嚴肅處理，並追究領導責任〔註11〕。發展到這步，在媒體的傳播裏，除聽到原著者與觀眾拍手稱快外，製片商已噤若寒蟬。可見，文化領導權在消費時代仍然表現出不可小視的強制力。

從民間微弱的聲音，發展到媒體的話語喧嘩，再到官方的禁令與審查制度的啟動，紅色經典的改編和有關這個改編的爭議，就成為今天這個消費時代重要的文化事件。如果認真審理，它的文化蘊含並不簡單。

二

誰在改編紅色經典？改編紅色經典的動機結構是什麼？

就目前媒體的披露來看，萬科影視公司是紅色經典改編的始作俑者和大成者，已投拍《鋼鐵是怎樣煉成的》、《林海雪原》和《牛虻》三部，據說還有新的改編計劃。跟進者海潤影視公司也完成了《烈火金剛》。顯然，紅色經

〔註10〕http://www.hsm.com.cn/node2/node116/node1486。
〔註11〕http://www.hsm.com.cn/node2/node116/node1486。

典改編的投資主體是民間機構，運用的是民間資本。問題就來了，為何民間機構要關注紅色經典，民間資本要投向紅色經典？民間資本與紅色經典如何發生關聯？換一種問法：紅色經典何以對民間資本具有如此巨大的吸引力？資本是以獲取最大利潤為目的的，紅色經典難道能滿足資本的這個要求？看來要務還在於首先搞清楚什麼是紅色經典。

「紅色」在現代漢語裏既是普通詞彙，又具特殊意義。紅「本指淺紅色，後泛稱火、血等的顏色」，「象徵無產階級革命及政治覺悟」〔註 12〕。與象徵義相關的「紅色」，在現代漢語裏生成了一個龐大的語族：紅軍、紅星、紅旗、紅領巾、紅衛兵、紅寶書、紅色割據、紅色政權……紅色經典，只是這個語族中的一員〔註 13〕。

「經典」的內涵是清楚的，但外延較難確定。經典中的「經」是指「歷來被尊崇為典範的著作或宗教的經典」。譬如，十三經，《道德經》、《古蘭經》、《聖經》等。「典」，指「可以作為典範的重要書籍」〔註 14〕。「經典」，廣義上意指「最重要的、有指導意義的權威著作」；狹義則與「經」同義反覆，就指古代儒家的經籍，也泛指宗教的經書〔註 15〕。古代的哪些典籍是經典，相對固定，當然也會隨不同的文化史觀與文學史觀發生變動。現代和當代，由於缺乏時間的足夠淘洗，經典的指稱不僅模糊，而且很大程度與文化領導權的隸屬，強勢話語權的歸屬和主流意識形態的指向相關。在某種意義上，經典的爭奪與反爭奪，建構與解構，本身就構成了現當代文化場域的重要鬥爭。

紅色與經典，在 20 世紀中國的語境中，尤其在宏大敘事中，都是頂尖級的詞彙，它們聯姻，組合成「紅色經典」，迸發出宏大的場域效應。僅從字面意思上說，紅色經典應該指象徵無產階級革命及政治覺悟的、最重要的、有指導意義的權威著作。就此而言，在嚴格的意義上，真正夠得上紅色經典的，在 20 世紀恐怕就只有承載毛思、鄧論與三個代表的那些著作了。但弔詭的是，今天影視劇改編中的紅色經典，雖與此有關，卻顯然與此不同，按官方文本

〔註 12〕《辭海》（1989 年版）縮印本，1292 頁，上海辭書出版社 1990 年版。注：現代漢語裏的「紅色」與英語世界中的意義大體一致，不過，關於象徵義在英語中與漢語恰恰相反，是貶義（參《當代朗文英漢雙解詞典》）。

〔註 13〕紅色這個詞意義非凡，與整個共產國際運動緊密關聯，是 20 世紀宏大敘事中的關鍵詞、核心概念，值得專門考察。

〔註 14〕《辭海》（1989 年版）縮印本，第 330 頁，上海辭書出版社 1990 年版。

〔註 15〕《辭海》（1989 年版）縮印本，第 1311 頁，上海辭書出版社，1990 年版。

中的界定，而是指「曾在全國引起較大反響的革命歷史題材文學名著」〔註16〕，即便是在權力知識分子的進一步詮釋中也不過是指：在1942年毛澤東發表了《在延安文藝座談會上的講話》之後，產生的大量反映時代、對人民群眾有重要影響的一批小說、戲劇、電影等作品。裂痕就此敞現了：是誰將革命歷史題材文學戲劇影視作品「拔高」到了「紅色經典」的位置？或者問：是誰將這些作品命名為「紅色經典」的？這個問題已經很難考證坐實了，特別是在筆者如此緊迫的時間裏。但就從這次官方知識分子的匆忙上陣，而又隨機列出一些作品來看，命名來自官方的可能性極小。如果，這一推論正確的話，出自民間的可能性很大，出自民間那些關注紅色經典，而又握有雄厚資本的營利機構。

民間營利機構為何關心起革命歷史題材的文藝作品，這裡面的政治訴求是如此的強烈，難道它們不愛資本，愛上政治了？難道要在消費時代重新為毛澤東文藝思想搖旗吶喊？這樣做當然無可厚非。但問題是，是這樣嗎？還有，它們有什麼必要把這些作品命名為或拔高為「紅色經典」？這裡面有什麼秘密，或者謀略？看來，問題又回到原點：民間文化資本與紅色經典有何關係？

關於這方面的事情，製版商好像有些守口如瓶。不過，萬科影視公司負責人在回答記者為何要高頻率地投拍「紅色」題材這一提問時，那番雖然閃閃爍爍的話，卻已足夠讓我們分析：

> 萬科影視公司是個企業，我們的作品必須要讓廣大觀眾接受。同時，作為一個製作公司，萬科是沒有媒體支持的，如果自己的作品不被電視臺接受，那麼它就要關門了。從經營的角度講，我們在策劃的時候就會考慮能不能播出，能不能在黃金檔播出，能不能在任何電視臺都能播出這些問題。選擇名著的風險就會非常小，因為它們已經積累了幾代讀者，讀者的認知度高，參與度也就高。觀眾對名著改編是有期待感的，這就對製片商意味著在發行時可以節省較多的宣傳費用，而像《鋼鐵是怎樣煉成的》這樣的名著屬於主旋律作品，受到的限制會少。〔註17〕

這段話裏有幾個關鍵詞值得注意：製作公司、企業、經營角度、主旋律作品、

〔註16〕語見國家廣電總局《關於認真對待紅色經典改編電視劇有關問題的通知》。
〔註17〕http://cn.news.yahoo.com/040428/120/220zh.html。

限制少、風險非常小、廣大觀眾接受。如果將這幾個詞按內在的邏輯理路串聯起來，就成為：作為企業的製作公司，從經營的角度來說，投資主旋律作品，拍攝和播出的限制少，投資的風險非常小，廣大觀眾接受。而《鋼鐵是怎樣煉成的》這樣的名著就是主旋律。這樣，革命歷史題材的作品──紅色經典就與主旋律掛上了鉤。

主旋律是今天的強勢話語，因為它與政治權力結盟。主旋律作品，在今天不僅擁有無形的政治法權和社會法權，而且擁有和分享著一份其他的文化產品所不具有的特殊資源：政治權力資源。當這份權力資源與商業資本結盟，進入市場運作，不僅會立刻轉化為權力文化資本〔註18〕，而且會迅速增殖，產生特殊形態的權力尋租，給投資者帶來預料或意想不到的收益。這恐怕是今天眾多民間文化機構瞄準主旋律，並鍥而不捨的真正原因，也是眾多民間文化機構大舉進入紅色經典改編的真正原因：尋求文化權力尋租〔註19〕。

問題是：幾十年前的紅色經典在今天這個消費時代還有什麼權力文化資源？這就要看那些被指稱為紅色經典的作品，當初是何以建構，為何建構，而與今天又有何關聯。這樣一些複雜的問題顯然不是這篇小文章所能解決的。好在，學界在此一方面的成果可資借鑒。一位中國當代文學史的權威學者指出，由於在小說中佔有很大的分量和極重要的位置，革命歷史題材小說的概念在20世紀50年代開始就出現了。但是，並「不是任誰都有『資格』和『條件』涉足這一題材領域」。「這一類型小說的作者，大都是他們所講述的事件、情境的『親歷者』。這是由於，一方面，能夠使用文字的『親歷者』自然極願意回顧這段光榮的『歷史』；另一方面，這一寫作不僅是作者個體經驗的表達，還是對於『革命』的『經典化』進程的參與。」因而，別的創作主體的敘述都有可能在「真實性」上受到嚴格的指謫〔註20〕。即使是「親歷者」的書寫，

〔註18〕文化資本：借用法國社會學家皮埃爾・布迪厄（P. Bourdieu）的一個概念，意指進入場域後被制度化了的文化資源。一方面，它是場域內行動者進行相互爭鬥的手段；另一方面，它又是行動者展開爭鬥的目標。我之所謂權力文化資本，是指被政治體制化了的、為權力所壟斷了的那部分特殊的文化資本。布迪厄分出文化資本的三種存在方式，即文化能力（cultural competence）、文化產品（cultural product）和文化體制（cultural institution）。作為紅色經典的權力文化資本，應是這三種存在方式的奇特混雜。我對皮埃爾・布迪厄的此一理論一知半解，權且視為誤讀。
〔註19〕文化權力尋租：意指借助文化權力的力量追求自身經濟利益的非生產性活動。
〔註20〕洪子誠：《中國當代文學史》，第106～107頁，北京大學出版社1999年版。

在「真實性」上也未必一開始就靠得住。《紅岩》成書歷經十年之久，從當初的「革命回憶錄」《在烈火中永生》，到第一稿的基調低沉壓抑，滿紙血腥，缺乏革命的時代精神，再到基調高昂，色彩明朗，主導思想鮮明，人物形象崇高偉大，最終成為「一部震撼人心的共產主義教科書」，是文學社會化大生產的結果〔註21〕。因此，在這個意義上觀之，革命歷史題材作品的寫作，不是個人行為，而是一種意識形態符碼的組織生產。它有著遠非一般文學作品所具有的特殊意義：

> 這些作品在既定意識形態的規限內講述既定的歷史題材，以達成既定的意識形態的目的：它們承擔了將剛剛過去的「革命歷史」經典化的功能，講述革命的起源神話、英雄傳奇和終極承諾，以此維繫當代人的大希望與大恐懼，證明當代現實的合理性，通過全國範圍內的講述與閱讀實踐，建構國人在這革命所建立的新秩序中的主體意識。〔註22〕

> 這些作品的主題，在於肯定通過革命手段以建立現代國家的歷史意義及其合法性，並重申戰爭年代所確立的價值觀……作為重整崩壞的社會秩序、重建民族自信心的精神支柱。〔註23〕

因此，革命歷史題材作品，可以進一步講，本身就是國家政治權力的一種成功運作，其目的是為現代民族國家的建立求證其合法性，為民族和個體提供自信心與精神支柱。這也就是其權力文化資源得以可能的原因，也是其與今天的主旋律得以勾連的內在學理。儘管，今天我們已經進入了一個多種政治因素、經濟成份和多元價值取向並存的消費社會，但作為支撐現代民族國家政體的基本價值形態並未根本改變。它或者存在於政治法權和社會法權中，或者存在於「過來人」的意識深處和「懷舊情緒」中，還可能至今是一些「老左派」的精神核心。等等，不一而足。這似乎勿須再去證明。這樣，那些革命歷史題材作品，即紅色經典中的權力因素就有可能進入今天的社會繼續發揮作用。

當然，我們要看到事實的另一面。這些作品中的權力資源已經相當薄弱。一大部分紅色經典，因為政治鬥爭的需要，曾與文化革命中的陰謀政治結盟

〔註21〕洪子誠：《中國當代文學史》，第111～113頁，北京大學出版社1999年版。
〔註22〕黃子平：《「灰闌」中的敘述》，第2頁，上海文藝出版社2001年版。
〔註23〕洪子誠：《當代文學概說》，第121頁，廣西教育出版社2000年版。

而受到玷污。陳思和的說法是可信的：當有人把樣板戲納入「紅色經典」，就已經把「紅色經典」的意義給顛覆掉了。樣板戲嚴格說來是極左路線在文藝上的怪胎，強調政治宣傳意識、強調政治功能和作用到了破壞文藝規律的地步，與馬克思主義文藝觀是根本上背道而馳的〔註24〕。打倒「四人幫」以後，在撥亂反正和反擊極左思潮的文化運動中，這樣一些紅色經典被視作極左路線的產物，遭到批判和文學史的唾棄。這樣，其中的權力資源的很大一部分就被褫奪，所有的也不過是權力文化資源的剩餘。這就是為什麼民間資本在瞄準這部分革命歷史題材作品的時候要把它們拔高為「紅色經典」的原因之一。一方面是喚回一個民族國家關於這些作品曾經擁有赫赫權威佔據主流意識形態輝曜一時的記憶；一方面意欲通過擴張能指去增補所指事實上出現的空白；還有一方面是向現有權力暗送秋波，以期被納入或至少以主旋律作品視之，在獲取新的權力資源中，將那點剩餘的權力文化資源剝奪盡盡，實現其權力資本的最大利潤化。

從這裡可以看出：處於消費社會的今天，民間資本在投資文化產業的時候對權力資本的渴求達到何等慘烈的地步。也可以看出：當一個現代民族國家從生產型社會向消費型社會轉軌的歷史進程中，精神和倫理的虧空達到怎樣驚心動魄的境地，以致於傳統中僅存的可能的精神活水被民間與官方如此慘烈地爭奪。關於後者，下面還要展開。

三

在展開這部分之前，有一個結論似乎是可以得出的：當民間機構投資紅色經典的改編時，實際上它實現了商業資本、文化資本和剩餘權力資本的牽手，也就實現了「看不見的手」與「無形的腳」之間的融構。對於製片商而言，無論從那個角度說，都是一種理想的境界。但是由於權力資本的進入，面對的又是特殊的文化資本，如何進行資本的再生產，達成預期的目標，問題就變得相當複雜。

就目前的情形來看，製片商普遍遵循的是單純的市場邏輯。紅色經典如何改編，如何定位，針對怎樣的目標受眾，完全按照當前消費市場，具體地說是電視劇市場的走向來決定。這就在實質上把投資紅色經典當作投資一般

〔註24〕參陳思和：《陳思和：我不贊成「紅色經典」這個提法》，《南方週末》，2004年5月7日。

文化產品來運作。譬如，青春偶像劇流行，《紅色娘子軍》的改編就錨定在這上面：吳瓊花成為「天使」，婧美時尚；洪常青富有浪漫情懷，帥氣逼人。言情劇走紅，《林海雪原》就加入大量愛情戲：少劍波與白茹的情感被放大，楊子榮又與其無中生有地陷入三角戀，還與匪首坐山雕成為情敵，甚至出現了「私生子」。製片商的市場猜想或推理看起來足夠聰明：紅色經典具有博物館效應，可以讓老年觀眾萌生懷舊情緒；多角婚戀和「私生子」現象就是當下一部分中年人的生活情狀或生活想像；青春偶像劇則可以使追星一族的少老少女們樂在其中。這樣，老中青的觀眾都抓在手裏，何愁收視率和改編不成功？

製片商的聰明勁還表現在注意到了紅色經典是特定歷史時期的產物，大都帶有極左思潮的痕跡，有的就是在創作理念「三突出」，人物塑造「高大全」的導向下完成的，是直接為黨派政治服務的觀念載體。其中庸俗的文藝觀、政治觀早已被歷史所唾棄，再把這些東西帶入當下生活，勢必引起反感。於是，在改編過程中，一是儘量以張揚人性掩飾其階級性。惡貫滿盈的坐山雕不僅多出一個收養的「兒子」，還為這個「兒子」不認他這個爹老淚縱橫。南霸天差點用上打字機，只是在廣電總局的干預下，才將打字機配給了洪常青，但人性化的努力可見一斑。二是儘量以世俗化、生活化去人物的崇高化、英雄化。洪常清與吳瓊花在改編電視劇的宣傳劇照上激情擁吻；楊子榮變成伙夫，下巴豆、使絆子、唱酸曲，自由散漫，有些流氓氣。《沙家浜》裏的阿慶嫂，儼然一個風流成性的老闆娘，不分敵我，與胡傳魁和郭建光都捲入情感漩渦。這些改編，使紅色經典確有某些媒體所說的「紅色變桃色」的意味，使原有的教化功能在娛樂化的追求中徹底瓦解，最終完成紅色經典的消費化改造。紅色經典在這裡成為純粹的消費品，而不是別的什麼。

在市場的邏輯下，製片商什麼都考慮到了，就是沒有考慮到作為特殊文化資本的紅色經典自身的文化邏輯，尤其是蘊含內裏的權力文化資本的運作邏輯，只是把它當成了康熙、乾隆、楊貴妃這樣的普通歷史題材的作品和普遍意義上的文化資本來對待，這就不僅違背其當初投資紅色經典，尋求文化權力尋租的初衷，而且走上了一條幾乎是注定失敗的道路。

遵循市場邏輯，在消費時代很大程度上就是遵循消費邏輯。消費有什麼邏輯？按照讓·波德里亞的分析，當將一個物品作為消費品的時候，人們最為關注的是它的交換價值，而往往對其價值、使用價值視而不見，物品蘊含

的內在光輝、象徵意義也在這時自動失效〔註25〕。同樣，當製片商將紅色經典當成單純的消費品的時候，情形不會有什麼兩樣。而問題在於，紅色經典的權力文化資源，也就是製片商最為看重的權力文化資本部分，恰好就隱藏在其價值與使用價值之中。不在其價值與使用價值上做文章，挖空心思背靠現有的權力資源，將那點剩餘的權力文化資本做大、做強，甚至爭取新的更多的權力資本進入，而是僅僅著眼於交換價值或者「紅色經典」的符號價值，這就在事實上將剩餘權力資本抽空，其結果正如一位詩人的詩句：「該得到的尚未得到／該喪失的早已喪失」。相反的例子是《鋼鐵是怎樣煉成的》，它因此獲得巨大成功。但對其成功的秘密，製片商似乎並無深刻的知曉。

問題還不是這麼簡單。當製片商對紅色經典進行消費品改造或改編的時候，它其實已經事實上走到了與現實權力相對抗的立場，紅色經典原有的剩餘權力資本不僅不能自動增殖，相反製片商的改編行為會受到來自現實權力的制約和打壓，甚至是致命的打擊——拍成電視劇以後才不准播出，致使商業資本全部泡湯。這不是不可能。你不關心紅色經典的價值和使用價值，並不等於文化權力機構也不關心；你要放棄紅色經典中的剩餘權力文化資源，也不等於文化權力機構也要放棄。相反，它會比以往任何時候更加關注，不惜動用政權的力量來爭奪。事實正是這樣。而一旦這樣的情況發生，哪怕是再強大的民間資本，其後果也是可想而知的。原先以為紅色經典可以與主旋律攀親，限制少，風險小，觀眾接受，可以在市場上大行其道，那知在不知不覺中走上了死路。這恐怕是投資商先前沒有想到的。

原因究竟在哪裏？這要看製片商在紅色經典的改編過程中改掉了什麼？權力文化機構又在爭奪什麼？關於前者，《林海雪原》導演李文歧的說法值得注意：

　　　當年電影、樣板戲《林海雪原》有其特定的政治色彩，正面人
　　物和反面人物都是符號化和臉譜化的，而我們是想把人物完全還原
　　到生活中，對原著的改編也是按照生活的原貌出發。〔註26〕

說穿了，改編者要改掉的是人物的符號化和臉譜化，還原生活的原生態。人物的符號化和臉譜化，這些在政治消費和消費政治的時代特別有效的藝術方

〔註25〕參讓‧波德里亞：《消費社會》，第116～123頁，南京大學出版社2001年版。
　　　　邁克‧費瑟斯通也有類似的說法，參其所著《消費文化與後現代主義》第二
　　　　章消費文化理論。
〔註26〕http://ent.sina.com.cn/v/2004-04-05/1146355140.html。

法，是在文學為政治服務的特定語境中產生的，在改編者看來，它們不僅在長久的聲討中臭名昭著，而且在消費社會的邏輯裏已然失效。「按照生活的原貌出發」，藝術正義在此得到彰顯，似乎也回到了多年來人們信以為真的創作規律上來。儘管「生活的原貌」總是模糊不清，它的真相到底是什麼，人們也終究不知，最後仍是「虛構」或是「敘事」，最終還是回到某種意識形態上面去，但是紅色經典的改編者們自以為如是訴求所獲得的藝術正義，以及由此獲得的某種合法性和道義資源，已足以支撐潛藏於後的利益欲求。改掉人物的符號化和臉譜化，按照消費社會和市場的想像重構生活的原生態，表面上看是個形式問題，藝術手段問題，但事實上形式的改變，最後顛覆掉的是紅色經典原初蘊含的意義。誤會長期存在，需要指明的是：否定文藝為政治服務並不否定那個政治；否定極左政治思潮，否定的也是極左而非那個政治本身，而對於紅色經典的改編而言，悖論的是：極左藝術形式——人物符號化、臉譜化——的顛覆，是連同那個極左政治中的政治也整個地在戲說、拼貼、虛擬和影像式的狂歡中顛覆掉了，而且它的力量遠勝於正面的拆解，大有連根拔除的威力，一切堅硬如水的在此煙消雲散。在這時，藝術問題轉變為尖銳的政治問題。藝術的就是政治的，猶如「真理式」的現身。權力文化機構正是在這點上不能容忍，爭奪也於此展開。權力知識分子們是抓住了要害的：

> 一些改編者要麼將人性抽象化，並將抽象化的人性凌駕於一切
> 之上，與愛國主義、理想主義、集體主義、奉獻精神等對立起來；
> 要麼將人性卑微化、卑俗化，將人性等同於放縱，等同於人格缺陷。
> 在他們眼裏，經典成了教條。由於價值觀的變異，他們在改編的時
> 候去紅色、去革命化、去積極健康、去愛國主義、去英雄主義，使
> 原作的基本精神變質。這樣做的結果，就會毀了我們的精神長城。
> 〔註27〕

在這裡，我最感興趣的是「毀了我們的精神長城」。「我們」是誰？「精神長城」何指？又是誰在「毀」？「毀」了又怎樣？要怎樣就是否就必然不「毀」？此話是否言重？在這些問題中，我只能就部分做些探索。在權力知識分子針對紅色經典改編看似矯情與誇飾的激烈言辭中，有幾個詞奪人眼球：

〔註27〕http://202.108.36.149:8606/ent_2003/editor/news/starnews/040524/040524_
248415.html。

「紅色」、「民族」、「國家」、「英雄主義」。關於它們的表述，在這些自以為擁有真理的人們筆下幾近格言：「『紅色』是指流貫在作品血脈中的革命精神和英雄主義的思想風貌」〔註28〕；「一個數典忘祖的民族是必然淪喪的民族，一個沒有英雄的民族是沒有希望的民族」〔註29〕；「『紅色經典』是我們國家、民族很長一段歷史時期形成的價值觀念的共識，英雄人物體現出的價值深深地印在人們心中」〔註30〕。顯然，在這些勿容置疑的判詞中，「我們」指的是「紅色民族國家」，而「精神長城」不僅是指英雄主義，而是指在 1942 年毛澤東在《延安文藝座談會上的講話》以後，在毛澤東文藝思想實際取得文化領導權以後，所建立的一整套完整的價值體系，它是紅色國家政權合法化的觀念訴求，這些訴求在紅色經典中以英雄神話的方式得以體現。它的解體意味著什麼？何況「經典」這個術語歷來就蘊藏著文學與宗教的雙重意義，尤其在絕對之域被傾空的當代中國，這一解體又意味著什麼？不往下說了。可以說的是：這就是為什麼文化權力機構，要把有關紅色經典改編的座談會，放置在紀念《在延安文藝座談會上的講話》的日子裏來進行的深意所在。這個「紀念」相對於逢五逢十的慣例而言，是特別地提前了，因為它們預感到一場深刻的危機似乎伴隨著紅色經典被消費邏輯的改造與收編而正在到來。

其實危機早就到來，也早已被感知，只是在經濟領域當市場經濟取代計劃經濟，在政治領域發生系列變革時，這種感知沒有精神領域來得尖銳也來得徹底而已，它的確帶有終結的意味。而且面對全球化浪潮，回首 20 世紀以降，由精神而政治而經濟的民族國家的建立，再由經濟而政治而精神的逐一解構，這個民族國家還剩下什麼？豈止「紅色」？

〔註28〕 http://news.xinhuanet.com/newscenter/2004-05/23/content_1485678.htm。

〔註29〕 《「紅色經典現象透視」──江西評論家七人談》，《文藝報》2004 年 6 月 8 日。

〔註30〕 《文學界人士呼籲：不能隨意亂改「紅色經典」》，《文藝報》2004 年 5 月 18 日。

寫實主義的維度：略談馬森文學批評中的一個價值觀[註1]

　　西方一位學者把文學批評分為三種情形：自發的批評、職業的批評和大師的批評。所謂大師的批評是指作家的文學批評[註2]。如此觀之，馬森的文學批評應是大師的批評了。馬森是最近幾十年對臺灣、乃至華人圈產生重要影響的作家。梁實秋說余光中左手寫詩，右手寫散文。如果這樣說，馬森的手就有點不夠分配了，他既寫小說、散文、還寫戲劇、評論。作為作家的馬森，文集煌煌幾卷，談到中國現代主義戲劇，不提到馬森，就是一種無知。作為批評家的馬森，深厚的中西學素養，寬闊的視域，極富洞見的言說，又不得不讓人折服。關於作家的馬森，已有眾多的評論。在這裡，我們只談談文學批評家的馬森。

　　閱讀馬森的文學批評，有一個有趣的現象：「寫實主義」這一語詞，散金碎銀般地播撒在文本的字裏行間。拾掇這些在不同語境中出現的詞彙，進行拼貼、重組，就會發現，「寫實主義」是馬森文學批評的一個重要價值尺度，或者說，一種基本的價值立場。這是我們在進入馬森的文學批評世界之前沒有料到的，因為，從創作來看，馬森主要是一個現代主義的作家。於是，一些饒有興味的話題就產生了：馬森是怎樣運用寫實主義這一價值尺度的？這一價值尺度在多大範圍內有效？寫實主義內部有關寫實、現實、真實、真理

[註1] 本篇與曹順慶先生合作，最初發表於臺灣《當代》第 186 期，2003 年 2 月 1 日出版。
[註2] 請參閱蒂博代：《六說文學批評》，趙堅譯，生活·讀書·新知三聯書店 2000 年版。

等的範疇，在中國的文論界、文學界曾經發生過怎樣的轉換？推動其轉換的原因是什麼？其間反映了現代中國怎樣的文化政治困境？在一個漸被後現代文化邏輯收編的當下語境裏，寫實主義還有否存在的可能？顯然，要在一篇短文裏回答如許多的問題，是不大可能的，我們只能擇其主要的，與馬森及學界同仁商榷。

一

「擬寫實主義」，或「偽寫實主義」是馬森文學批評中的一個重要概念。此一概念，是馬森在 80 年代檢視中國現代小說和戲劇時提出來的。他在一篇題為《中國現代小說與戲劇中的「擬寫實主義」》的論文中，將茅盾的長篇小說《子夜》及曹禺《雷雨》以後的大部分劇作劃入擬寫實主義或偽寫實主義的範疇〔註3〕。重返當時的歷史情景，應該說這一看法是頗富洞見的。

當時的中國大陸正值新啟蒙運動如火如荼。隨著人道主義的復興，文學的本體位置開始回歸，審美特徵受到重視；作家的主體意識在強化、文化意識在覺醒；現實主義也隨之進一步深化。一批新型的知識分子逐漸浮出歷史的地表，對文學史的反思亦著手進行。但是，由於主流意識形態對文學的鉗制力量依然強大，無形的權力的運作繼續支配著有形的文學史的寫作，對一批曾經居於權力中心，兼有官員、黨員身份、與民主革命「與時俱進」的作家的歷史評價，尚在小心翼翼地試探中，未能取得突破性的進展。就在馬森把《子夜》命名為偽現實主義小說的同時，一部由新一代啟蒙知識分子群體撰寫，被學界公認為當時最大膽、最激進、最富創新精神的中國現代文學史，仍然認為《子夜》是「革命現實主義小說的藝術高峰」，從主題與題材、人物形象與結構等方面，予以現實主義的經典化、神聖化〔註4〕。此種情形，在今天仍有相當市場。這就足以見出馬森的理論銳氣與遠見卓識。

這並不是說在馬森之前沒有人懷疑過《子夜》的成就。夏志清在早些時候就判定《子夜》是部失敗的作品。不過，在分析《子夜》失敗的原因上，馬森與夏氏恰恰相反。夏氏以為是《子夜》太偏重於自然主義法則〔註5〕，而馬森認為：「恰恰是他沒有應用自然主義的法則。」在這裡，自然主義與寫實

〔註3〕見《馬森作品選集》（一），臺南市文化中心編印，1995 年版。
〔註4〕錢理群等：《中國現代文學三十年》，第 242 頁，上海文藝出版社 1987 年版。
〔註5〕夏志清：《中國現代小說史》，劉銘銘等譯，第 136 頁，香港友聯出版社 1979
　　　年版。

主義是同義語（在本文對這兩個概念的運用亦如此）。或許，夏氏的疏漏在於，他的結論很可能不是從對《子夜》文本的細讀中得出，而是從茅盾早年對自然主義的迷思中推論出來的。20 年代初年，茅盾在其主持的《小說月報》發表《自然主義與中國現代小說》的長文，論述自然主義文學的特點，並在中國提倡自然主義的創作方法，也表明了自己對自然主義的喜好。可是，茅盾並沒有將這一創作原則始終貫徹到自己的小說創作中去。如果說在其早期的小說《幻滅》、《動搖》、《追求》中還部分地遵循了寫實主義的原則的話，那麼，在 30 年代之初寫作《子夜》的時候，隨著革命文學和左翼文學運動的開展，以及俄蘇和日本的新寫實主義的漸次輸入，茅盾事實上已經開始放棄自然主義或曰舊寫實主義了。就在茅盾醞釀寫作《子夜》之前和之中，革命文學的倡導者、激進主義戰士錢杏邨發表的一系列討伐性文章，不可能不觸及茅盾的靈魂。錢氏在《死去了的阿 Q 時代》、《茅盾與現實》、《中國新興文學中的幾個具體問題》等文中，對魯迅和茅盾小說中所描寫的「現實」予以根本否定。茅盾從自然主義那裡拿來的兩個法寶——客觀描寫和實地觀察——也成了革命的對象。在如此這般的語境之下，茅盾在創作《子夜》時，還能怎樣「寫實」就可想而知了。

到後來，茅盾甚至羞於提及自然主義，唯恐《子夜》與其曾經喜愛的左拉的《金錢》沾邊。一則有趣的史料出自茅盾的文章《〈子夜〉寫作的前前後後》。文中，茅盾對瞿秋白在《子夜與國貨年》中論及《子夜》與左拉《金錢》的關係部分，進行了迂迴巧妙地辯解與否定。在談到瞿氏的文章認為《子夜》「是中國第一部寫實主義的成功的長篇小說，帶著很明顯的左拉的影響」，尤其是左拉《金錢》中有關「交易所投機事業」的敘事的影響時，一向溫柔敦厚的茅盾，就忍不住站出來了：

> 我在這裡要說明，我雖然喜愛左拉，卻沒有讀完他的《盧貢－馬卡爾家族》全部 20 卷，那時我只讀過 5、6 卷，其中沒有《金錢》。

〔註6〕

這看似在澄清事實，實際上從語言無意識的角度視之，茅盾只有越描越黑。《子夜》的創作的確有《金錢》的影子，有自然主義的痕跡。這正如司馬長風在70 年代所言：「《子夜》在若干情節上，忠於自然主義的客觀描寫」，甚至「不

〔註6〕茅盾：《茅盾專集》，第 717 頁，福建人民出版社 1983 年版。

理會是否有傷工人階級的尊嚴」〔註7〕。但這只是在局部上，而在整體上，又驗證了茅盾自己的說法,《子夜》確實背離了自然主義或者說寫實主義的原則。馬森正是在這一點上，將《子夜》歸入了偽寫實主義、擬寫實主義的。也正是在這一點上，馬森超越了夏志清和同時代的學人。

在馬森關於《子夜》的「偽寫實主義說」提出的三、四年以後，也就是到了80、90年代之交「重寫文學史」與「名著重讀」的學術浪潮中，中國大陸才陸續有學者對《子夜》的創作方法進行公開的置疑。一些重量級的批評家，諸如王曉明、汪暉、藍棣之等先後發表文章，或者認為《子夜》「背離了『五四』文學傳統」，或者認為《子夜》是「一份高級形式的社會文件」，或者認為有「主題先行」的毛病，總之，從各個不同的層面分析了《子夜》的藝術缺失〔註8〕。雖然他們各自的表述不同，但實質上是認為《子夜》不具備寫實主義的品格。從這個意義上說，他們與馬森的觀點一脈相承，同時也是對馬森觀點的確證和提升。

二

在大陸學界昏昏然的時候，馬森卻目光如炬，振聾發聵般地指出了《子夜》在創作方法上的致命缺陷，這不僅顯示了馬森的過人之處，同時也引發了我們的追問：馬森的此一洞見是何以產生的？

研讀馬森的一系列論文，我們認為，這一方面得力於馬森的寫實主義立場，另一方面則在於他對寫實主義的正確理解。

其實，馬森對寫實主義的認識是十分樸素的。但是，要做到樸素相當不易。這背後隱藏的，是馬克斯·韋伯所提倡的「價值中立」的學術立場，它要排除意識形態和權力話語的干擾。在馬森那裡，寫實主義與中國大陸從西方泊來的「現實主義」是同一個詞（在本文中寫實主義與現實主義也是同義）：「realism」。對此，馬森是這樣闡釋的：

> 寫實主義的創作方法乃奠基在一套「認知的真實論」（realistic

〔註7〕司馬長風：《中國新文學史》中卷，第 50 頁，香港昭明出版社有限公司 1978 年版。

〔註8〕請參閱王曉明：《一個引人深思的矛盾──論茅盾的小說創作》，《中國現代文學研究叢刊》1988 年第 4 期；汪暉：《關於〈子夜〉的幾個問題》，《中國現代文學研究叢刊》1989 年第 1 期；藍棣之：《一份高級形式的社會文件》，《上海文論》1989 年第 3 期。

theory of knowledge）的基礎上。首先，確定外在的世界對主觀的觀
察者而言是客觀的存在體。其次，所有對事物的印象乃通過人的感
覺器官的觀察觸覺而來。對無法觀察的事物，則經過科學的邏輯的
推理而知覺，安全排除了臆測與幻想的成分。所以寫實主義的第一
個信條是作者的客觀態度：作者的目的在呈現而不在批評或以已意
扭曲所觀察到的現實；也就是讓事件自我呈露（letting the facts speak
for themselves）。第二個信條是務必呈現事件或人物的全面及細節，
使讀者有身臨其境的感覺。第三個信條是任何階層的人物都可以做
為書中的英雄，並不像古典主義和浪漫主義的作品只瞄準了帝王將
相或出類拔萃的人物。因此，寫實主義的理論就等於文學中的科學
主義與實證主義。〔註9〕

可以說，馬森的這個界說是深得西方寫實主義的精髓的，也與茅盾早年對自
然主義的認識基本一致。茅盾既注意到了自然主義「客觀的描寫和實地的觀
察」的主要特徵〔註10〕，也注意到了寫實主義產生的現實基礎，即馬森所謂
的「科學主義與實證主義」。茅盾在《文學與人生》中指出：「近代西洋的文
學是寫實的，就因為近代的時代精神是科學的。科學的精神重在求真，故文
藝亦以求真為惟一目的。科學家的態度重客觀的觀察，故文學也是客觀的觀
察。」〔註11〕

應該說，在剛開始的時候，茅盾對西方寫實主義的理解與馬森上述的闡
釋並無二致。只是由於寫實主義引進中國以後，隨著歷史的演進，不斷被修
改、被重塑、甚至被強暴，才反過來導致了被馬森所指稱的，像茅盾的《子
夜》那樣的「偽現實主義」、「擬寫實主義」的作品。

眾所周知，在中國比較早地提倡寫實主義的是陳獨秀。他在 1915 年發表
的《現代歐洲文藝史譚》中，就正式介紹了西歐的寫實主義和自然主義，並
在與張永言的通信中談到：「今後當趨向寫實主義」〔註12〕。隨後，胡適、茅
盾、胡愈之、謝六逸、成仿吾和穆木天等人，都從不同的角度對寫實主義或
自然主義進行了論說，其中一個共同的特點是自然主義與寫實主義不分。就
筆者而言，現在尚不清楚中國大陸是何時將「寫實」主義置換為「現實」主

〔註9〕見《馬森作品選集》（一），臺南市文化中心編印，1995 年版。
〔註10〕茅盾：《自然主義與中國現代小說》，《小說月報》第 13 卷第 8 號，1922 年。
〔註11〕茅盾：《文學與人生》，《茅盾全集》第 18 卷，人民文學出版社 1989 年版。
〔註12〕水如編：《陳獨秀書信集》，第 16～17 頁，新華出版社 1987 年版。

義的。但有一點是可以肯定的，那就是在這場悄無聲息的轉換運作中，前面提及的錢杏邨的那幾篇文章起了至關重要的作用。錢氏運用俄國人沃隆斯基和日本人藏原惟人的「新寫實主義」的觀點，在階級論的框架內，對魯迅和茅盾代表的「舊寫實義」進行了清算，並進而表明了他對寫實主義當中的「實」，即「現實」的兩個基本的看法：「一是凡是現實的必是現時的，在此現實性等於現時性；二是只有具有現時性的思想眼界才能見到具有現時性的現實，才能運用具有現時性的藝術技巧來表現這種現實。」〔註13〕

當錢氏對寫實主義中的「現實」作了這番闡釋性的轉換以後，「寫實」就變成了「寫時」，「寫實主義」也就成了「寫時主義」。而寫「實」主義之成為寫「時」主義，意味著其賴以存在的根基——科學主義與實證主義——的精神被抽空，代之以務實主義。在中國這個本來就缺失科學精神與實證精神的國度，務實主義，實質上在許多時候都等同於機會主義或投機主義。另一方面，當「寫」實主義置換為「現」實主義以後，其創作方法也就淪為了一種政治態度和階級立場。對於前者，主觀壓倒了客觀，主觀隨意性代替了對客觀存在的科學認知。對於後者，態度、立場又壓倒了創作的法則。在此情形下的創作，還有多少寫實主義可言？於是，當茅盾依據這種修正了的寫實主義的創作方法，從主觀願望出發，去寫一部證明中國並沒有走上資本主義道路的小說，以回擊托派的觀點的創作動機與實踐，就很難不偏離真正的寫實義原則，也就很難逃脫馬森的指責：「他的結論和事物發展的過程都是根據他先存的成見而預先擬定了的」，他所表現的是「冒寫實之名而實際上服膺於一種特定的觀點與思想的虛偽態度」〔註14〕，因此，《子夜》就成了「擬寫實主義」和「偽寫實義」了的。

與此相反的是，在中國大陸，在《子夜》出版後的整整半個多世紀裏，它一直被奉為現實主義的一座豐碑，至少在通行的現代文學史裏是這樣，而且幾乎沒有人懷疑過。這背後的原因是什麼？

考察中國現代文學史的發展軌跡，我們認為，問題還是出在對寫實主義的獨特的修正、闡釋和建構上。

前述錢杏邨對寫實主義的中國式的「改造」，才是整個寫實主義改造運動

〔註13〕余虹：《革命·審美·解構——20世紀中國文學理論的現代性與後現代性》，第174頁，廣西師範大學出版社2001年版。

〔註14〕見《馬森作品選集》（一），臺南市文化中心編印，1995年版。

的開端。隨著 30 年代中期蘇聯「社會主義的現實主義」的傳入，40 年代初毛澤東《在延安文藝座談會上的講話》的發表，大躍進至文革前「革命的現實主義與革命的浪漫主義」兩結合的創作方法的提出，寫實主義被一次次地重新書寫，其內涵發生了一次又一次的變化。從歷史的角度審理，有人認為現實主義在中國歷經了三個話語階段，即馬克思主義話語、政黨話語和領袖話語，是頗有道理的〔註 15〕。從理論的角度看，中國大陸對現實主義的闡釋，主要依據馬、恩、列、斯、毛的相關闡述。重要的文獻有馬、恩的《神聖家族》、馬、恩分別《致斐迪南・拉薩爾》的信、恩格斯《致敏・考茨基》、《致瑪・哈克奈斯》，以及列寧的《列夫・托爾斯泰是俄國革命的鏡子》等。核心是社會主義現實主義。重點是發掘社會生活的本質，關鍵是處理好理想／現實、傾向性／真實性、教育性／藝術性的關係。在具體操作中，特別是在文學批評中，往往是理想擠壓現實，傾向性壓倒真實性，教育性重於藝術性。以這樣的創作原則去評價《子夜》，在 30 年代，現實主義的「豐碑」就非它莫屬了。

弔詭的是，在現實主義內部，既要堅持理想性、傾向性等主觀的東西，又要堅持現實性、真實性等客觀的東西，這之間的悖論如何解決？事實證明，最後是以主觀取代客觀，或以主觀冒充客觀，而在有意無意間走上偽寫實主義的道路。

更深一層的反思是，中國的現實主義或者來自日本的「納普」、或者來自俄蘇的「拉普」，總之出自無產階級或左翼文藝陣營，出自社會主義的文藝政策和無產階級的領袖話語，放在世界文學的範圍內，這樣的現實主義究竟具有多少的科學性、普適性與真理性？這或許是馬森對擬寫實主義、偽現實主義的批評留給我們最後的、也是最有益的思考。

三

當我們把「寫實主義」作為馬森文學批評的一個價值觀來考察的時候，前面的論述顯然不夠充分，還需要更具普遍性的例證和言述。這樣，我們就不得不提到馬森的另一篇重要的論文《當代小說的幾個潮流》〔註 16〕。在這

〔註15〕請參閱余虹：《革命・審美・解構》一書中的相關部分，廣西師範大學出版社 2001 年版。

〔註16〕見《馬森作品選集》（一），臺南市文化中心編印，1995 年版。

篇文章中，馬森系統而富創見地梳理了 19 世紀末期以降，西方小說創作的五個主要的流派，以及西方小說「從傳統到現代，從現代到後現代」，「是從穩定到變化，從變動到流動」的過程。在進行這個工作之前，馬森的聲明是值得注意的：

> 然而要談當代西方小說的潮流，仍不得不以寫實主義的小說做一個基準，因為從十九世紀中期到二十世紀初期，寫實主義的小說的確是主流中的主流。若說二十世紀的小說家誰沒有讀過寫實主義的小說，沒有受過寫實主義小說家的影響和啟發，那是絕不可能的事。因此當代不同的流派和趨向，都可以說曾吸收過寫實主義的奶水，然後或加深、或變調、或歧出、或超越、或反動，才各行其是，造成二十世紀小說中「百花齊放」的局面。〔註17〕

很明顯，在這個聲明裏，馬森是將寫實主義作為釐清各種複雜的小說創作現象的一個普遍有效的、基本的價值立場和價值尺度。並且，這一價值立場和價值尺度在馬森的論述中自始至終得到了貫徹，最後落實到了論文的各個結論當中。馬森認為，意識流小說「等於是寫實主義的加深」；德國的表現主義小說是「寫實主義的變調」；法國的新小說是「寫實主義之歧出」；超現實主義小說是「對寫實主義的超越」；而 70 年代以後出現並喧騰一時的「後設小說」則是對「寫實主義的大反動」。

我們暫且不去評價馬森的這些結論是否正確。因為首先讓我們感興趣的是，馬森的上述立場和看法，並不只屬於馬森，而是具有相當的普遍性。韋勒克就曾經談到過一種「永恆的現實主義」傾向，即認為現實主義是考量一切文學現象之總尺度。羅杰・加洛蒂在《論無邊的現實主義》中甚至斷言：「沒有非現實主義的即不參照在它之外並獨立於它的現實的藝術。」〔註18〕在他的視野裏，卡夫卡、畢加索等現代主義大師的作品都是現實主義的。與馬森如出一轍的，是蘇契科夫的觀點「先鋒派的許多所謂美學上的發現是從現實主義因襲而來的，……先鋒派儘管叫囂著否定現實主義，實際上卻是寄生在現實主義身上，把現實主義藝術家發現和發明的東西據為己有，並加以庸俗化和歪曲。」〔註19〕只是蘇契科夫比馬森多了一層對先鋒藝術的反感和排斥的情緒。

〔註17〕見《馬森作品選集》（一），臺南市文化中心編印，1995 年版。
〔註18〕羅杰・加洛蒂：《論無邊的現實主義》，第 67 頁，上海文藝出版社 1986 年版。
〔註19〕蘇契科夫：《關於現實主義的爭論》，見《論無邊的現實主義》，上海文藝出版社 1986 年版。

　　既然，將現實主義作為一個「永恆的尺度」，去衡量新起的文學思潮是一種普遍的現象，那麼我們就有必要提問：現實主義是否是一具絕對有效的尺度？它的維度到底有多大？換言之，它在多大的範圍內是有效的？具體到馬森，能否用寫實主義去檢測現代主義和後現代主義的創作？

　　看來，要在這裡從理論上澄清這些問題是有困難的，比較可行的辦法是從現象入手。比如，用寫實主義的尺度如何評價馬森，就成了一個問題。因為，馬森一方面以傳統的寫實主義的尺度去觀照新興的小說思潮，另一方面，又以反傳統的方式從事現代戲劇的創作。如所周知，馬森本人是現代主義藝術的倡導者和實踐者。他是臺灣第一位大量創作荒誕劇的作家，也是臺灣現代主義戲劇的一面旗幟。他的戲劇創作「在形式方面接受了西方現代戲劇的影響」〔註20〕，其主要的藝術特點和藝術貢獻，正如別的學者所指出的那樣：

　　　　取消了傳統寫實主義戲劇所強調的對客觀生活場景的逼真摹擬，突破舞臺對時空的關係所謂「第四堵牆」的種種束縛，淡化舞臺對時空場景與客觀生活形態的一一對應關係，堅持從戲劇的假定性特點出發，擯棄寫實劇慣有的情節故事的完整性和建立在這一完整性之上的戲劇動作的統一性，不再侷限於用一個經過濃縮、具有主導性的現實矛盾關係來營造外在的戲劇性衝突效果，而是以某種觀念為先導，將一些看似零散紛亂的生活片斷、有時甚至是作者夢境或下意識中虛構的虛幻意象連綴起來，使之構成一個意向性很強，而且充滿強烈主觀色彩的複合整體。〔註21〕

概而言之，馬森戲劇的獨創性，就在於抽去了「寫實主義」的因素。如果用馬森如上的寫實主義立場和尺度去評價他自己的戲劇創作，該得出怎樣的結論呢？是對現實的加深、變調、反動，還是別的什麼呢？

　　再比如，如果真像馬森所說充滿「內心獨白」、「非理性」和「反邏輯」的意識流小說都是對「寫實主義的加深」，那麼，又怎能指責茅盾的《子夜》、曹禺的《日出》、《原野》等，就一定是「擬寫實主義」或「偽寫實主義」的呢？可能馬森會說，茅盾、曹禺等人，在社會科學理性、時代情緒和主流意識形態引導下，於小說和戲劇中表現的思想和情感是虛假的、虛偽的？但誰

〔註20〕馬森：《馬森戲劇集》，第177頁，臺北爾雅出版社1985年版。
〔註21〕徐學、孔多：《論馬森獨幕劇的觀念核心與形式獨創》，《臺灣研究集刊》1994年第1期。

又能證明意識流作家那些白日夢般的囈語，就一定是真實可靠的呢？

看來，寫實主義是有邊界的。它與現代主義、後現代主義分屬不同的創作方法。各自有自己的價值尺度。否則，我們在許多時候就很難自圓其說。

四

談到寫實主義是有邊界的，其實人人都懂。可是，在意識或潛意識裏，人們又不願意放棄這個標準。好像一旦鬆手，失去這把尺子，斑駁陸離的文學世界就無從把握，有關文學的言說就沒有了信心。其實質是，人們對隱藏在寫實義後面的科學主義的依賴。問題是：寫實主義、科學主義真的就靠得住嗎？

我們首先想到了柏拉圖那張著名的「床」。柏拉圖說有三種「床」：一種是畫家筆下的「床」，另一種是木匠製作的「床」，再一種是作為理念的「床」。理念的「床」是神創造的，是存在於「自然中惟一的」床，可以理解為本體的床、客觀的床。木匠的床是對理念的床的一種模仿和製作，是真實的。而畫家的床，在柏拉圖看來則是對理念的床和木匠的床的雙重模仿，因而是不真實的。換言之，作為藝術，是對本體世界的二手複製，其與「真理」至少隔了二層〔註 22〕。這樣，柏拉圖認為，模仿的藝術或者藝術的模仿是不能真實地反映客觀存在的，詩人都是一些無視理性的、說謊的傢伙，當然就被他逐出了「理想國」。

柏拉圖的觀點常常被以唯心主義一筆帶過。其實，它提出了一個至關重要的命題：包括文學在內的藝術所反映或再現的客觀世界是靠不住的。文學能夠真實地再現客觀世界，是寫實主義創作方法的邏輯起點。既然前者都靠不住了，後者又何以立腳？在此意義上說，寫實主義是一個最大的神話。

寫實主義之所以是最大的神話，原因也在於它和事物的「本質」隔了至少四層：寫實的主體、寫實的媒介、寫實的對象、寫實的對象之本質。主體抵達本質的路程過於遙遠，中間環節太過繁瑣，其間又大都游離不定，什麼事情都可能發生。再加上社會機制、權力運作的干擾，寫實主義的原則本身又在發生變化，時常處於流動之中，請問：寫實如何可能？

單是寫實主義以外的因素，就足以使它化為水中月、夢中花。馬森在論及「擬寫實主義」作品在中國泛濫成災的時候，還談到過另外兩個原因：一

〔註22〕請參閱《柏拉圖文藝對話集》，第 67～79 頁，人民文學出版社 1963 年版。

是泛政治化的歷史語境；一是「作者靈魂中復活了的『文藝載道』的傳統教化思想」。馬森認為後者「常為人所忽略」。而事實上司馬長風早就指出，中國的新文學是以「反載道始，以載道終」〔註23〕，只不過不再是載孔孟之道了。在泛政治化的語境下，在載道的逼壓下，寫實主義又將如何進行？這種情形下的寫實主義作品，又能寫什麼樣的「現實」呢？一位學者深刻地指出，是已經被主流意識形態重新構造過的現實：

> 事實上，現實主義文學對「現實」的再現完全是在意識形態的
> 指令下進行的，它從來沒有再現什麼客觀現實，而只是對意識形態
> 所構造的「現實」的再生產（複製）。〔註24〕

這個結論是可以從西方現實主義中的「現實」範疇，在中國的三個轉換得到證明的。據研究，這三個轉換是：現實真實性的「本質化」、本質化的現實的「真理化」、真理化的現實的「意識形態化」。在第一個轉換中，現實主義客觀反映生活的原則被表現生活的必然性與現實的本質性所替代，「現實」因此被置換成本質化的現實或必然性的生活事件。而生活中的偶然現象與庸常事件被懸置：現實成為理念。在第二個轉換中，這種被指稱為現實的理念，又進一步被認同於關於現實闡釋的某種信仰話語、主義話語，而主義話語是等同於科學真理的，這樣，現實又被真理化了。最後，再將真理化的現實與階級利益的正當性和政黨政見的政確性結合在一起，實現現實的意識形態化，從而最終完成「現實」在中國的轉換〔註25〕。而當政黨內部發生分歧或者分裂的時候，現實的意識形態化還要進一步細分，直到出現「三突出」之類荒謬絕倫的事件為止。當然，這時的現實主義與原初的、馬森所界說的現實主義已經相距十萬八千里了。

再進一步，如果從學理上講，寫實主義又是否可能呢？

只說柏拉圖是不公正的，這次我們來談談亞里士多德。亞里士多德也是主「藝術模仿說」的，不過他與乃師背道而馳。在亞氏看來，詩是具有高度真實性的：

〔註23〕司馬長風：《中國新文學史》上卷，第 4 頁，香港昭明出版社有限公司 1978
年版。

〔註24〕余虹：《革命・審美・解構——20 世紀中國文學理論的現代性與後現代性》，
第 263 頁，廣西師範大學出版社 2001 年版。

〔註25〕請參閱楊颺：《90 年代文學理論轉型研究》，第 97～99 頁，中國社會科學出版
社 2001 年版。

> 詩人的職責不在描述已發生的事，而在描述可能發生的事，即
> 按照可然律或必然律是可能發生的事。歷史家與詩人……兩者的差
> 別在於一敘述已發生的事，一描述可能發生的事。因此，寫詩這種
> 活動比寫歷史更富於哲學意味，更受到嚴肅的對待；因為詩所描述
> 的事帶有普遍性，歷史則敘述個別的事。〔註26〕

既然如此，「詩比歷史顯出更高度的真實性」。朱光潛先生認為，這「是現實
主義的一條基本原則」，也是「亞理斯多德對於美學思想的一個最有價值的貢
獻」〔註27〕。

那麼，亞氏的學說到底有多大的有效性呢？我們認為：至少在後現代主
義的文化邏輯裏是可疑的。

亞氏之寫實主義的原則得以可能，是構築於這樣的地基之上：主／客體
二元劃分、主體神話、歷史理性和語言理性。當尼采宣布「上帝死了」、福柯
宣布「人死了」、羅蘭‧巴特宣布「作者死了」的時候，形而上學的本質論的
神話、主體的神話開始破碎，亞氏之寫實主義的地基就開始動搖。尤其是到
了哲學的語言學轉向和晚期資本主義的文化邏輯——後現代主義文化出現之
後，歷史理性與語言理性之巴比倫塔在一片解構之聲中坍塌了。以海登‧懷
特為代表的新歷史主義認為，歷史只是一種敘述、一種文本，永遠處在被敘
述、被闡釋之中，歷史的真實性、客觀性、整一性、連續性、和諧性並不存
在，它們不過是主流意識形態強加於歷史的神話。而在後結構主義者看來，「話
語絕不是再現的，因為語言系統的作用並不是象徵客體，而是產生『差異』。」
〔註28〕這樣，亞氏之寫實主義得以存在的學理依據也就徹底喪失了。

如是觀之，其實所有號稱是寫實主義的作品，都是「擬寫實主義」或「偽
寫實主義」的。

當然，這是取的後現代主義的視角。我們因此想指出的只是，不同的理
論視角會得出不同的結論。沒有一個理論視角是絕對有效的，包括寫實主義。

綜上所述，馬森從寫實主義這一價值立場出發的文學批評不僅是極富洞
見的，而且其中還包孕許多頗有啟發性的真理的種子，激發和引導我們去進

〔註26〕伍蠡甫主編：《西方文論選》上卷，第64～65頁，上海譯文出版社1979年版。

〔註27〕朱光潛：《西方文學史》，第72～73頁，人民文學出版社1985年版。

〔註28〕拉曼‧塞爾登編：《文學批評理論——從柏拉圖到現在》，劉象愚等譯，第1
頁，北京大學出版社2000年版。

一步思索，去試探真理的門檻，還有什麼比這樣的文學批評更有價值的呢？
這或許就是蒂博代所說的「大師的批評」的魅力，一種尋找美、尋求真理的
魅力。

歷史，記憶，經典化寫作：何大草小說論[註1]

　　歷史，記憶，經典化寫作，當我寫下這幾個關鍵詞的時候，心裏有點兒發虛。我不知道這些詞語離何大草的小說究竟有多遠，能否真正抵達他所建構的那個象徵世界。何況，從 1994 年那個最寒冷的日子寫下中篇小說《衣冠似雪》的第一個字，如今，何大草已發表長篇小說《午門的曖昧》、《刀子和刀子》、《我的左臉：一個人的青春史》、《盲春秋》、《所有的鄉愁》等 5 部，中短篇小說近 100 萬字。題材涉及歷史和現實、革命和青春。帝王將相、英雄俠客、傳教士、漢學家、打工仔、中學生、女詞人、特務、畫家、掌櫃、木匠、大學教授、黨委書記……各色人等輪番上演，內容之豐富令人咂舌。文體上不乏先鋒實驗、西學意味，又有宋元話本、明清小說的流風遺韻，還有唐詩宋詞的意境。人物的言動舉止、情態心理，以及小說的敘述話語和敘述方式間，隱約地傳達出華夏古老文化的鬼魅精魂，現代人生的倦怠、荒涼、頹廢，甚至虛無和荒誕，由此將一扇扇隱匿的人性之門悄然打開，讓我們得以窺見人的存在的多種可能性。

　　何大草的小說寫作體現了我們這個時代——卡里斯瑪型社會解體、文明分崩離析、價值處處挫敗、華洋錯雜、多元文化並存，一個主動汲取人類優秀文化傳統，自覺追求「經典化寫作」作家的全部努力。儘管這種努力的結果，可能是被不斷地邊緣化，情形正如米蘭・昆德拉在談到「人性危機」和「人的存

〔註 1〕本篇最初發表於《當代文壇》2009 年第 2 期。

在」不斷被遺忘的境遇下「塞萬提斯的遺產」所受到的詆毀一樣〔註2〕。這並非是要把何大草與塞萬提斯相提並論，而是說，何大草做出的這種努力，雖然不被這個時代所重視，但依然而且更加可能會給我們的文學和小說寫作帶來新的經驗，甚至有可能是彌足珍貴的經驗。伊格爾頓在評述結構主義時突發其想：最「真實」的東西並非就是我們經驗到的東西，現實與我們對現實的經驗互不相連〔註3〕。這或許可以為我們看待何大草的小說和今天的文學提供另一種頗具洞見的眼光。

歷史

荊軻在千鈞一髮之際展現給秦始皇的並非見血封喉的匕首，而是秦始皇夜夜不離的枕下的竹劍。歷史系出身的何大草，第一次以作家身份亮相文壇，就對「歷史」做出如此「篡改」，所隱藏的「機心」顯然不同凡響。那時，蘇童等一批「新歷史小說」家剛剛度完他們的蜜月期，在極度的興奮之後，疲憊地尋找著新的入口。何大草當然受到過他們的影響，但接下來荊軻對秦始皇說的那句話不僅使秦始皇目瞪口呆，也使我們看到何大草舉意超越那批「新歷史小說」作家們的某種企圖：「我來就是為了向陛下證明這件事的。」哪件事？就是我荊軻隨時可以殺你卻沒有殺你這件事？這不僅有違刺客意志，不符「歷史真實」，有悖生活常理，也與太史公對荊軻的悲壯敘寫大異其趣，不過在這裡卻透露出何大草小說歷史的某種抱負：主要還不是像新歷史小說家前輩那樣，通過文學的敘述拆解、顛覆主流的歷史——當克羅齊的一切歷史都是當代史，以及海登·懷特之歷史書寫正如文學想像成為一種常識，這一切變得如此容易，以至一批重述歷史的小說成為中國當代先鋒小說的真正所指——而是要尋找曾經被書寫的歷史與今天現實的某種深刻聯繫，或者說，這些留在紙上的過往記憶，如何進入今天的現實，如何化為血液在我們今天的生命中遷衍流淌，進而塑造我們的人性，牽絆、左右著我們的現實姿態，阻礙或者加速了我們走向未來的腳步，使我們成為今天這個樣子而不是別的什麼，並如此這般地生存著。至少，也讓我們在其改寫的歷史文本和潛在的歷史文本的雙向對讀中，勘探人性的變遷及真相，加深人之為人的理解，思

〔註2〕米蘭·昆德拉：《小說的藝術》第一部分《受詆毀的塞萬提斯遺產》，第1～26頁，上海譯文出版社2004年版。

〔註3〕特雷·伊格爾頓：《二十世紀西方文學理論》，伍曉明譯，第120頁，陝西師範大學出版社1987年版。

索人之所是的奧秘。

何大草的這類小說，在他的寫作中佔有相當大比重。除中篇小說《衣冠似雪》，還有《李將軍》、《一日長於百年》、《天下洋馬》、《春夢‧女詞人》、《天啟皇帝和奶媽》等，短篇《俺的春秋》、《千隻貓》、《獻給魯迅先生一首安魂曲》、《帶刀的素王》等，長篇《午門的曖昧》和《盲春秋》。其中，中篇小說《如夢令》可謂其代表。

《如夢令》講述南宋女詞人遭遇戰亂、喪夫，偏居江南後的故事。欲望的缺失是小說敘述的動力和敘述的起點，也是聯結歷史和現實的關鍵所在。小說把兩個看似完全無關的故事，並置於同一個敘事時空，在延續與斷裂中加以鋪展：寡居江南的女詞人，難以抑止生命本能的驅動，在無言的精神焦慮中過著白日夢一般的生活，最後與艄公的兒子孳生做起「摸魚兒」的遊戲；一對知青男女在動盪的政治生活中飢餓難耐，攜手穿越江南迷宮般繁複的小巷和山叢，去一個小鎮尋找稀飯館，結果同樣迷失在「剝青蛙」的遊戲中。有趣的是，這對知青男女無意中還窺聽了萬大嫂與李會計苟且時發出的「豬吼」般的喘息，正像女詞人夜間聽到青梅把她的丈夫趙「置於馭下」所發出的呻吟和吶喊，看到李會計死於槍子時血流滿面的醜態。這絕對是四個「偷情」的故事，只不過是兩個大的「偷情」故事套兩個小的「偷情」故事而已，其中有明有暗。「打通」或者說「縫合」這兩個古今「偷情」傳奇的「紐扣」，竟是一本據稱是《粉紅蓮》的詞集，一旦找到，即可改寫中國文學史，但是否真有此書，還懸而未決。小說的巧妙之處在於，當作者把這兩個相隔千年的「偷情」故事，「後現代」地搬演於同一敘述時空時，就在「重複」中自動呈現出了「對比」。而「對比」卻像一把神奇的鑰匙，開啟了小說多維闡釋的空間，衍生出豐贍的意義。無論是多愁善感、才情橫溢、名留青史的女詞人，還是被意識形態所塑造的現代知識青年，甚或是懵懂無知粗鄙不堪的鄉野男女；也無論是出於戰亂、動亂、騷亂等別的政治、社會的原因；也無論是江南是塞北是漂泊是自願放逐是異鄉客是土著民；也無論這朝代如何更替時代如何變遷時光如何流轉，只要是人類都有一個共同點：都是欲望的複合體。在此意義上，《如夢令》不僅告訴我們一切皆流，欲望恒在，人性的歷史就是欲望的歷史，正如人類的歷史就是欲望的歷史一樣，而且還給我們以這樣的啟示：探察欲望就是勘探人性，發現欲望就是發現人性，也就是發現歷史；遷衍不息，永不枯竭的欲望之流或許正是歷史發展綿延不絕的動力，一如西

哲云，「欲望在其本質上是革命性的」，「作為一種革命力量，欲望試圖顛覆一切社會形式」〔註4〕，因此，構建欲望的政治和欲望政治的構造，不僅是古今中外歷朝歷代統治者所孜孜以求的，更是今天的人類成其所是的重要原因之一。而在主流歷史的宏大敘事中，流失的正是這欲望的歷史，不是被掩蓋，就是被無情的閹割，剩下的常常只有經由意識形態或王者之術過濾後的乾枯的歷史「真相」與「規律」。

從「欲望」進入歷史，何大草的歷史小說就找到了與現實的結合點，同時也找到了通達普遍人性的途徑，並在弗洛伊德精神分析學的意義上找到了人類再次還鄉的道路。如果說，《如夢令》展示的是欲望缺失後人性和人的存在的某種可能性，那麼，長篇小說《午門的曖昧》描繪的則是一幅欲望潰敗後的人性面相。小說講述了大明帝國崩潰瞬間的歷史。而這段歷史的潰敗被小說演繹為欲望的潰敗，或者說肇因於欲望的極度匱乏。小說主要設置了兩處互為映照的地理空間，一處是紅牆碧瓦、古木蒼然、深不可測的紫禁城，一處是桂木簇擁、青樓如雲、醉生夢死的木樨地。前者位於京城的核心、帝國的心臟，後者居於京城的邊緣、人性末端。前者是父權和極權的象徵，後者是母親和性愛的地獄。中間還穿插了暴力的故事：冥王——快刀李可安耽溺於從無原則的殺戮中尋找某種人間平衡的快意，素王——名捕馬夢園則依據信而有徵的「理由」揮刀斷頭維持鐵桶一般的秩序。這三個故事雖然作家用力各異，但在實際上成為三種欲望的象徵：權力的欲望、性愛的欲望和暴力的欲望。三種欲望互為補充，互相生發，推波助瀾，成就歷史。可以想見，當這三種欲望到達巔峰的時候，也是大明帝國的太平盛世。但是，到了崇禎一代，這三種欲望不可避免地疾速走向衰竭：父皇已無意皇權，隱匿深宮，沉溺於反覆拼逗和拆解皇權的積木遊戲，任由讓龍椅虛置，江山傾圮；母親在完成父皇的成人儀式後，對性愛再也打不起精神，在極度的厭倦中虛擲青春年華，最後訣別木樨地，順河而去，皈依茲姑庵，了斷欲念，撒手紅塵；李、馬二人也放下屠刀、立地成佛。就這樣，隨著欲望的不斷委棄，慵倦、孤獨、絕望、虛無彌漫整個帝國，大明江山愈來愈失去前驅的動力，在李自成大軍等外力的咄咄催逼下搖搖欲墜，直至在「人閒桂花落」的歷史情景中轟然倒塌。欲望的潰敗導致人性的全面萎縮，人的生命活力的極度枯竭，以

〔註4〕道格拉斯·凱爾納、斯蒂文·貝斯特：《後現代理論：批判性質疑》，張志斌譯，第111頁，中央編譯出版社2001年版。

及歷史原動力的徹底喪失。

顯然，欲望的潰敗較之欲望的缺失對人類的打擊和破壞更為巨大，是根本性的、決定性的和毀滅性的，而後者不過是人的一次離家出走與回歸。缺失和潰敗是人的欲望的兩端，更多的時候是人的欲望的控制和昇華。而在弗洛伊德看來，恰恰是人的欲望的這種控制和昇華，創造了人類文明的歷史。何大草的歷史小說《衣冠似雪》和《盲春秋》正是這一點觸及到了歷史發展的「玄機」，而將早已沉入時間黑洞的過往引向未來，生發出智慧的熠熠光彩。歷盡千辛萬苦決意要刺殺秦始皇的荊軻，在壯志快酬的瞬間卻突然改變主意，用一支對生命毫無威脅的竹劍代替了塗毒的匕首。他只是想證明自己有能力刺殺秦始皇，是一個真正的「壯士」，卻不必讓秦始皇丟失寶貴的生命。何大草對荊軻刺秦這一歷史結局的如此改動，不僅完成了荊軻這一古代「壯士」向現代「士」的轉變，而且也使這段歷史富有了當代意義。控制、放棄或者昇華人的暴力和復仇欲望，將之帶向和平之境，不正是今天人類文明最為重要的價值指向？無獨有偶，時過多年，著名導演張藝謀以幾乎同樣的方式處理影片《英雄》的結局時，《衣冠似雪》所隱含的當代意義被進一步確認，卻沒有人問：張藝謀是否在何大草的這篇小說中受到過啟發？當然，你會說，殘暴的秦始皇並沒有因此放過荊軻，而是對荊軻的友善無動於衷，他的劍尖毫不猶豫地刺破了荊軻的白衣白袍，直至插進荊軻善良的胸膛。荊軻的行為並未能「以善抗暴」、「以愛抗惡」，這如何理解？我認為，一方面荊軻血染白袍可以喚醒人們再一次對暴政和極權之野蠻行徑及其反人性、反人道、反文明的實質的體認；另一方面，多一個人示愛，多一個人行善，總比怨怨相報，殺戮相因，更符合人性的需要，更接近人類的文明。暴力或許可以解決政權的更替，卻在解決人類的精神、靈魂和文明問題面前無能為力。

相似的情形出現在長篇小說《盲春秋》中。李自成大兵壓境，崇禎皇帝無計可施，大明江山已唾手可得，帝國異主不出數日。但就在這時，李自成卻快馬傳去手書一封，希望面見崇禎皇帝一次，共商「天下」大計。其真實目的是懇請崇禎皇帝效法古代明君，實行「禪讓」，以不動一兵一刀實現政權平穩交替，免除京城百姓流血之災，造福芸芸眾生。雖然商討的結果是皇帝對「禪讓」一事毫無興趣，但這個超出歷史「真實」的故事敘述本身，卻蘊含了豐富的人性況味和現代意識：將暴力和戰爭的欲望放棄和昇華到一個現代文明所指向的目標上來。《盲春秋》的故事發生在古代，何大草穿越歷史的眼光卻在當代。

記憶

　　哈羅德·布魯姆把文學史看作巨人之士的英勇戰鬥，視為作家為自我獨創進行鬥爭的強大「表現意志」〔註5〕。每個後起的作家，都在前輩的巨大陰影之下進行創作，何大草也不例外。當他開始寫作的時候，此前的「新歷史小說」已經顯赫一時，他在汲取它們的營養時，只有擺脫它們強大陰影的籠罩，抵擋來自它們的壓倒性力量，才能為自己的想像獨創性開闢新的陣地。何大草憑著上述的創作實績做到了這一點。他把文本的歷史轉化為欲望的歷史，並在欲望的缺失、潰敗和昇華中，重構被大歷史掩埋和遺忘了的人性史。他以新的語法結構，擦去厚厚的塵埃，鋥亮歷史之鏡的另一端，讓我們一瞥久違了的被自然化的歷史語碼所深深隱匿的某種歷史真相，同時也讓歷史重新帶上體溫，滲出血液，煥發生命的活力，進入了我們今天的日常生活，實現了其意義的現代轉換，為「歷史如何文學」提供了新的經驗，成為這個時期新歷史小說漢語傳統中不可或缺的部分。

　　接下來要談「記憶」。前述的「歷史」難道還不是「記憶」？先讓我們看看何大草寫於 2005 年的《我的文學自傳》裏的一段話：

> 　　從《衣冠似雪》到《千隻貓》，在我寫出的 100 多萬字的小說中，古代故事佔了相當大的比例，而其他所謂的當代題材，也都和記憶有關，與時代沒什麼關係。記憶這個詞我不曉得是否用得準確，在這裡我之所以使用它，也是有感於美國南方作家尤多拉·韋爾蒂的一段話：「回憶在血液中形成，它是一種遺產，包容了一個人出生前所發生的事情，就如同他自己曾親身經歷一樣。」而小說家的勞動就是『通過回憶把生活變成藝術，使時間把它奪走的一切歸還給人。』我覺得自己所有的小說，都是以記憶作為種子，以虛構的熱情讓它破土、發芽、拔節、生長。」〔註6〕

既然何大草所有的小說都與記憶有關，那麼上述的歷史小說同樣逃不出記憶。可是在這裡，我更感興趣的是「其他所謂的當代題材，也都和記憶有關，與時代沒什麼關係」，重心又落在這句話的後半部分。何大草的「當代」如何「記憶」？「記憶」「當代」又如何可能與「時代」無關？我以為這其間隱藏著何

〔註5〕特雷·伊格爾頓：《二十世紀西方文學理論》，伍曉明譯，第 202 頁，陝西師範大學出版社 1987 年版。

〔註6〕何大草：《我的文學自傳》，《十月》2005 年第 1 期。

大草一部分小說寫作的秘密，隱藏著何大草對小說、對文學的特殊理解。

何大草與「當代」有關的小說，主要有長篇小說《刀子和刀子》、《我的左臉：一個人的青春史》和《所有的鄉愁》，中篇《弟弟的槍》、《午時三刻的熊》、《急轉彎》等，短篇《黑頭》、《白胭脂》、《1979年的愛情》、《裸雲兩朵》等。這部分小說中，我以為最具代表性的有兩類：一類是關於「中學生」的；一類是關於「革命」的。對於後者，我將另文討論。

成功地敘寫中學生的小說在中國當代文學史上並不多見。就我的閱讀所及，有三部作品可以提及。一部是1953年動筆，1956年定稿，1979年才得以問世的王蒙的長篇小說《青春萬歲》；一部是劉心武發表於1977年的短篇小說《班主任》，據稱是新時期「傷痕文學」的濫觴之作；一部是2007年出版的羅偉章的長篇小說《磨尖掐尖》。這三部小說從動筆到出版幾乎跨越了新中國60年的歷史，反映了幾個主要歷史時期中學生和中學教師的精神面貌，串聯起來，則勾畫了一幅新中國中學生的發展史和演變史，應該說對於我們理解和掌握當代中學生題材小說的特徵頗具代表性。

《青春萬歲》講述了新中國成立之初一群中學生思想脫變的故事。李春從關心一己之學習成績的個人主義者，成長為集體主義者；蘇寧大義滅親，投入集體溫暖懷抱，走完了從一個階級向另一個階級的轉變歷程，等等。但這些都還只是小說的陪襯，小說敘述的中心是天主教徒呼瑪麗經過一次又一次思想與靈魂的「考驗」，終於脫胎換骨，從神的孩子轉變為毛主席的孩子，完成了信仰的徹底改塑，獲得進入新中國的許可證〔註7〕。《班主任》揭露了文革時期「四人幫」的愚民政策在中學生身心留下的「外傷」和「內傷」，通過「班主任」形象的正面塑造和歌頌，象徵性地實現了被文革顛倒的師／生、教育者／被教育者、啟蒙者／被啟蒙者、革命者／被革命者位置的顛倒，預示了歷史主體新的轉換，因應了「新時期」的到來。《磨尖掐尖》經由一個火箭班班主任和一個尖子生故事的演繹，尖銳地抨擊了特殊商品倫理對教育機構的扭曲，物的法則對人的法則的勝利，曾經在《班主任》中傷痕累累的「人」，在實行高考制度三十年之後的《磨尖掐尖》中被無情地遺忘〔註8〕。僅從上面對這三部小說的粗略分析可以看出，它們幾乎都是從外在的社會政治、經濟、

〔註7〕唐小林：《政治話語：基督教文化在新中國文學三十年中的基本質態》，《社會科學研究》2008年第5期。
〔註8〕唐小林：《從傷痕到遺忘：人學視閾裏的〈磨尖掐尖〉》，《當代文壇》2008年第4期。

文化的角度進入中學生的世界，憑藉中學生故事的講述和文學的話語權力，或者去證成民族、國家、政黨以及主流意識形態的合法性，及其在塑造人的過程中所發揮的重要作用，或者是對一個時期不合理的教育制度和方法進行反思和批判，均具有政治性、政策性和當下性。這或許就是何大草之所謂與「時代」有關。

的確，何大草的中學生小說與此大相徑庭。他指尖敲打出的中學生，不是我們日常所見，他們行動在井然有序、表面平靜的校園生活後面，遊走在一個看不見的甚至是畸變的成人世界的邊緣。他們似乎與現行的教育體制，與常規的學生生活和學校管理，與常態的成長歷程無關。他們彷彿離我們的社會、我們的時代——一個被主流意識形態反覆塑造，被主流媒體反覆傳播的那個社會、那個時代很遠很遠。但又與我們的生活實際那麼切近，以至於那個叫「雙疤」、叫「熊思肥」、叫「包京生」的中學生就是我們自己的或身邊同事、朋友的孩子。我一直認為，何大草通過文學想像發現了另一個中學生的世界，一個不同於王蒙、劉心武、羅偉章，甚至有別於王朔《動物兇猛》的中學生世界。王蒙的李春和呼瑪麗，劉心武的謝惠敏和宋寶琦，羅偉章的鄭勝和於文帆，更多的是屬於時代的、社會的、學校的和老師的，而何大草的那群中學生，則是屬於每一個家庭、每個父母、每個兄弟姐妹、每個中學生自己和每個人自己的。他們主要不是穿行在教室、操場、領獎臺和考場，而是往返於街道、社區、網吧、家庭，騎著自行車，聽著 MP3，在燒烤攤駐足，在別的什麼地方起哄或者打架的普通孩子。

到此，我們至少看到了兩個中學生的世界，這兩個世界對於文學來說都是需要的。只是何大草的世界有別於另一個世界而已。之所以這樣，我認為這與何大草的「當代題材」都與「記憶」有關，而與「時代」無關的追求是分不開的。我沒有理由去懷疑生活是文學創作的唯一源泉，但當且僅當生活化為作家的記憶的時候，才能成為「文學」的源泉。因為在最一般的意義上，生活是任何人文社會科學的源泉。當生活化為作家的記憶，就意味著它被作家的情感、心理、思想、精神、靈魂所擁抱、所滲透、所改造；就意味著它與作家的成長、經歷、失敗、成功、挫折、歡樂、痛苦、幸福和苦難聯繫在一起；就意味著它成為了作家的血液和膽汁、幻想和想像、希望和夢想、意識和無意識，最終成為作家精神史、人性史的一部分。從這個意義說，任何真正的文學作品都是作家的生命記憶和精神自傳。就此而言，當何大草來講

述中學生的故事，而又自覺地踐行這樣的寫作主張的時候，他就越過了時代、社會、制度、體制等與中學生的關係這一外在的層面，直接切入中學生也是作家自己曾經最為隱秘的內部世界——青春無助的世界。在那裡，作為人的各種欲望正在全面蘇醒、萌芽和生長，猶如一頭初生的猛獸正在迅速成長，隨時可能摧毀肉體的囚籠，狂奔而出，以極端叛逆的姿態，一頭撞在冰冷無情的倫理道德和文明秩序的鐵網上，直至頭破血出，才能完成自己的成人儀式。

長篇小說《刀子和刀子》、《我的左臉：一個人的青春史》裏的中學生就是在「刀」和「槍」的伴隨下完成自己的成人儀式的。《我的左臉：一個人的青春史》講述了 2004 年非典時期的三個月內「我」的成長經歷。同學韓韓在「火藥槍」的威逼下搶走了「我」的「金牌」，為了這塊「金牌」的回歸，「我」一步一步地陷入了兩個女人的複雜關係中，一個是韓韓的媽媽，一個是熊思肥。這個並不等邊的「三角戀」，又牽出了韓韓的媽媽與他的爸爸和另一個男人的「三角」關係。其間還充斥著陰謀、復仇、暴力、性愛與死亡的故事。「我」青春的欲望，就在這樣一個陽光照射不到的陰森可怖的背面世界裏被喚醒、被激發。小說透過「我」成長的冒險經歷，展示了一個畸型、冷漠、血腥和荒誕的成人世界，而這個世界反過來又鑄就了「我」最初的人生和人性。

《刀子和刀子》講述的則是一個女生、兩把刀子與性格各異的血性男女同學之間「剪不斷、理還亂」的愛恨情仇。故事是如此的觸目驚心，使我們不得不懷疑是這個世界錯了，還是我們關於這個世界的看法和記憶錯了，或者我們本身就是這個世界的「局外人」，關於我們的生活，關於發生在我們的孩子——中學生身上的事情，我們知道得如此之少，以至於一個中學生講出來竟讓我們瞠目結舌。《刀子和刀子》出版之初，葛紅兵就感慨地說，這是他近年來看到的最好的青春小說，「青春的酷烈、無奈的傷痛被演繹得那麼好：懵懂時期的愛情和友誼，叛逆時代的幻想和渴望，彷彿獲得了文字的首肯，突然間露出了真相；血肉橫飛的身體遭遇與黝暗無謂的靈魂處境是那麼真切地遭遇到一起」，它召回了我們最隱秘的青春經驗，有助於青少年的自我理解，也有助於成人世界在回味當初中自我體認〔註9〕。小說後來改編為電影《十三棵泡桐》，獲 2006 年東京國際電影節評委會特別獎，大約與小說具有這樣的特質不無關係。《刀子和刀子》、《我的左臉：一個人的青春史》可以說深刻地

〔註9〕何大草：《刀子和刀子》封二，花城出版社 2003 年版。

揭示了人的原欲——暴力和性，如何推動人的成長，如何鋪展和扭曲人的生命道路，使人成其所是。在此意義上可以說，這兩部關於中學生的長篇都是關於人的「存在」的小說〔註10〕。

閱讀何大草的這類小說，總給我這樣的感覺，我們每天都行走在生活的現場，卻未必瞭解生活的真相本身。這也許就是何大草的「記憶」之於小說的好處：它總能穿越生活鏡象的表面，直抵鏡子的背後，將猙獰可怖的真相近乎荒誕地呈現出來。《刀子和刀子》、《我的左臉：一個人的青春史》儘管把故事置於中國西部的某個城市，放在泡洞樹中學、文廟中學中來講述，或者放在「非典」的特殊時期來展開，但事實上，這些時空背景與故事本身沒有必然聯繫。換言之，把這些故事放在別的時間和地點可以照樣講述，而不會損失它的意義，因為它們是直接關於人的欲望、關於人性的故事，與任何人的成長有關，任何人與此都脫不了干係。

經典化寫作

快十年了，我曾經在一篇談論何大草歷史小說的文章中說，「歷史細部的精緻清晰與整體的撲朔迷離，對比、重複、空缺和雙重文本的敘述結構」，以及「『神話／寓言』模式、詩意視景的運用」都一一印證了何大草「是一個『形式』的骸骨迷戀者」。他不是那種誘惑語言走向思想，而是被語言誘惑產生表達的作家。「形式先於功能、方式優於內容的審美習慣，使何大草遊戲於權威話語既定的審美規則，返回到源遠流長的藝術傳統自身。當別人沉浸於對『現實』的模擬映像時，他卻在對『藝術自身』的模仿與創造中獲得愉悅，並衍生出反叛傳統的根源」〔註11〕。三年前，我甚至有些偏激地說：「何大草的敘述技巧、虛構故事和操作語言的能力，即使在近十年的小說中，比誰也不遜色」〔註12〕。我說的這些話，不僅被何大草後來的創作進一步證實，而且如果我轉換一種方式來表達就是：何大草是一個「經典化寫作」的作家。

所謂「經典化寫作」，其實就是按照文學傳統中經典作品的方式來寫作。20世紀90年代中後期，有著命名焦急的文學史，曾將那一時期的文學劃分為三類，即主流文學、精英文學和大眾文學。其中「精英文學」的實際所指是

〔註10〕唐小林：《論新世紀四川長篇小說創作》，《小說評論》2008年第3期。
〔註11〕唐小林：《絢麗的歷史想像　蒼涼的人性悲歌——讀〈午門的曖昧〉》，《四川師範大學學報》（社會科學版）2000年第4期。
〔註12〕唐小林：《沒有鄉愁卻有記憶》，《十月》2005年第1期。

那些堅守所謂「純文學」立場的作家寫作。現在看來，這種命名並不準確，「精英」在更大程度上是一個思想史的概念，與「純文學」的指意相去甚遠。何況搞「純文學」的並非都是「精英」，是「精英」也並不都寫「純文學」作品，況且一部分「精英」可能跟文學沒什麼關係。再何況，「純文學」究竟何指，是否存在，也會眾說紛紜，莫衷一是。其實，我以為「精英文學」和「純文學」真正想說的是一種我稱之為「經典化寫作」的文學。按我目前的理解，要對「經典化寫作」作出全面的詮釋尚有不少困難，但我還是堅持認為，何大草的小說寫作即屬於「經典化寫作」。

前面述及何大草歷史小說時，我談到《如夢令》將發生在南宋時期的女詞人的故事與發生於文革時期的知青的故事並置於同一個敘述時空來講述，談到《衣冠似雪》對荊軻刺秦一個眾所周知的結局的「篡改」，談到《盲春秋》中一個明顯與歷史事實不符的情節，即李自成請求崇貞皇帝「禪讓」；後來我在論及何大草的那些當代題材的小說時，又特別強調他的一個觀點，這些小說與「記憶」有關，與「時代」無關。何大草為什麼要這樣來寫小說？我認為，對於歷史小說來說，他要通過這種「故意」敘述，造成一種「間離化」的效果，一方面提醒我們，那些已經被「自然化」、被我們習以為常的歷史，可能是特定時代特定意識形態的產物，是虛假的歷史；另一方面又表明，在人性史的最深處，人類的歷史總是在不斷的重複和輪迴；再一方面，也是我想著重強調的是，他想明確告訴我們：小說就是虛構。文學是在虛構中創造。對於那些當代題材的小說，他有意與「時代」疏離，將「記憶」和「回憶」提高到一個創作本體的位置，依然是想彰顯小說的虛構本質。但虛構並非意味著不重要，對於小說而言，「回憶中的每一次邂逅，都在改變著生活」〔註13〕。在小說中敘寫記憶、保存記憶，就是在續寫鮮活的生命史和人性史，就是在敞開人的存在，尤其在如今這樣一個記憶危機的時代。

其實，堅守小說的虛構本質，就是小說「經典化寫作」的一種立場。問題在於，多年以來，小說被生拉硬扯地拖向所謂「真實」，其結果使小說變得庸俗不堪。誰會相信塞萬提斯筆下的堂・訶訶德真會去大戰風車？誰會相信但丁《神曲》中的煉獄、地獄和天堂會真實存在？誰會相信曹雪芹《紅樓夢》中的賈寶玉最後真被空空道人帶走？誰又會相信卡夫卡《變形記》裏的格里

〔註13〕何大草：《我的左臉：一個人的青春史：一個人的青春史》，第 230 頁，新世界出版社 2005 年版。

高真的變成了甲殼蟲？如此等等，舉不勝舉。但就是這樣一個基本的常識，即小說是虛構，卻不斷被人們遺忘。翻翻 20 世紀中國文學史，這一點就會不證自明。在我看來，堅持小說的虛構本質，就是讓小說回家。而何大草正是基於這樣的立場，借助「虛構」的無限可能性，並以欲望的發現和人性的勘探作為切入點，才使他自由出入於歷史與現實、古代與當代、本土與西方，記憶與想像，努力地探尋著、實現著小說新的可能性。

左邊的歷史：關於柏樺詩學中三個關鍵詞的對話 [註1]

夏天：「是我個人命名的一個詩學時間觀」

唐小林：我們對話的時間一再拖延。拖延的原因是我總想等到夏天。可是今年的夏天又一再拖延，今天已經進入六月，好像離真正的夏天依然很遠。閱讀你的詩歌，感覺你是一個夏天的骸骨迷戀者，單是你詩歌命名中有「夏天」或「夏日」的就有八首之多。我想，如果沒有了夏天，我們對話的意義會大打折扣。我很想問一個有些看似不著邊際的問題來開始我們的這場對話：如果這個人世間沒有了「夏天」，還會有你的詩歌寫作嗎？

柏樺：多年前我在接受杭州詩人泉子的訪談時，就曾說過：「『夏天』是我個人命名的一個詩學時間觀。夏天是生命燦爛的時節，也是即將凋零的時節，這個詞讀出來最令人（令我）顫抖，它包含了所有我對生命的細緻而錯綜複雜的體會。如孔子通過流水對生命發出感歎：『逝者如斯夫，不捨晝夜。』我也通過『夏天』這個詞，對生命，尤其對整個南方的生命發出感歎。夏天即我，我即夏天，猶如麥子即海子，海子即麥子。我所有詩歌密碼中最關鍵的一個詞是『夏天』，此詞包括了我所有的詩藝、思想、形象，甚至指紋，當然它也是啟動我抒情的魔法。」

眾所周知，詩歌寫作，乃至於我們所說的文學寫作，說到底，包含了兩

〔註1〕本篇主要內容最實發表於《當代作家評論》2010 年第 5 期、《延河》2011 年第 2 期。

種能力，一是感受能力，二是語言能力。也就是說，一個詩人首先得感受到，然後才是寫出來，這之間所要求的唯有精確，精確，再精確。而以上這兩種能力的獲得以及精確性的養成都與我夏天的經歷密切相關。因此可以說，沒有夏天，我不會知道何為寫作。

唐小林：看來「夏天」的確觸及了你的興奮點，一打開話匣子就很難收住。不過，你是怎樣理解你詩中的那個「夏天」的？

柏樺：敏感的批評家可以在我的所有詩歌中找到大量的我對「夏天」的表述，有直接的，也有間接的或變形的，他們可試著去偵破它。而在我的理解中，即在我的眼裏，我詩中的夏天溢滿頹廢之甜及火之輕逸，其間也溢滿了我對生命絢麗精緻的流連與感慨。

唐小林：正是你詩中「夏天」的這樣一種獨特的蘊含和韻味，不僅使「夏天」成為你作為詩人的季節性標誌、時間性標誌，而且也是「夏天」使詩人柏樺成其所是，就像「月亮」使李白成其為李白一樣。「夏天」與你的生命、你的詩歌產生了一種本質性關聯，它猶如一隻看不見的手，或一幅美麗的鐐銬，在無形中指引和規範著你詩歌的核心表達。

你曾經在《左邊：毛澤東時代的抒情詩人》這本自傳體書中，揭秘「夏天」與你成長時期的特殊關係。是 1966 那個非同尋常的「夏天」，將革命、暴力、鮮血、屍體、甚至肉體、色情等等強迫性地納入一個孩子顫慄的心靈。就在這時，你第一次說到「『美』在鳴鑼開道」。你還說：「這些童年經歷使我寫出了一系列火熱而危險的具有重慶基因的夏天之詩」。因此，在這個意義上，我可以說，你的那些關於「夏天」的詩歌，不只是「純粹美學」的，更是「倫理」的和「政治」的，意識形態像「夏天」山城潮濕的空氣瀰漫在你這些詩歌的底部。

柏樺：需知：政治學的本質是美學。我的那些夏天之詩，其中所涉及的夏天的政治之詩，如《1966 年夏天》，正好用來證明此點；又猶如我那時對「左邊」的態度與命名，它只能是美的，因此我才會說：「瞧，政治多麼美／夏天穿上了軍裝」（《1966 年夏天》）。同時，我也在《左邊：毛澤東時代的抒情詩人》（江蘇文藝出版社，2009 年版）一書第 99 頁，對重慶市區本能的夏天，有一個完全還原的描繪，那是重慶之夏的肉體之美、赤裸之美。

唐小林：我覺得 1989 年的春天你詩情如潮，寫下了《飲酒人》、《自由》、《節日》等 14 首詩歌。而到這一年的冬天，你突然特別懷舊，特別的憂傷，

你似乎一下被拋置回童年，拋置回1966年那個狂熱的夏天，那個讓你如饑似渴地成長的夏天。你這時的《教育》、《1966年夏天》等詩，在久久難以平息的感動中，把我帶回到那個消逝無聲的時代。彷彿只一個沒有詩歌的季節，你就滄桑了，你就懷舊了。你在《左邊：毛澤東時代的抒情詩人》中說，這個「夏天」「一種驚人的『美』在第二次鳴鑼開道，我彷彿重返童年，置身於1966年夏天」。但問題是，在你的詩集中，關於這個「夏天」沒有一首詩留下。我很想知道，那時，你的詩神哪去了？

柏樺：怎麼沒有一首詩留下，其中就有一首寫於這一年冬天的詩《麥子：紀念海子》。這首詩雖沒出現「夏天」這個詞，但卻是一首夏天感覺極為強烈的詩，它的火熱與急速盡是夏天的節律或溫度。我想一首詩的夏日氣氛是最重要的，而不是非得在詩中寫明「夏天」這個標籤。而且《1966年夏天》不就是1989年夏天嗎，這一互文性特點，我在《左邊：毛澤東時代的抒情詩人》一書中已說得很清楚了，你也看得很清楚，尤其在你的談話中，多處引用我書中的原話，更見你讀《左邊》讀得很細緻呢。

唐小林：我武斷地認為，正是在這個冬天經歷了「夏天」的迴光返照後，你的詩歌開始真正的轉向，開始走進「江南」。儘管這之前的「江南」早已進入你的詩歌。你對「江南」的進入，不只是進入了一個地理空間，而是進入了你的另一個詩歌時代。你在冥冥中被另一種詩歌風格所牽引。其實，我要說的是：1989年那個「夏天」由於「一種驚人的『美』在第二次鳴鑼開道」，你的詩風發生了轉變。因此，可以總結地說，是「夏天」讓你的詩歌懷孕，又是「夏天」讓你的詩歌之美如此這般，更是「夏天」使你的詩歌風格再次轉變。1966、1989 這兩個盛大的夏天，就這樣將你的生命裹挾而去。正如你的夫子自道：「毛澤東式的抒情激情在1989年6月終於耗盡它最後的元氣，也作完它最後的表達，文化革命似乎經歷了23年才終於結束。」而你的「夏天」也隨之終結。

柏樺：真正的轉向是1988年10月的某一天，那天我在南京東郊的中山陵畔寫下了《往事》。那是另一副夏天之音，它雖寫於秋日，卻有著對「夏天最後幾個憔悴日子」（馬拉美）的緬懷，有一種中年的熱忱與陰涼。接著，夏日之美就要漸漸（並非徹底）從我的詩歌中退出了，因要達到《往事》的高度談何容易。

唐小林：不過，我還想問一個有點麻煩的問題。這兩個「夏天」，儘管你

的「身體」已經被捲入，但在我看來，你依然在「邊緣」，只是你作為詩人的感覺體驗、痛苦，甚至某種潛藏的苦難，才抵達了這兩個事件的「中心」。而正是這種抵達，反而更能觸摸事情的本質。在這個意義上，我寧願把你 1990 年前的詩歌，視為一個時代的「詩史」。這是你「親歷」的，與後面我們即將談到的「詩史」不一樣。不管你的「江南時期」，還是你的「後江南」時期，以及 2009《史記：1950～1976》為標誌的最近一個時期，你的詩風、你的詩學觀發生了怎樣的變化，但是，你的「詩史」特徵，則是一以貫之的。不知你以為然否？也就是說，你的「詩」在無意中成為「歷史」。

柏樺：我的「詩史」特徵？此說有些新鮮。再定下心一想，我以為任何一個真正的詩人都有這個特徵，他只要捉筆寫來，無論他寫人還是事，或者是寫他自己，都會自然帶出一種歷史感。詩史特徵也是古典漢詩的一個傳統，杜甫不就被稱為「詩史」嗎，其實曹操的詩更是詩史。至於我的詩學觀的變化，它太容易辨認了，我本人已多次在各種場合下說過，即我的詩不快就慢，不左就右，再說白一點，我從過去的左邊之詩一路來到現在的逸樂之詩。而下一步呢？剛完成的《史記：1950～1976》，又是另一副面相，它既不左也不右，僅是一種毫無傾向的不動聲色的寫作。

唐小林：也正是由於這種「詩史」的特徵，你既是「第三代詩人」的傑出代表，同時你也是「異類」：你以看似「顛覆」的方式實現著「建構」。而作為追求「同質」的詩歌史、文學史，恰恰可能將你有意遺忘。同時代的歷史，遺忘的正是「異類」和「天才」，這是歷史小姑娘的脾氣。所謂當代史，就是一部遺忘天才的歷史。

柏樺：情況有時也不是這樣，常常「同質」的詩人會被遺忘，「異質」的詩人反而會被記住。歷史從來沒有遺忘過天才，即便是與之擦肩錯過了，但它自帶的補救系統會時時自動進行掃描，接下來，又會重新定位並找出那些暫時被委屈的天才的真身。用一個文學批評上的「成語」來說，就是「重新發現」（rediscovery）。

江南：「從左邊之詩到逸樂之詩」

唐小林：我忍不住要談「江南」了。不知你是否記得，「江南」這個詞第一次出現在你的詩歌中，是在 1984 年的春天。在那時你寫下的《春天》這首詩中，有這樣的詩句：「酒呈現出殷紅的李白／這時不是你的嘴唇在喝／是另

外的嘴唇在喝你／喝完唐代江南的詩歌／喝完老虎火紅的呼嘯」。應該說，從那時起，你的詩歌中就開始有了一種「江南」情結。你的「江南」顯然有別於「夏天」，它似乎是和「春天」一起發生的。

柏樺：其實，我對江南的初始印象，來自幼時的閱讀。在終日幽暗的重慶家中，當我在丘遲的一篇文章《與陳伯之書》中讀到：「暮春三月，江南草長，雜花生樹，群鶯亂飛」時，歡欣鼓舞，心嚮往之。江南從那一刻起，便成為我生命中的一個象徵、一個符號，甚至一個幻覺。

唐小林：那麼，作為一種有關你個體生命的象徵、符號和幻覺的「江南」，對於你究竟意味著什麼？

柏樺：由於人的好奇心（包括對古老事物的著迷）及喜新厭舊的天性，人總嚮往遠方的生活，注意：只是嚮往而非親歷，這猶如葉公好龍，詩之張力在幻覺中，而不在現實裏。套用一句俗話吧，人喜歡「生活在別處。」但真去了「別處」，他又會想像出另一個「別處」如此循環，永無休止。另外，宇文所安的一段話，也比較接近我所理解的「江南」。他說：

> 「江南」「引出了地域問題，對於宋代以來的文學，地域問題
> 十分重要。江南知識分子有一種特別的影響力，以至我們常常把江
> 南地域文化當成『中國』文化。我們可以看到一些充滿地域意識的
> 地方傳統，尤其在四川和廣東這樣的地方，它們努力確認自己的地
> 方身份，以對抗江南精英。」〔註2〕

唐小林：不過，從現有的文學史來看，從《楚辭》以來，而不是宇文所安所說的宋代以來，地域問題就顯得十分重要。事實上，中國詩歌，從《楚辭》開始，就有了兩個傳統：一個是以《詩經》為代表的北方傳統；一個是以《楚辭》為代表的南方傳統。北方傳統，更加意識形態化，南方傳統更有所謂「純文學」、「純粹詩歌」的意味。在這個意義上，是不是可以說，你的「江南」更接近以《楚辭》為代表的南方傳統？

柏樺：這樣的區分南北之傳統，只是一般史家為了表述的方便，才作如是觀、如是解，而我更樂意談的是南北的混搭與雜糅。古人說至清則無魚，南北之別也不能作這種找截乾淨的區分。從古至今我們常聽到這樣一個偏見，即南方的文學和詩歌比北方的優雅細膩，是這樣嗎？我看往往不是這樣，真

〔註2〕宇文所安：《中國文論：英譯與評論》，中譯本序第3頁，上海社會科學院出版社2003年版。

實情況要比這個信口而來的評判複雜得多。

唐小林：當然，你的詩歌對南宋及其以後的「江南」，尤其是清末民初那個精緻、雍容、頹廢的「江南」更加著迷。你對「江南」的歌詠和書寫，除了飄逸著一種永恆的「文化鄉愁」外，在那些日常、恬淡、繁複而又不乏溫暖的生活細節後面，深深地隱藏著一種態度，一種要經由詩歌回到某處的態度。

柏樺：是的，這猶如我在許多地方說過的，如讓我選擇，我將選擇生活在民國初年的蘇州、常熟一帶，因那裡是南社和鴛鴦蝴蝶派的搖籃和聖地呀。他們「提倡新政制，保守舊道德」（包天笑）的人生觀也是我的理想。同時他們的飲食起居也令我嚮往。雖然陳去病、柳亞子等人因為科舉之廢，前途渺茫，也有牢騷，也有「躁鬱」（這個詞尤其指陸憶敏《墨馬》一詩中所使用的意思：「碎蹄偶句／叩階之聲徐徐風揚／攜書者幽然翩來／微帶茶樓酒肆上的躁鬱」），但他們依然留戀山水、詩酒，動輒邀眾文人聚飲聯日竟夕。他們那種飲食男女，花前樹下的生活離我最近，是我完全可以感覺到的。當然，我也更樂意與徐枕亞、蘇曼殊、葉楚傖、陳去病等人流連詩酒、消磨人生。

唐小林：所以「江南」在你那裡，不僅是一種想像的空間，更是一種關於人生、關於人的存在的一種獨特的理解和追求。

柏樺：當然。因為它有三樣東西特別逗引我的興味：黃酒、崑曲、園林。

唐小林：「黃酒、崑曲、園林」，你對「江南」如此的想像和敘述中，充滿了源遠流長、無與倫比的「民族性」或者「華夏性」，它是你對華夏文化的天才般的「空間感覺」。

柏樺：這種空間感覺在江南園林中最能體現。我國著名的建築大師童寯先生在《園論》裏說得最好，特別足以安頓我心。他是這樣說的：「中國的園林，則是為了想像……他的環境是一種虛構，他的生活是一種哲學，他的宇宙是一個夢想。只有與世隔絕的人，才能體驗到完美的快樂。」他還說：「與追求享樂主體的艾斯泰別墅和圖埃樂裏宮苑相比，中國園林之宗旨則更富有哲理，而非淺止於感性。在崇尚繪畫、詩文和書法的中國園林中，造園之意境並不拘泥而迂腐。相反，舞文弄墨如同餵養金魚，品味假山那樣漫不經心，處之泰然。閑暇之餘飲茶品茗無疑要比藩籬之後調情說愛更有益身心，……西方世界似乎會更完美，如果西方向東方學習生活的藝術，隱逸沉思則比譁眾喧鬧更為享樂。」

唐小林：在今天看來，這種源於「江南」的「東方生活藝術」彌足珍貴，因為在一個更深的層面，由這個「江南」所形成的「生活空間」，與日益「現代性」的時間之間形成某種潛在的「對抗」。我注意到，你對「江南」的嚮往、奔赴和迷戀，似乎一切都在冥冥之中注定，似乎是來自無法抗拒的遠方以遠的指引，似乎完全出於你的稟性。但這些「似乎」都由來有因，是「現代性」在有意無意間，觸動了你最隱秘不彰的那根神經。

柏樺：這樣說吧，即便那令人厭倦的現代性觸動了我的神經，而江南三寶（黃酒、崑曲、園林）完全能夠幫助我克服這現代性所帶來的焦慮。你說的，以「江南空間」對抗「現代性時間」倒是十分有趣，也逗人思想。只可惜現在的「江南空間」早已被裹挾在現代性的時間進程裏了。那個空間是屬於幻覺的，我們回不去了，但在某些書中「夢遊奇境」還是可行的。譬如我們就完全可以在吳自牧的《夢粱錄》中神遊南宋時期的杭州夜市，並按圖索驥，在哪一座橋邊或哪一條小巷可以找到最好的吃酒的酒樓。

唐小林：其實，你的那些有關「江南」的詩歌和敘述，就是在想像和冥想中，經由語言、聲音和節奏的「夢遊奇境」。而正是在這種奇境夢遊中，你從「你的夏天」走進「你的江南」，從波德萊爾的露臺，走向你自己構築的詩歌宮殿；走進你的詩學和哲學。

柏樺：是的，之外，也無路可走。今日之我已非昨日之我。變之魔法，人人都有，更何況我了。又猶如卞之琳說過的那樣，中國詩人除了「化歐化古」，難道還有別的道路可走嗎？人人都如此，我也不會例外。至於我的詩學之變，總括來說，就是從左邊之詩到逸樂之詩。

唐小林：「從左邊之詩到逸樂之詩」這個說法太妙了，比較切合你的詩學觀的一個演變。但並不完全。你旗幟鮮明亮出「逸樂」詩學，在我看來，是對中國當代詩學的一大貢獻。你說這是受到白居易的啟示，並在有明一代的閒適安樂甚至頹廢中得到激發。你甚至認為，作為一種文學觀、美學觀和價值觀，「逸樂」是華夏文學和詩學中的一個偉大傳統。我比較贊成你的觀點，但我寧願把你對「逸樂」的追求，叫做重返「天真」、重返「存在」、重返人最本質的東西。也就是說，它已經不僅僅是返回那個傳統，而是在那個傳統中賦予了今天這個時代的意義。而正是在這個意義上，你的詩歌才如其所願，經由語言挽留住時光。你在 2007 年夏天寫的一本書《水繪仙侶：1642～1651：冒辟疆與董小宛》，就是你「從左邊之詩到逸樂之詩」轉向的一個標誌。

柏樺：是的。記得當時我還專門寫了一篇短文《逸樂也是一種文學觀》，來簡單地說明我的這一新的文學觀，以及相關的寫作考慮。我在這篇文章中說了這樣一段話：「年輕時喜歡吶喊（即痛苦），如今愛上了逸樂。文學真是奇妙，猶如蛇要褪去它的舊皮，我也要從吶喊中脫出，來到《水繪仙侶》中完成自我的新生。明眼讀者一看便知，《水繪仙侶》的用意是反『五四』以降的熱血與吶喊之新文學，它公開提出：逸樂作為一種價值觀或文學觀理應得到人的尊重。」

我還引了李孝悌的一段話，來說明我在寫作《水繪仙侶》時對「逸樂」的體會：「在明清士大夫，民眾及婦女生活中，逸樂是一個不容忽視的因素，甚至衍生出一種新的人生觀和價值體系。研究者如果囿於傳統學術的成見或自身的信念，不願意在內聖外王，經世濟民或感時憂國的大論述之外，正視逸樂作為一種文化，社會現象及切入史料的分析概念的重要性，那麼我們對整個明清歷史或傳統中國文化的理解勢必是殘缺不全的」。的確，正如李孝悌所說，「缺少了城市，園林，山水，缺少了狂亂的宗教想像和詩酒流連，我們對明清士大夫文化的建構，勢必喪失了原有的血脈精髓和聲音色彩。」

唐小林：據說，你正是順著李孝悌的這樣一種思考和思路來書寫《水繪仙侶》的，並對他充滿了感激。

柏樺：是的。不過，我還有進一步的思考，那就是對個體生命所作的一番本體論的思考。人的生命從來不屬於他人，從來不是集體性的，你只是你自己。也正是在這一意義上，我認為小乘佛教比大乘佛教更直見性命，我不渡人，只渡自己，因此更具本質。這也是我為什麼要反對吶喊與承擔文學的原因。生命應從輕逸開始，盡力縱樂，甚至頹廢。為此，我樂於選擇晚明冒董二人的小世界來重新發現中國人對生命的另一類認識：那便是生命並非只有痛苦，也有優雅與逸樂，也有對於時光流逝，良辰美景以及友誼和愛情的纏綿與輕歡。總之，我想說的是：逸樂作為一種合情理的價值觀或文學觀長期遭受道德律令的壓抑，我僅期望這個文本能使讀者重新思考和理解逸樂的價值，並將它與個人真實的生命聯繫在一起。當然，如果你不同意布羅茨基的說法──「美學高於倫理學」，至少你應以平等之心對待二者，即你可以認為活在苦難裏並吶喊著更有意義，但不應以所謂高尚的道德來仇恨逸樂之美。說到底，二者均有價值，並無高低貴賤之分，只是不同的人對不同的人生觀或藝術觀的選擇而已。用一句形象的話說，就是你可以「天下興亡，匹夫有

責」，而另一個人也可以「晚來天欲雪，能飲一杯無」。

唐小林：你的這種說法很有道理。其實「天下興亡，匹夫有責」的傳統和「晚來天欲雪，能飲一杯無」的傳統，本身就內含於清末民初以至「五四」的大文學傳統中。具體說來，清末民初，既有梁啟超的「三界革命」，強調「文學」與「群治」之關係，又有王國維首次將美學眼界引入中國的「純文學」。而在廣義的「五四」文學中，既有魯迅「聽將令」的遵命文學，又有林語堂的「幽默」、「閒適」、「性靈」的文學。只是後面這支傳統，慢慢被壓抑、被遮蔽，漸漸退出主流。今天，你再次倡導並實踐「逸樂」詩學，既是對傳統的承傳，又是對傳統的發現，更是對傳統的創造性轉換，意義不可小視啊。

我們進入「現代」，是和「革命」、「戰爭」、「鬥爭」、「專政」等聯繫在一起的，政治詩學、暴力詩學很發達。我們太熟悉「憤怒出詩人」，而關於快樂、幸福的詩學，我們知之不多。這不僅是詩學的缺憾，也是我們人生的缺憾。無論採取那種方式，人類最終是通向快樂、自由和幸福。理想中的詩意棲居處不應有血腥。在這個意義上，你的「逸樂詩學」觸及到了現代漢語詩學一個致命的要害。

柏樺：你所說的「幸福的詩學」，也是我在《張棗》一文中所觸及的「甜」之詩學。譬如張棗詩歌中的那些漢字之甜，更是我迄今也不敢觸碰的，即便我對此有至深的體會——頹廢之甜才是文學的瑰寶，因唯有它才如此心疼光景與生命的消逝。今天，我已有了一種預感，「輕與甜」將是未來文學的方向，而張棗早就以其青春之「輕與甜」走在了我們的前面好遠了。而我的《水繪仙侶》也是對「輕與甜」的呼應，或用你的話說，就是對幸福詩學的探訪。

唐小林：我也有一種預感，你們，也就是你和張棗的這種對「輕與甜」詩學的探訪，是為當代漢語詩歌開出了另一條路，也會極大地激發漢語詩歌的另一種可能性向度。不知是英雄所見相同，還是共同語境使然，或者真正是未來文學或詩歌的走向，記得卡爾維諾在《未來千年文學備忘錄》中第一個談到的就是「輕逸」。還有米蘭・昆德拉也在多處說過類似的話。

柏樺：我和張棗從一碰面便成了志同道合的詩友。正是我們共同的詩歌語境導致了我們共同的文學理想。彼此聲氣相投，因此我最能體會他那「輕與甜」的詩歌美學。然而可悲的是有關詩歌之輕又最容易被人誤解，在此我僅引來一句瓦雷里話，以表我對輕逸之詩的特別認同：詩「應該像鳥兒一樣輕，而不是一片羽毛那樣輕。」

左右：「政治的核心或本質是美」

唐小林：「江南」問題讓我們扯得夠遠了。我還想和你談論另一個關鍵詞，那就是「左右」。「左右」是方位詞，也是那個特殊年代的政治術語。我發現，在你的敘述中，包括自傳中，就是在我們前面的說話裏面，你都特別偏愛它們。能否說說其中的原因。

柏樺：前面我已經說過，政治的核心或本質是美，政治之於毛時代當然也不會例外，只可惜人們把它遺忘得太久了。「左邊」是一種姿勢，它表示不同意，對抗，有時甚至是一種破壞性的「死本能」衝動，但也由於這極端的姿勢，從而才抵達了一種眩目的夏天之美。

唐小林：「政治的核心或本質是美」，這個說法很新鮮，很有意思。經過「文革」後，搞文學的人，對「政治」好像有一種天生的反感和厭倦。你的這一說法，讓我重新審視「政治」。至於「左邊」和「夏天」的關係，我也同意你的說法。不過，我要進一步強調的是，在我的視野中，「左右」既不同於你的「夏天」這個關涉「時間」的詞，也不同於你的「江南」這個關涉「空間」的詞，它是一種「穿越」，一種「融通」，一種「遇合」。具體地說，一種在時／空、古／今、快／慢、歷史／現實、承擔／逸樂、肉身／文本之間的穿越、融通和遇合。我這樣理解，不知有沒有道理：當你的左手牽著這一端的時候，右手就牽向另外一端，行走在左手和右手那個中間的，就是現在的詩人柏樺。

柏樺：又一個有趣的理解！我在另外的地方說過，我是一個充滿矛盾的人，無窮無盡的矛盾給我帶來意想不到的張力。我總是不左就右，不快就慢，要麼執其這端（重慶之左），要麼執其那端（江南之右）。

唐小林：好像還不僅僅是這樣。你的「左右」還和你對古今中外文化傳統的態度有關。你似乎注定要與某種「傳統」糾纏，或者說你一直都在與傳統「談判」、「協商」，想通過你自己的詩歌寫作，在傳統中為現代漢語找到一條可能的出路。

閱讀你的詩歌，我覺得，你在漢語的運用上，在李金髮和新月派詩人、卞之琳們的路上試著往前探了一步。他們「化古」、「化歐」，試圖使新詩成為聞一多所謂的中西合璧的寧馨兒。而你除了「化古」、「化歐」，還試著「化現代」。什麼意思呢？你在一次演講中說過這樣的話：「現代漢詩應從文言文、白話文（包括日常口語）、翻譯文體（包括外來詞彙）這三方面獲取不同的營

養資源。文言文經典，白話文，翻譯文體，三者不可或缺，這三種東西要揉為一種。」其實，你還試探著也將無法逃避的「毛文體」、「白話方言體」帶進詩歌。你幾乎珍惜所有的詩歌資源？

柏樺：我還沒有特別費心地來偵破自己。但我以為我基本上還是「化歐化古」，此外，也無什麼新花樣。

唐小林：你這樣說太謙虛了。你已經有了新的東西。比如你的《水繪仙侶》。

柏樺：也可以這樣說。《水繪仙侶》是一個文史兼具的文本，顯然也是一個文言與白話共生共榮，相互打通的文本。但它當初的意圖是提醒讀者「化古」依然是重要的，傳統的獲得需要花大力氣，而這僅僅是一小步。

唐小林：那一大步，你終於在 2009 年跨出來了。這一年你完成的一部新詩集《史記：1950～1976》，讓我震驚，套用 80 年代的一個常用句式，詩歌居然還可以這樣寫？

柏樺：哦，是的，應該說這本書是有些新花樣。毛澤東文體及其那個時代的新華社文體成為了這本書的形式裝備。書中「左邊」之事雖然寫較多，那是時代使然，但我取的立場並非「左邊」，在寫作過程中，我儘量像 T. S. Eliot 所說的，我就是起一個催化劑白金的作用，我只是促使各種材料變成詩，猶如白金促使氧氣和二氧化硫變成硫酸，而白金卻無丁點變化，我在整個書寫中亦無任何變化，仍像永保中性的白金一樣，我並不把自己的主觀感情加進去。但我也要去對一下納博科夫的胃口，即像他一樣，在寫作中只偏愛準確的知識、精確的描畫、逼真的再現。寫這本書還有一個目的，那便是為了給歷史學家和文體學家呈現一個別樣的毛澤東文體（或共產主義話語）之文本，以詩體加注釋的方式保留這個文獻，希望引起相關學者的注意。後來的研究者在這本書裏可能會發現一些新的有價值的東西。

接下來，我很快要寫《史記：1906～1948》，而晚清民國風，理所當然，又會成為這本書的要旨。

唐小林：坦率地講，這是另一種「史詩」，或者「詩史」，也就是經由詩歌抵達的歷史。我個人對新中國歷史、尤其是歷次政治運動的歷史感興趣。我認為，《史記：1950～1976》就是以詩寫史，是用詩來建立的一座歷史「博物館」。你力圖在詩歌中保持超遠的距離。或者說，你詩歌「零度寫作」的方式本身，就是對傳統漢詩「抒情」、「言志」傳統的顛覆。這本詩集，我感覺，

充滿了你前所未有的「反諷」及其後面的「荒誕」。我比較贊同楊小濱・法鐳在《序》中的說法：「《史記：1950～1976》出色地探索了現代性宏偉意義下的創傷性快感，以及這種創傷性快感在日常符號網絡中的不斷游移、逃逸和撒播。」時至今日，我認為你的全部詩歌完成了毛澤東時代「左邊」歷史的敘事，《水繪仙侶》在這個意義上只是一個美麗的「溢出」。

柏樺：眼光真是準確，我也無多話可說。在此只說一句：我在下一部以晚清民國為線索的《史記》中，還會再一次「美麗的溢出」。

唐小林：在我看來，你90年代以前的詩是傾向於「抒情」的，甚至是「激情」的、「左邊」的；這之後到《山水手記》前的詩，包括《水繪仙侶》，是傾向於「性靈」的、「閒適」的、「逸樂」的、「右邊的」；2009的《史記：1950——1976》則是「冷靜的」、「反諷的」、「中間的」。你是一個開放的、各種追求、各種矛盾混雜在一起，不斷前傾、不斷探索的詩人。這使你的詩歌寫作永遠充滿活力、永遠留在了盛大的「夏天」。你的詩歌在經歷了「左邊」和「右邊」的時代後，進入了「中間」：一個試圖打通古今、匯通中外，歷史、現實、想像並置，寫實、敘事、抒情交融，詩歌、筆記、箋注互文，突破「詩」、「史」界限的「中間地帶」。這個地帶似乎也是你關於詩歌的「理想境界」。不過，我認為，這之中也會潛伏危險。

柏樺：越界書寫或用現在時髦的話說就是「跨文體」書寫，此種書寫怎麼說呢，它既是一種打開，也有一種危險（因開拓或實驗總是危險的）。但這種書寫之姿亦可讓人盡享書寫的樂趣，而人生的意義——如果說還有意義的話——不就是在於樂趣二字嗎。

唐小林：但這個「中間」又是一個神奇的「中間」，因為《史記：1950～1976》的資源、敘事和想像的出發點始終在「左邊」。這部詩集是通過一個又一個重返「左邊」的日常事件得以完成的。因此，「左邊」之血，猶如「夏天」之火已經貫注你的全身，「江南」更多的時候是一種夢想，一種詩歌所祈求的姿態。「中間」則是你的一種胸襟、一種氣度。你在最初的80年代接觸到里爾克的《秋日》、《嚴重時刻》和《豹》等詩歌，給你的影響其實超過了波德萊爾的象徵，不管你是否承認和意識到。不過，里爾克給你的不是通常意義上的「存在」哲學，而是隱藏在「無端端」後面的廣闊視野。這個視野不斷潛滋暗長，「無端端」將你帶到一個詩學的「中間地帶」。我想聽到你的反駁？

柏樺：你的偵破既有大膽猜測的一面，也有新奇並引人注目之處。反駁

什麼呢？我正在集中精神傾聽一個批評家的破案之音，那聲音也帶給我一些遐思呢。如你所說，夏天之火已經貫注我的全身，但我也有清涼之法（需知我是懂得些讖緯學的，知道何時該避凶趨吉，何時又該迎凶而上），如我就寫出了別樣的夏天——《夏天還很遠》，「盛大的夏日」（里爾克）在這首詩中慢了下來，也涼了下來。關於你所談到的我剛寫完的這本新書，在此我順便再介紹一下：為了在《史記：1950～1976》中保持每一顆「扣子」位置的精確性（這裡的「扣子」指詩中的細節，如人名、地名、數字等），我必須以一種「毫不動心」的姿勢進行寫作，我知道，我需要經手處理的只是成千上萬的材料（當然也可以說是扣子），如麻雀、蒼蠅、豬兒、鋼鐵、水稻、醬油、糞肥……這些超現實中的現實有它們各自精確的歷史地位。在此，我的任務就是讓它們各就各位，並提請讀者注意它們那恰到好處的位置。如果位置對了，也就勿需多說了，猶如「辭達則矣」，這正是我為本書定下的一個目標。

　　唐小林：我還注意到你對日常口語寫作的關注。你認為，日常口語是寫作中最有生機和活力的部分，你的獨特之處是在於對「口語」進行了限定。你認為「口語」就是「方言」，如果口語詩不是方言寫成，就是偽口語詩。不知道，你有沒有用「方言口語」寫作的打算？

　　柏樺：是這樣的。比如，我們為什麼不能以粵語書寫呢？需知，粵語更接近唐音，即更近似於我們古人的發聲。至於這方面的寫作打算，我目前還不敢涉足，但我私下很羨慕詩人胡續冬，他在方言寫作方面，做出了令我讚歎的成績，有他的當代方言詩在前面，我還有些戰戰兢兢呢。

　　唐小林：我朦朧地感到，你有一種使命意識，或者說你有一種也許你自己也沒有覺察到的「天命」意識：詩人的工作就是要謀求民族語言的新生。在這個意義上，每一個真正的詩人都是今天的倉頡。所以，我在你的詩歌和敘述裏，強烈地感到你似乎在倡導和實踐詩歌的「大漢語」觀。

　　柏樺：非常感謝你對我有這樣的認識。如果說我有什麼興味的話（我還不太習慣說那是一種使命意識），就是想再救活幾個漢字，再重新命名幾個詞語，以打發這過於漫長的人生。猶如唐代一位詩人姚合那樣「文字非經濟，空虛用破心」（姚合：《閒居遣興》），我也欲用那空虛般的文字之靈，用「破心」寫好詩。

　　唐小林：對於這一點，你不像鄭敏那樣絕望，而是對現代漢詩的語言滿懷信心。

柏樺：是嗎？我也常常對自己的工作失望呢。但又不得不保持一種 Harold Bloom 所說：詩歌是一種「可能獲得的優先性的感覺」（a sense of priority being possible）。若沒有這種「優先性的感覺」，一個詩人就毫無必要寫下去了。

唐小林：我們的對話，圍繞「夏天」、「江南」、「左右」展開，在我看來，這三個關鍵詞，實際上構成了你的詩學。這個詩學所要抵達的是以漢語抗拒時間，成就一部詩歌的歷史。在我的眼裏，你是一個明確地用漢語與時間作戰的詩人。在這場戰鬥中，你英勇無比。只是，不知你的這場戰鬥有沒有結束的時候？

柏樺：我常常在課堂上對學生說：如果人不死，就不會有文學或詩歌。詩歌尤其是時間的藝術。它的本質就是挽留光景、耗去生命。除非死去，何來結束？

行走在詩意棲居的道路上：評楊劍龍的詩集《瞻雨書懷》[註1]

一

走一路，寫一路，走成人生，歌成史詩。收在《瞻雨書懷》裏的 665 首詩歌[註2]，就是楊劍龍心路歷程的寫照。他們這一代人太過特殊，幾乎新中國的每一個腳印，都烙上了他們的心魂，在這個意義上，楊劍龍一個人的史詩，也是這個多災多難民族國家的詩史。只不過這是一個草根的視角；只不過他真誠、善良、審美，又總懷揣那代人的理想和浪漫，除了不多的幽默、調侃、戲謔和譏刺外，那些憤世嫉俗的情緒、悲天憫人的情懷，在字裏行間已化作對公平、正義、良知的守望，對一切美好之物的歌唱，以及對生命的喟歎。是啊，「歲月如梭，／流逝的總是灰色的憂鬱，／日落日出，／留下的總是金色的歌吟」[註3]。

有兩首詩，在我讀來，詩人明顯有些夫子自道。一首是致著名漢學家、斯洛伐克人高利克的，詩裏寫道：

> 文學構成了您生命的泉水，
> 學術構起了您人生的追求。
> 您已成為文學天宇裏

───────────────

〔註1〕本篇最初發表於加拿大《文化中國》2016 年第 2 期。

〔註2〕楊劍龍：《瞻雨書懷》，廣西師範大學出版社 2015 年出版。

〔註3〕楊劍龍：《青春歲月——題孫兆路的畫〈年華〉》，《瞻雨書懷》，第 172 頁，廣西師範大學出版社 2015 版。

一顆璀璨的星辰，

您已成為學術世界中

一座巍峨的山峰。

青春永駐，樂在其中。〔註4〕

我想談到自己，對於「璀璨」、「巍峨」這樣的詞語楊劍龍未必喜歡，但餘下的都是他生存狀態的表徵。文學的確是楊劍龍生命的源泉，滋潤著他多姿多彩的人生。作為學者，他卻發表了以《金牛河》為代表的長中短篇小說，出版了《歲月與真情》散文集，寫下遠不至 665 首詩歌。記得本世紀初年，我們在河南開封相遇，一同瞻仰共和國主席駕鶴歸西的紀念地。在回駐地的車上，他賦詩一首，打破了全車的沉默。在他鏗鏘婉轉、某些字發音短促的滬式普通話中，我明顯感覺到不止我一個人感動，我們都觸摸到一顆滾燙的赤子之心。但這首詩並沒有收進《瞻雨書懷》。估計還有不少的詩也許永遠鎖進了他的抽屜。在學術領域裏，他在鄉土文學研究、中國現當代文學史研究、基督教文化與文學、都市文化與文學、新媒介時代的文化與文學、老舍與都市文化、當代文學與文化批評上，都留下不懈追求的足跡。文學與學術，他樂在其中，青春永駐。

另一首，是贈好友喻大翔的。他在詩中寫道，你「用靈動的詩心／去觸摸天地的呼吸／生命的萌動、靈魂的幻想／小鳥的飛痕、光線的歡唱／你有一對神奇的翅膀／不然，你就不會大翔／你有一雙深邃的雙眸／不然，你就不會在夢裏吟唱。」〔註5〕藏頭詩、輯名詩，以姓名做詩，是楊劍龍喜愛的詩歌樣式，收在「同仁戲贈」中的 23 首，有不少就是這樣的詩歌，它們大都寫得才氣逼人、妙趣橫生。在這首詩中，「你有一對神奇的翅膀／不然，你就不會大翔」中的「大翔」就是好友的名字。而關於靈動詩心的那些文字，說的就是楊劍龍自己。他有一根敏銳易動的心弦，一絲春風、一片秋葉、一粒露珠、一縷炊煙、一聲鳥鳴、一道煙霞、一處街景、一次團聚、一簇花影、一張繪畫、一隻斷線的風箏、一個久遠的傳說、一條生動的消息，甚至是噩耗、夢魘、中草藥、紛紛飄灑的雨滴，以及像遊魂般深不可測、來自冥冥當中的一點訊息，都將他的心弦撥響。可謂俯仰之間，觸目皆詩。他即興應答，興會賦詩，屐痕處處，詩語呢喃，成就了一個學者的詩意人生。「感悟人生」、「城

〔註4〕楊劍龍：《瞻雨書懷》，第 378 頁，廣西師範大學出版社 2015 版。

〔註5〕楊劍龍：《瞻雨書懷》，第 396 頁，廣西師範大學出版社 2015 版。

市素描」、「域外蹤跡」、「山水遊蹤」、「作家評點」、「畫景詩意」、「季節感懷」、「思緒馳騁」、「人生戲謔」、「情愛永遠」、「友朋酬唱」、「見聞隨感」、「敬奉長者」、「同仁戲贈」、「聚會情錄」、「別情依依、」「未圓湖詩草」、「歌詞天地」、「校園詩存」這 19 組前後相距 30 多年的詩歌，彙集成楊劍龍生命情熱的巨流河，雕刻出楊劍龍的生命本真。

的確，楊劍龍的詩歌，是他「生命的軌跡、人生的錄寫」，絕大多數在寫作之初並未想到發表，不過是心境放鬆時「精騖八極天馬行空」的產物，或是順手寫下的一些「感悟與遐思」〔註6〕。可正是這種寫作狀態，使他總是能夠傾聽內心的聲音，找到靈魂的安泊之地，回歸詩歌的本質，抵達一種人生的「境界」。這種「境界」不只是為了「保持心態與思路的活躍，保持心理年齡的年輕」，〔註7〕而是一種詩意棲居的生存方式。在諸神隱匿，人皆老去，世界進入白夜，社會如此動盪不安的年代，還有什麼比這樣的生存方式更令人唏噓？

二

「獨自望月，／望見的總是／故鄉阿妹的身影。／眾人暢飲，／酒醉中總是／爺爺牽牛的剪影。／鄉愁是柳絲中的細雨／剪不斷理還亂；／鄉愁是晨曦中的炊煙／嫋嫋纏繞、婉轉升騰……」。〔註8〕鄉愁擠滿了楊劍龍的詩行，它是作為他生命的底色出場，也是他詩歌中最柔軟、最動人的部分。

歷盡人世滄桑，飽嘗人間冷暖，人常常有尋求生命本根的衝動，這往往湧現為刻骨銘心的鄉愁。楊劍龍的出生地就在上海，上海就是他的故鄉，可他卻有別樣的鄉愁。他魂牽夢繞的地方，是支撐他生命的大地——廣袤的鄉村。在那裡，他曾經以知青的身份「戰天鬥地」，燃燒過一段生命的情熱。許多年以後，鄉村漸遠，閱歷日深，而那裡的人情風物，尤其是綠竹炊煙、木橋小溪、老樟月影、牧歌短笛、老屋磨盤等不斷放大〔註9〕，逐漸成為支撐他生命根基的土壤。作為政治運動的「上山下鄉」，歷史自有評說，可它在一代

〔註6〕楊劍龍：《瞻雨書懷・後記》，第 566 頁，廣西師範大學出版社 2015 版。
〔註7〕楊劍龍：《瞻雨書懷・後記》，第 565～566 頁，廣西師範大學出版社 2015 版。
〔註8〕楊劍龍：《鄉愁三首》之三，《瞻雨書懷》，第 239 頁，廣西師範大學出版社 2015 版。
〔註9〕楊劍龍：《山村記憶五首》，《瞻雨書懷》，第 223～226 頁，廣西師範大學出版社 2015 版。

人青春刻下的印記，已化為民族精神史不可替代的篇章，它不僅持續地發生現實影響，而且深蘊這個民族、國家的未來與走向。就這樣，「鄉愁，是烙在心帆上／抹不去的眷戀／鄉愁，是刻在骨髓中／揩不去久遠的情誼」。〔註10〕可是「高樓疊起／街道拓寬／鄉愁，已找不到／過往依稀的記憶」。〔註11〕現代化的路在加長，山村越來越模糊，心雖浩若海洋，可生命的半徑卻總走不出心臟所在的地方，那個詩化的故鄉：「記憶中的月光／已成為一條繞不出的小巷」。〔註12〕

也許，這就是所謂的「知青情結」〔註13〕：當千帆過盡，晚舟已停，他們的情思，卻心甘情願被遺棄在歷史的河埠頭，他們獨自去承擔那些本該屬於歷史承擔的人文道義。他們並不是歷史的弄潮兒，而是被弄潮的歷史所作弄。歷史早已化作一抹雲煙，剩下的唯有他們自己去品嘗個中滋味。在一個新的歷史階段，他們彷彿是一株移植的老樹，「將一顆心／拉成了長長的月光，／總照在記憶的夢鄉；／將一雙眼／放大為飛馳的太陽，／總落在故里的雨巷。／酒醉時刻，唱出的總是民謠；／夢醒時分，聽見的常是鄉音。／移植的一株老樹，／連落葉也盼望／飄落到遙遠的故鄉。」〔註14〕

這樣，「不倦的歌者／總唱著鄉村的真情」。〔註15〕蟈蟈、螞蚱、蝙蝠、蜻蜓、青蛙、粉蝶、流螢、知了、蝸牛這些鄉村卑微的生命，水車、磨盤、煙斗、鐮刀、草鞋、棒槌、水瓢這些鄉村的日常用品，以及哭嫁、打場這些鄉村的生活場景，無不入詩，承載著詩人的深情。這些物事，亦如「老樟掩映的老屋呀，總是在夢中依稀訴說」。〔註16〕還有那「常常犁開歲月的雲霓／翻湧起多少深埋的記憶」的銀犁，「層層疊疊從小鎮盤到村前」的山路，以及那「一盞油燈伴我度過那難忘歲月」的鄉村小學，總之，「竹林掩映著／我的

〔註10〕楊劍龍：《鄉愁三首》之一，《瞻雨書懷》，第237頁，廣西師範大學出版社2015版。

〔註11〕楊劍龍：《鄉愁三首》之一，《瞻雨書懷》，第238頁，廣西師範大學出版社2015版。

〔註12〕楊劍龍：《月光與夢境——給尹玲》，《瞻雨書懷》，第297頁，廣西師範大學出版社2015版。

〔註13〕楊劍龍：《巧磊美曲總關情——呈葉磊先生》，《瞻雨書懷》，第405頁廣西師範大學出版社2015版。

〔註14〕楊劍龍：《老樹》，《瞻雨書懷》，第38頁，廣西師範大學出版社2015版。

〔註15〕楊劍龍：《蟈蟈》，《瞻雨書懷》，第227頁，廣西師範大學出版社2015版。

〔註16〕楊劍龍：《老屋》，《瞻雨書懷》，第233頁，廣西師範大學出版社2015版。

青春／炊煙嫋嫋著／我的人生／走出鄉村數十年／夢裏依然是／大山深處／溫馨的小小山村」。〔註17〕這座小山村啊，猶如那盤古老的石磨，它「吃苦耐勞」，有著「石磨的秉性」，它「永不滿足」，有著「石磨的氣魄」，「磨過多少悲傷，磨過多少歡樂／只要還在轉動，她總不停的唱歌」。〔註18〕

　　2008年5月15日的「青春敘事」畫展，集中引爆了楊劍龍對知青歲月的回憶。他讓我們「聚焦這一刻」1968年的我們：

> 白樺林的風雪，
>
> 是否還記得我們？
>
> 北大荒的土地，
>
> 是否還牽掛我們？
>
> 翻回四十年前的年曆，
>
> 激情滿腔，混混沌沌，
>
> 遠赴邊疆，滿身征塵。
>
> 當面對一望無際的你，
>
> 當踏著風雪席捲的你，
>
> 北大荒啊，
>
> 我們驚訝中有著迷惘，
>
> 我們無奈中有著真誠，
>
> 人生的磨難從此起步，
>
> 人生的坎坷從此登程。
>
> 聚集這一刻
>
> ——1968年的我們！〔註19〕

注意，詩人在這裡使用的稱謂是「我們」，他是以知青群體代言人的身份，向世界大聲呼籲，請聚集這一刻。他要喚醒曾經肆虐的暴風雪，喚醒那片與苦難和成長相伴的白樺林，喚醒已經沉睡的黑土地，喚醒與北大荒一樣被遺忘的歷史：記住那群懵懂少年的滿腔激情，記住他們是帶著迷惘與真誠，從這一刻在這片土地上開始充滿磨難與坎坷的人生的。那時他們的命運就像蒲公

〔註17〕楊劍龍：《夢裏鄉村》，《瞻雨書懷》，第226頁，廣西師範大學出版社2015版。
〔註18〕楊劍龍：《石磨》，《瞻雨書懷》，第224頁，廣西師範大學出版社2015版。
〔註19〕楊劍龍：《聚集這一刻——題趙雁潮的畫〈1968・我們〉》，《瞻雨書懷》，第176頁，廣西師範大學出版社2015版。

英，在這片卵石層疊的不毛之地，憑著頑強的生命意志，「從石縫裏掙扎出綠色」，「處處無家處處家呀，／漂泊到哪裏就紮在哪裏」，如今已「記不起了／那些黑色的煎熬，黑色的哭泣，／忘卻了／那些紅色的口號，／紅色的大旗」，永難忘卻的，唯有蒲公英一般頑強的生命力。〔註 20〕詩人用兩首詩來寫那時收到家信的狂喜與悲情：「悄悄地，悄悄地走進我的白樺林，／輕輕地，輕輕地展開沉甸甸家信。／聽得見我心的跳動，／看得到母親的叮嚀。／為何淚突然湧出了眼眶？／為何雪瞬間落滿了衣襟？／一遍遍捧讀這薄薄的家信，／捧著難以掂量重重的親情，／與我分享這苦與樂的，／唯有這風雪彌漫的／我的白樺林。」〔註 21〕但當詩人「讓自己也成為野草野花，／放下了一切迷惘焦慮，／讓自己融入這片土地」以後，曾經抵萬金的家書，已「抵不了這黑土地悠久的記憶」〔註 22〕；而今最舒服的高級轎車，也比不上「東方紅拖拉機」；〔註 23〕品嘗過的山珍海味，經歷的壯觀場景，也趕不上當年大會戰時工地的聚餐，幾個饅頭，一鍋菜湯，足以讓人回味一生，因為是「艱難歲月鑄就了我們這一輩」〔註 24〕。

可能詩人並沒有意識到這句詩的深刻含義，雖然他在詩中這樣寫道：「鄉愁，是大雁南飛／寫在藍天上大大的『人』字」〔註 25〕，但在我看來，知青那段艱難時光，那段與中國底層社會的深入接觸，最後自己也變成底層社會最底層的一部分的痛切體驗，的確是楊劍龍和知青一代的成人禮：他們從此真正懂得了「人」，真正懂得了「大寫的人」，真正懂得了生活的意義。以至於知青生活成為他們人生的基點，知青時期形成的價值觀，成為他們審視世間萬物的重要尺度。當他們在以後漫長的歲月中，不斷去回顧這個基點和尺度，甚至去尋求新的人生動力的時候，知青經驗就成了這代人的鄉愁，生生

〔註 20〕楊劍龍：《蒲公英的記憶——題張仲達的畫〈過去的記憶〉》，《瞻雨書懷》，第174 頁，廣西師範大學出版社 2015 版。

〔註 21〕楊劍龍：《白樺林情思——題劉孔喜的畫〈家信〉》，《瞻雨書懷》，第 169 頁，廣西師範大學出版社 2015 版。

〔註 22〕楊劍龍：《萬金時光——題劉廣海的畫〈家書〉》，《瞻雨書懷》，第 171 頁，廣西師範大學出版社 2015 版。

〔註 23〕楊劍龍：《駿馬與少女——題李向陽的畫〈東方紅〉》，《瞻雨書懷》，第 175 頁，廣西師範大學出版社 2015 版。

〔註 24〕楊劍龍：《工地聚會——題潘蘅生的畫〈午餐〉》，《瞻雨書懷》，第 177 頁，廣西師範大學出版社 2015 版。

〔註 25〕楊劍龍：《鄉愁三首》之一，《瞻雨書懷》，第 237 頁，廣西師範大學出版社 2015 版。

死死不可動搖的文化鄉愁。當然，這個「人」字雁陣裏的頭雁，曾經在新時期白樺的電影《苦戀》中被不明槍聲擊落，又給人們的心靈蒙上了新的陰影。

三

「世界應該像一柄靜臥的戈」，〔註26〕楊劍龍如是說。回到現實空間，面對紛繁複雜的世界，作為學者和知識分子，楊劍龍始終捍衛人類的普世價值，他對各種世間異相、學界怪事、文化亂象，以及過度現代化的症候，進行了深入的反思，甚至是無情的諷刺與撻伐。他的「詩」由此進入了「思」。如果在濃濃的鄉愁中，他的詩更傾向於「情感」抒發的話，那麼在這部分詩中，「思想」則成為詩人洞穿萬象的利劍，詩歌的現實感來得特別的尖銳，儘管語詞並非如此的劍拔弩張。

「世界應該像一柄靜臥的戈」，明顯包含著詩人和平的價值理想。2003年「9‧11」紀念日，詩人遠在香港，看了電視，夜不能寐，寫下了《尋找與思考》。詩人「在思念的餘燼裏」，「在歷史的皺紋裏」尋找，「在記憶的瓦礫中」，在「現實的呻吟中」思考，思索的結果是，這個世界「飛走了一隻白鴿」，失落了一頂草帽，才因此「天柱崩塌」，災難降臨，才有了殘肢的顫抖、烈焰的燃燒、才有了「嗜血的槍炮／仍在地球的角落裏號叫」。詩人疾呼，我們要在「每一條大街與小巷／貼滿焦急的尋找啟示；／每扇心靈的窗戶／懸掛醒目的思考的布告」，「尋找那隻飛走的白鴿」，「尋找人類博愛的心靈」。詩人祈求「別禁錮那隻驚恐的白鴿，／要洗淨沾滿塵土的草帽」。詩人上下求索，四處詢問「飛走的白鴿／你何時銜回世界和平的橄欖枝？／失落的草帽／你何時見到人間大同人道的擁抱？」〔註27〕詩人急迫的心情，讓他已然超越民族、國家和階級的立場，立於人類更高的價值關懷，期待世界大同和普世人道的到來。這樣的宗教情懷，在楊劍龍的詩中並不多見。除了《救贖之途三首》讚美基督的「光」、「燈」和「十字架」外〔註28〕，只有一些散落各處的詩句：「受難的基督呵，／在你的面前，／一切充滿了陽光與美好」〔註29〕；「基督

〔註26〕楊劍龍：《澱山湖夜遊》，《瞻雨書懷》，第 118 頁，廣西師範大學出版社 2015 版。

〔註27〕楊劍龍：《尋找與思考──寫在「9‧11 紀念日》，《瞻雨書懷》，第 6～7 頁，廣西師範大學出版社 2015 版。

〔註28〕楊劍龍：《救贖之途三首》，《瞻雨書懷》，第 208～210 頁，廣西師範大學出版社 2015 版。

〔註29〕楊劍龍：《晨禱》，《瞻雨書懷》，第 58 頁，廣西師範大學出版社 2015 版。

光照博愛志，／一片冰心在玉壺」〔註30〕；「綠葉，總企望河岸的休憩；／迷羊，總期盼牧者的呼喚」〔註31〕。特別的語境，讓詩人選擇了特殊的表達，「普世情懷」並非總要直抒胸臆，它已轉化為詩人悲憫的眼光，寬闊的胸懷、沉潛的氣度。比如詩人對「戰爭」的思考。看看這首《凱旋門》吧：

當將軍氣宇軒昂地
從此門昂首走過
凱旋的驕傲中
卻有多少母親
面對兒子屍首號啕大哭

當凱旋的樂曲
在這裡聲震寰宇
勝利的鮮花前
卻有多少流浪者
飽受戰火蹂躪與折磨

一將功成萬骨枯
成者為王敗者寇
凱旋者的驕傲
失敗者的落魄
卻有多少無辜生靈成枯骨。〔註32〕

基於普遍人道對戰爭的反思，在現代漢語文學中並不多見，更多的是正義戰爭狂歡後傷痛的遺忘。

　　正如詩人所說「世界永遠演著／善與惡的爭鬥」〔註33〕，有的顯明，有的隱蔽。比如封建專制始終陰魂不散，總在人類上空徘徊。作為在五四精神洗禮下成長起來的詩人，對此總是懷揣投槍與匕首。詩人來到印度阿格拉的泰姬陵，當觀光客們被這座象徵帝王愛情，由純白大理石砌成、舉世無雙的陵墓所震驚的時候，詩人卻很快發現隱藏在這一「輝煌」後面的歷史怪胎：「白

〔註30〕楊劍龍：《現代作家剪影十四首》之九，《瞻雨書懷》，第154頁，廣西師範大學出版社2015版。
〔註31〕楊劍龍：《流亡》，《瞻雨書懷》，第218頁，廣西師範大學出版社2015版。
〔註32〕楊劍龍：《凱旋門》，《瞻雨書懷》，第63～64頁，廣西師範大學出版社2015版。
〔註33〕楊劍龍：《聖母院》，《瞻雨書懷》，第61頁，廣西師範大學出版社2015版。

色的並非總是純潔，／白色的並非總是真誠，／白色恐怖，紅色血腥。／當藍天下的至愛已成永恆，／暴君的專制將百姓的苦難釀成，／個人的情愛導致了國家的沉淪。／月夜星輝下泰姬陵銀色歌聲，／遊走著多少苦難百姓的冤魂。」百姓立場，在詩人山村懷想的詩篇中已經表露無遺，是詩人在與鄉村的痛苦相遇和親密接觸扎下的精神根鬚，是詩人成人禮的寶貴收穫，其深層潛藏的，是與專制對立的一種民主精神。

在詩人看來，自由對於生命而言就像呼吸一樣重要，須臾不離。呼吸乃世間萬物所共有：「風雲是大地的呼吸，彩雲是哭泣後綻露的笑意。／霧嵐是山峰的呼吸，霜雪是熟慮後思想的凝結。／有生命就有呼吸，／有運動才有精力。沒有了呼吸，／這世界就會窒息；／沒有了呼吸，這脈搏就會止息。／倘若纏住了自然的肺葉，／倘若掩住了宇宙的口鼻，／這世界就將停止呼吸！」〔註 34〕就像呼吸是與生俱來的一樣，自由是天賦人權；就像自然的肺葉不能被纏住，宇宙的口鼻不能被掩住，人類必須在自由的空氣裏呼吸。曾幾何時，霧霾「窒息了，窒息了，／高樓的呼吸；／絕望了，絕望了，／渴望自由的心海」〔註 35〕。於是，詩人心生雙翼，渴望撲向大自然，投向自由的懷抱，「徜徉於霧嵐升騰的湖水／放逐心靈的負荷與情債／獨自於惆悵中仰臥／讓小舟自由飄蕩而行」〔註 36〕；「讓奔湧的情／融會於名勝古蹟裏」，「請大海群峰／開拓我宇宙般的心胸／讓日月星辰／綻放我焰火般的生命」〔註 37〕，或者「在遙遠歷史的深思中／拂去人生的幾許寂寞」〔註 38〕。「久在樊籠裏，復得返自然」的欣喜，以及逃向歷史深處的遐思後面，是詩人多麼強烈的自由之想啊！

「尋美求真誠為本，／說趣覓真生命歌」〔註 39〕，可以說真情、真性情，構成了詩人的人格理想與倫理取向。詩人說魯迅是冷峻的，但骨子裏卻是赤誠的，所謂「冷漠神態赤誠心」〔註 40〕；說魯迅與郁達夫雖然「憂憤悲苦風格殊」，

〔註 34〕楊劍龍：《呼吸》，《瞻雨書懷》，第 4 頁，廣西師範大學出版社 2015 版。

〔註 35〕楊劍龍：《霧霾》，《瞻雨書懷》，第 222 頁，廣西師範大學出版社 2015 版。

〔註 36〕楊劍龍：《觀水》，《瞻雨書懷》，第 114 頁，廣西師範大學出版社 2015 版。

〔註 37〕楊劍龍：《行走的愉悅》，《瞻雨書懷》，第 113 頁，廣西師範大學出版社 2015 版。

〔註 38〕楊劍龍：《謁徐州兵馬俑》，《瞻雨書懷》，第 122 頁，廣西師範大學出版社 2015 版。

〔註 39〕楊劍龍：《呈鄧牛頓先生二首》之二，《瞻雨書懷》，第 370，頁廣西師範大學出版社 2015 版。

〔註 40〕楊劍龍：《魯迅與貓頭鷹》，《瞻雨書懷》，第 142，頁廣西師範大學出版社 2015 版。

但「率真坦誠性情同」，一殊一同間，表現出詩人的情感態度。詩人稱讚任鈞是「詩壇聖者」，因其「畢生真情」〔註41〕；稱讚汪靜之是「情聖」，因其率真熱情〔註42〕；稱讚賈植芳是人格楷模，因其「最是獄裏獄外身」，〔註43〕「錚錚鐵骨爭自由」，「寧折不彎真性情，／文壇巨擘誰堪媲？」〔註44〕詩人甚至將《粵海風》雜誌人格化，稱讚其「文化品格鑄真誠」〔註45〕。詩人自己一直守望著童心和童真，一件有趣的事情是，他在歌詞的嘗試中，專門創作了《小紙船》、《知了，知了》、《小花傘》、《回到童年》、《小蝸牛》等兒童歌詞，寫得童趣橫生。真情、真誠之所以在詩人那裡如此被突顯，恰好證明了符號學的一個原理：符號在場，意義不在場。人間真誠太過難得，太過稀少，尤其在當下。哪怕像郭沫若這樣的時代巨人，終其一生的「蹉跎苦」，在詩人看來，大都源於「觀風使舵」〔註46〕，違背自心，不見自性。

為了留住真情，詩人專門寫了一組「情愛永遠」的詩，寄託對「永恆愛情」的渴望，「烙在心上愛的印痕，／永遠是真情擁有的依戀。／將虛偽的花兒拋入大海，／讓真誠的情愛鑴刻心弦」〔註47〕。同時詩人也表現出對女性的深切同情，比如談到魯迅的「母娶媳婦」時，詩人寫道：「新婚依舊獨往來，人間最悲是朱安。」〔註48〕不過，詩人已經明確意識到，「海枯石爛／已成現代人的戲言／天長地久／已成及時行樂的嘲笑／真情何在，真愛何在」？與對謳歌真情相對應，詩人對虛情假意、奴顏媚態極盡嘲諷。他在《魯迅與貓》裏，以誇張的手法，描繪了戰士與小丑的遊戲：「溫和媚態公允貓，／夜半性起常哀嚎。／文思遽斷擲筆起，以貓為敵直到老。」〔註49〕魯迅一生的真性

〔註41〕楊劍龍：《詩壇聖者有任鈞──紀念任鈞先生百年誕辰》，《瞻雨書懷》，第157頁，廣西師範大學出版社2015版。

〔註42〕楊劍龍：《雨中思情聖──汪靜之誕辰一百週年有感》，《瞻雨書懷》，第158頁，廣西師範大學出版社2015版。

〔註43〕楊劍龍：《敬賀賈植芳先生九十華誕》，《瞻雨書懷》，第365頁，廣西師範大學出版社2015版。

〔註44〕楊劍龍：《送別賈老》，《瞻雨書懷》，第479頁，廣西師範大學出版社2015版。

〔註45〕楊劍龍：《文化批評做先鋒──賀〈粵海風〉百期》，《瞻雨書懷》，第456頁，廣西師範大學出版社2015版。

〔註46〕楊劍龍：《現代作家剪影》之三，《瞻雨書懷》，第152頁，廣西師範大學出版社2015版。

〔註47〕楊劍龍：《愛的印痕》，《瞻雨書懷》，第282頁，廣西師範大學出版社2015版。

〔註48〕楊劍龍：《母娶媳婦》，《瞻雨書懷》，第141頁，廣西師範大學出版社2015版。

〔註49〕楊劍龍：《魯迅與貓》，《瞻雨書懷》，第143頁，廣西師範大學出版社2015版。

情躍然紙上，為真情而戰的姿勢栩栩如生。《瞻雨書懷》中還有大量的詩歌詠唱父子情、夫妻情、兄弟情、師生情、朋友情、同道情、兒女情，等等，在此不贅。總之，真情是迴蕩在楊劍龍詩歌中的最強音。

四

進入新世紀，隨著消費社會的到來，消費邏輯向社會的每一個細胞漫延。人類已從異化勞動階段步入異化消費階段。包括文學藝術在內的文化，不僅成為消費對象，而且還由此帶來異化符號消費〔註50〕，文化亂象可謂層出不窮。一切有價值的東西，在「顛覆與狂歡」的聲浪中煙消雲散。以往被視作文學或文化經典的，尤其是那些曾經宰制一個時代的紅色經典，在「改編」、「戲說」中被徹底解構。這時，楊劍龍出示了一個知識分子最寶貴的品格：批判的立場。

楊劍龍在詩中為文化亂象立此存照：「胡傳魁與阿慶嫂／在大水缸裏尋歡，／孫悟空與白骨精／在水簾洞中作樂，／南霸天將吳瓊花牽進洞房為小妾，／白毛女喬裝打扮／對黃世仁獻媚調笑，／法海和尚滿臉淫笑／將白蛇青蛇玩弄於股掌，／沉香將已救出的母親／再度活埋進山底，／愚公在移走山的路口／設起了收費處的柵欄」。在這場「一切正的將其翻轉」、「化美為醜的世紀狂歡」中，詩人發現欲望的生產和欲望的消費，已經成為這個時代的主題：「世人的眼光，／都盯住了肚臍以下；／淫蕩的笑聲，／宣洩著現代人鬱積的欲望」。〔註51〕詩展現出的文化批判鋒芒，在對「新生代」的畫像中，更加犀利。詩人戳穿了欲望的實質，不過是一場利益交換的遊戲，是精神衰敗的象徵：

> 倔強的身體
> 有千萬雙眼，
> 驚恐地觀望，
> 疲憊的精神
> 張開千萬張嘴，

〔註50〕參趙毅衡《符號學原理與推演》第十七章《當代社會的符號危機》，南京大學出版社 2011 年版。

〔註51〕楊劍龍：《顛覆與狂歡》，《瞻雨書懷》，第 246～247 頁，廣西師範大學出版社 2015 版。

　　　　貪婪地吮吸，

　　　　將人與我的關係看穿

　　　　──利益與利益的交換；

　　　　將地球的汗液吸乾

　　　　──永難填滿的欲望。〔註52〕

欲望的尖叫彷彿是這個時代的號角。在欲望的集結號下，「吃名人」大行其道〔註53〕，莫言獲諾獎成為一場文化鬧劇，政府、作協、媒體、記者、學者、出版商，各行各道、各色人等「吃」莫言吃得酣暢淋漓，甚至鬧出「莫言故居」的笑話〔註54〕。真可謂「莫言獲獎，／山河開顏」，〔註55〕「莫言放眼，／欲望無邊」〔註56〕。

　　文化批判的另一脈，是詩人對城市過度現代化的憂思。隨著有軌電車的消失，城市在「失魂落魄中便多了摩登」〔註57〕。但摩登的城市已經開始變味，「恍然間／舊仕女已著新裝，百年老店裏的品嘗，／唇齒間／傳統名菜早已變味」〔註58〕。城市已經患病，而且病入膏肓，沉疴不起。煙霾、廢氣使城市失去了「健康的肺」，「已幾乎難以呼吸」；城市已擁擠不堪，難以找到立錐之地；城市已被「推土機推平了歷史，／霓虹燈黯淡了記憶，／城市的失憶，／讓人們失落了自己」。〔註59〕失落了自己的城市，除了是農民工、官員、妓女、學生、出租車司機、無執照小販、清潔工、性病醫生、遛狗者、環保員、小偷、騙子、心理醫生的大雜燴〔註60〕，已沒有了先前的浪漫溫馨。城市正在現代化的洪濤巨浪中沉淪，開始遠離人類居住的家園。

　　可以說現代化是與啟蒙相伴而至的。因此詩人對現代化的反思也延及啟

〔註52〕楊劍龍：《新生代剪影》，《瞻雨書懷》，第 253 頁，廣西師範大學出版社 2015 版。

〔註53〕參楊劍龍《吃名人》，《瞻雨書懷》，第 262 頁，廣西師範大學出版社 2015 版。

〔註54〕楊劍龍：《莫言死了？》，《瞻雨書懷》，第 262 頁，廣西師範大學出版社 2015 版。

〔註55〕楊劍龍：《莫言莫言》，《瞻雨書懷》，第 263 頁，廣西師範大學出版社 2015 版。

〔註56〕楊劍龍：《莫言的眼與言》，《瞻雨書懷》，第 252 頁，廣西師範大學出版社 2015 版。

〔註57〕楊劍龍：《有軌電車》，《瞻雨書懷》，第 57 頁，廣西師範大學出版社 2015 版。

〔註58〕楊劍龍：《都市懷舊》，《瞻雨書懷》，第 33 頁，廣西師範大學出版社 2015 版。

〔註59〕楊劍龍《城市病三首》，《瞻雨書懷》，第 51～52 頁，廣西師範大學出版社 2015 版。

〔註60〕楊劍龍《城市是什麼》，《瞻雨書懷》，第 54 頁，廣西師範大學出版社 2015 版。

蒙和啟蒙者自身。詩人認為啟蒙無處不在，而啟蒙者則常常處於孤獨的困境。啟蒙「是梁上／母燕對嗷嗷待哺／雛兒的哺育，／是森林／老狐對依戀母乳／小狐的驅逐，／是老夫粗言穢語／對牧童的濡染，／是炕頭／夫婦粗聲喘息／對兒女的刺激，／是街角／演講者的唾沫／對看客的鼓動，／是會場／領導人的言語／令聽從昏昏欲睡，／是原子彈／對長島的挑逗，／是赴死的戰機／對珍珠港的親吻，／是約翰的吶喊／對曠野的震動，／是孔子的游說／惶惶如喪家狗／的孤獨！／愚昧者的自得其樂，／永遠是啟蒙者的孤獨。」〔註61〕也許正是這種深深的孤寂感，使詩人在《遠遊》中表達了對有一個依靠、有一個心靈港灣的渴望，儘管這渴望十分迷茫：「渴望，渴望／有一個驛道旁的涼亭，／讓疲憊的心／有駐足的地方；／渴望，渴望／有一顆同樣迷茫的心，／相互靠攏、相互取暖，／有霧嵐飄浮的清晨，／在星光彌漫的暮色，／遠遊的心／尋找著世界的一個旮旯，／一個可以休憩／可以溫暖的地方……」〔註62〕心靈的某種疲憊，使楊劍龍的詩中過早地流露出些許暮年意識。漸入老境的詩人，亦如斷線的風箏，無論如何掙扎，也無法擺脫被樹枝糾纏的命運，結局是：

> 已經沒有人在乎它了
>
> 任寒風去撕扯
>
> 任暴雨去鞭策
>
> 它在藍天裏翱翔的英姿
>
> 已經成為歷史
>
> 它在白雲裏升騰的舞姿
>
> 已經隨白去飄去
>
> 再也沒有人對它翹首
>
> 再也沒有人向它凝望
>
> 它默默地
>
> 默默地掙扎在冬日的寒風裏
>
> 直至筋疲力盡

〔註61〕楊劍龍《啟蒙時代》，《瞻雨書懷》，第 11～12 頁，廣西師範大學出版社 2015 版。

〔註62〕楊劍龍：《遠遊》，《瞻雨書懷》，第 216～217 頁，廣西師範大學出版社 2015 版。

　　　直至面目全非。〔註63〕

這多麼像一個已進入人生冬天的老人，從歷史舞臺的中心被迫走到世界邊緣的心境。再如《衰老之謳》中那衰老得「如一隻老貓／在太陽下／伸著懶腰／如一輛舊車／在小巷裏／增添著喧鬧／佝僂的背／一張疲軟的弓／彎彎的腰／一座古老的橋」〔註64〕的老者，其人生況味更是如此。這類詩歌雖然不多，卻代表了楊劍龍詩歌的另一種風格。如果前面的鄉愁詩更偏重「感情」的抒發，關於普世價值和文化批判的詩更側重「思想」的表達，那麼這類詩則著重於人生「智慧」的參透和總結。讀起來，很有些穆旦老年詩歌的韻味兒。歲月將生命熬成苦汁，而苦汁澆灌出的卻是智慧。

〔註63〕楊劍龍：《冬日，掛在樹梢上的風箏》，《瞻雨書懷》，第8～9頁，廣西師範大學出版社 2015 版。

〔註64〕楊劍龍：《衰老之謳》，《瞻雨書懷》，第 21 頁，廣西師範大學出版社 2015 版。

如其所是地接近真相：在場主義散文三論〔註1〕

一、在場主義散文運動的意義

　　2008 年 3 月 8 日，周聞道等 19 位詩人、作家，在「三蘇」故鄉，〔註2〕舉起「在場主義散文」旗幟，以「散文性」與「在場性」革新散文元語言，〔註3〕一時間線上線下互動，成為當年文壇熱點。據說，「全國數十家門戶網站轉發宣言，數以十萬計的作家、評論家和讀者發表評論」，〔註4〕數以百萬的網民點擊，《文藝報》以兩個整版推出在場主義散文理論及其代表作。如今八年過去了，當初果敢斷言「在場主義的出現，無疑是二十一世紀開端散文發展中的一個重大事件」的孫紹振先生，〔註5〕這位以《新的美學原則在崛起》震動 80 年代初期先鋒詩壇，以思想前衛深刻聞名的文論家，也許都沒有料到，這場散文革命所產生的實際意義，遠遠超出了「散文」和「散

〔註1〕本篇與程天悦合作，最初發表於《東吳學術》2017 年第 1 期。

〔註2〕「三蘇」是作為唐宋散文八大家的蘇軾、蘇洵、蘇轍父子三人的簡稱。「三蘇」故鄉，指今日四川省的眉山市。

〔註3〕《散文：在場主義宣言》，周聞道主編《顛覆城堡‧理論卷》，第 2～3 頁，廣東人民出版社 2014 年版。

〔註4〕周聞道：《在內外珠聯中追求根性真實》，周聞道主編《從靈魂的方向看：在場主義散文‧2008 年選》序，第 1 頁，花城出版社 2009 年版。

〔註5〕孫紹振：《在場主義與世紀視野中的當代散文》，周聞道主編《顛覆城堡‧理論卷》，第 144 頁，廣東人民出版社 2014 年版。同時請參孫紹振《當代散文：流派宣言與學理建構——兼談「在場主義散文」的內部爭鳴》，《在場》2011 年春期（總第 6 期）。

文史」的範圍，它已然成為一個文化先鋒事件：這是一次遠非散文意義的凱旋。

　　當初那些懷疑的聲音都是有道理的。這是不是在場主義者狂妄自大，無知無畏，要造泱泱散文大國的反？是不是某些人借「在場主義散文」在「做秀」，在「炒作」？是不是商業資本對文化的運作？是不是文壇「邊緣」對「中心」的一次繪聲繪色的抵抗？是不是 20 世紀 80 年代先鋒詩潮在新世紀散文領域的迴光返照？抑或是後現代散文的表演術？一種先鋒藝術的關鍵，不僅僅在叛逆、弒父、前沿、破舊立新，更在於它是否是「前風格」，是否有追隨者，是否最終形成大潮並進入一時代之藝術中心。八年來，在場主義散文正是在走著這樣一條路：不斷的創作實踐、文本實驗、作品湧現，使在場主義散文越來越進入這個時代文學、文化甚至思想的核心腹地。《從天空打開缺口》到《黃金版圖》，已出版在場主義散文年選 5 部，出版在場主義散文獎六年書系 10 卷，出版「在場主義散文叢書」6 人 6 部，出版「在場散文書系」10 人 10 部，出版《在場》雜誌 29 期，還有難以數計的網絡在場主義散文等等，如此巨量的文本，顯示了一個散文運動的實績。

　　更為重要的是，這場散文運動以評獎為中心，以線上的「天涯」網站，線下的《在場》雜誌，在場系列書系，在場的各種作品發布會、研討會，在場的種種學術沙龍，優質的出版機構為陣地，融合新舊媒介，整合各種資源，在符號互動與交往實踐中，通過散文元語言的革命，散文語義域的再生產，聯結起文學界、文化界與思想界，儼然形成一個新的「文化社群」與「文化場域」，並通過意義共享，改變著中國的文化現實。齊邦媛一語道破其中的奧秘：「因為在場，所以沒有阻隔。」〔註6〕

　　這決非聳人聽聞。僅以一例說明。在場主義散文大獎「以重構文學價值，捍衛文學尊嚴，推動散文創作，引領 21 世紀散文發展趨勢」為號召，以宣稱堅守「民間性、獨立性、權威性、公正性」為基本立場，〔註7〕聘請孫紹振、丁帆、南帆等國內當代文學評論界、文論界的著名學者為評委，六屆下來，獲獎的作家作品令人震驚。有必要在此簡單羅列。獲得在場主義散文獎的有林賢治《曠代的憂傷》、齊邦緩《巨流河》、高爾泰《尋找家園》、金雁《倒轉

〔註6〕齊邦緩：《〈巨流河〉是我一生的皈依》，《文學報》2011 年 7 月 7 日。
〔註7〕《編者的話》，周聞道主編《顛覆城堡・理論卷》，第 4～5 頁，廣東人民出版社 2014 年版。

「紅輪」：俄國知識分子的心路歷程》、王鼎鈞《王鼎鈞回憶錄四部曲》和許知選《時代的稻草人》6 部散文專著。16 部散文專著獲得在場主義散文獎提名獎，包括龍應台《目送》、周曉楓《雕花馬鞍》、張承志《匈奴的讖歌》、李娟《阿勒泰的角落》、筱敏《成年禮》、夏榆《黑暗的聲音》、馮秋子《朝向流水》、資中筠《不盡之思》、劉亮程《在新疆》、章詒和《伶人往事》、閻連科《北京：最後的紀念——我和 711 號園》、畢飛宇《蘇北少年「堂吉訶德」》、塞壬《匿名者》、邵燕祥《一個戴灰帽子的人》、阿來《瞻對：一個兩百年的康巴傳奇》，張新穎《沈從文的後半生》。蔣方舟、馬小淘、野夫、鄭小瓊、刁斗、王彬彬、舒婷、祝勇、梁鴻、賈平凹、張生全等 60 位作家的作品獲得在場主義單篇散文獎或散文新銳獎。注意這個名單，幾乎囊括了當今活躍的、遍布海內外華人世界的、多民族的、多個年代的精英知識分子：既有離散世界各地的美學家、著名學者，又有處於社會底層的打工詩人，還有秉持道德良知堅守公平正義的獨立撰稿人，以及遊走民間、關心民眾疾苦現實苦難的自由寫作者，更多的是具有批判精神引導文學和學術走向的知名詩人、作家和學者。〔註8〕他們聚集在「在場主義散文」的旗幟下，形成了一個在場主義的知識分子群落，發出了介入當下的最強音，聚合起一個獨特的「文化社群」和「公共空間」：曾經分散各處，面孔模糊不清的一群黑客騷人，從此在「在場主義」的名義下，以「公共知識分子」的身份，面向我們的時代。他們的散文作品也因此被賦予了新的語義，打開了新的闡釋空間：因為在場並介入，所以如其所是地接近事物的真相，而給偽飾以致命一擊。

到此，在場主義散文運動已然具有了文化史、思想史的意義，時間越長，這一點愈將凸現出來，刺痛麻木的世道人心。

二、「在場」不是「載道」

「如其所是地接近事物的真相」，正是筆者給「在場」所下的定義。而這個定義與「文以載道」是各行其是的：作為在場主義散文的「在場」不是「載道」。

在場主義散文顯然比「在場」的意義更為寬泛。在發起者那裡，在場主義散文至少具有兩維：一是散文性，一是在場性，「將散文性和在場精神，作

〔註8〕丁帆：《在場主義的批判精神引導文學走向（代序）》，周聞道主編《文人事：
　　　第六屆在場主義散文獎獲獎作品選》，第1頁。

為流派的核心價值觀」。〔註9〕散文性作為名詞，被解釋為「散文的唯一性或散文的純粹性，是散文區別於其他文學門類的本質性特徵」。而隨意、片斷經驗、隨機與發散、自由表達，也就是非主題性、非完整性、非結構性、非體制性這「四大文體特徵」，被認為是檢驗散文性的審美尺度，或者說是「散文純粹性」的標誌。〔註10〕

這些頗具後現代氣息的話語，卻落在了現代性「本質論」的悖論中。西方文體小說、詩歌、戲劇、散文的四大區分，本身就難嚴格，存在大片的模糊地帶：小說與散文的分野，常常取決於讀者，取決於文本的不同接收者，尤其是取決於一個文化社群的共享語義，何來「本質」規定？就像《報任安書》，原本是班固《漢書》卷62司馬遷傳第32中的一部分，本屬歷史體裁，但被後人當作散文來閱讀一樣，在「歷史」與「文學」、與「散文」之間，何曾見到一個水火不容的「本質」？其實散文性並不神秘，它只是蘇俄形式主義文論，特別是雅格布森「文學性」的換種說法。歸根到底的意義是：散文與其他文學藝術一樣，常常努力越過對象，直指解釋項。〔註11〕它不把指稱一個外在世界，即我們置身其中的經驗世界作為自己的任務，其極致狀態是符號自指。〔註12〕散文的實質是虛構、是想像，是建構一個區別於實在世界的可能世界，所以「純粹的散文與詩歌一樣富有詩意」。〔註13〕它不像其他人文、社會科學，也不像自然科學那樣所揭示的是事物的「真知」，而是盡可能經由隱喻、象徵、扭曲、變形等抵達事物的「真相」。只是在通達「真理」上，它們才走到一道。

散文性是在場主義的最低門檻。只有翻過這道門檻，才能進入在場主義散文的聖殿。這時，在場精神就至關重要。在場精神被解釋為「精神性」、「介入性」、「當下性」、「發現性」和「自由性」，〔註14〕以通過「在場」，抵進「去

〔註9〕《編者的話》，周聞道主編《顛覆城堡・理論卷》，第3頁，廣東人民出版社2014年版。

〔註10〕《散文：在場主義小詞典》，周聞道主編《顛覆城堡・理論卷》，第15頁，廣東人民出版社2014年版。

〔註11〕趙毅衡：《符號學原理與推演》，第307頁，南京大學出版社2011年版。

〔註12〕Wellek, René, A History of Modern Criticism, vol. 7: *German, Russian and Eastern European Criticism*, 1900~1950, New Haven and London: Yale University Press, 1992, p373.

〔註13〕海德格爾：《語言》，孫周興選編《海德格爾選集》下，第1002頁，上海三聯書店1996年版。

〔註14〕《編者的話》，周聞道主編《顛覆城堡・理論卷》，第3頁，廣東人民出版社2014年版。

蔽」、「敞亮」、「本真」的美學境界。〔註15〕「以介入——然後在場」作為根本的創作方法，而不是傳統的現實主義、浪漫主義、象徵主義、現代主義等。這個在場精神，是在守望散文性的基礎上，「強調作家介入現實，關注當下，勇於擔當，體察國家的、民族的、人民的疾苦，揭示存在的真相和終極價值」。〔註16〕一言以蔽之，就是要求作家「面向事物本身」，以散文的方式，如其所是地呈現事物的真相。我們曾經「被剝奪了瞭解真相的權利——包括歷史的和現實的，在不同程度上喪失了獨立思考的能力」，因此我們「第一步要瞭解真相」。〔註17〕而要面向事物本身，接近真相，就不得不遵循老胡塞爾的妙招，懸置歷史，把一切「前見」放入括號。文以載道所載之道，恰恰是懸置和放入括號的內容，否則去蔽、敞亮、本真只是空想，真相更不會在某種「經驗直觀」中自動湧現。反過來說更清楚：正是各種主流意識形態之道、體制文化之道、約定俗成之道等遠離了常識，使真相蔽而不彰。所以當周聞道的《暫住中國》、《國企變法錄》回到「幕後」，直擊事件本身的時候，才顯示出在場——介入所具有的尖銳性和衝擊力，「並以在場敘事證明：現代性運動在中國遠未結束，中國還處在巨大的轉型陣痛期。」〔註18〕

因此，不管是散文性和在場精神都與載道無關，不僅無關，而且在根本上背道而馳。正是在這個意義上，那些曾經被裝進散文這個大筐的「通訊」、「特定」、「報告文學」，甚至「雜文」、「隨感錄」等，被在場主義散文扔進了垃圾箱。〔註19〕

三、在場主義散文寫作的難度

顯然，捍衛散文性和在場精神只是一種價值取向的兩種表達：如其所是地接近事物的真相。要做到這一點，筆者看來極其不易。的確，在場主義散文是有相當難度的寫作。難度就是高度。而「高度的缺失，正是這個時代散

〔註15〕《散文：在場主義小詞典》，周聞道主編《顛覆城堡・理論卷》，第15頁，廣東人民出版社2014年版。
〔註16〕《編者的話》，周聞道主編《顛覆城堡・理論卷》，第3頁，廣東人民出版社2014年版。
〔註17〕資中筠：《啟蒙首要在於探明真相》，《文學報》2012年5月17日。
〔註18〕唐小林：《轉型期中國的堅實敘事——讀周聞道的兩部散文》，《光明日報》2014年10月27日。
〔註19〕周倫祐：《散文觀念：推倒或重建》，《紅岩》2008年第3期。

文的症候。」〔註20〕在場主義散文的難度主要表現在四個方面。

1. 在場是困難的

在場，就是如其所是的呈現。在場主義散文，即是以散文的方式如其所是的呈現。如其所是，首先預設了一個「是」的存在。承認「是」，是在場的前提，更是在場主義散文的前提。「是」是何方神聖？「是」在哪裏？「是」以怎樣的面目現身？從蘇格拉底、耶穌、海德格爾，到遇羅克、林昭、顧準，知名的無名的，組成求「是」的巨陣，前赴後繼，綿延不絕，徒勞地推石上山，無謂地以頭撞牆，直至頭破血出、粉身碎骨。可「是」常常隱匿不見，或只露崢嶸一角。

因此，在場就不只是一種姿態，而是對「是」的追尋。在場，是「是」的臨在；去蔽，是卸除「是」的偽裝；敞亮，是從深淵中將「是」喚回；本真，是對「是」的抵達。所以在場主義散文之「士」，終其所為乃是「是」。戴著「是」的鐐銬跳舞，或者與「是」共舞，在朝向「是」的途中，自由、美麗、深邃而注定寂寞的舞蹈，這是在場主義散文的執念。

「是」談何容易？符號在，意義就不在。提倡「在場」，舉起「在場主義」的大纛，以「在場主義散文」為號令，即是在說：散文的「在場」，已久違多時。散文的大時代，或者大散文的時代，恰恰是「是」的潰敗，是「不在場」以「在場」的方式，在「做」一場聲勢浩大的展演。冗餘的符號，在無「是」和貧瘠的意義中，以散文的名義，做著一個關於溫柔寶貴之鄉的莊周夢。

何況，我們是在天、地、人、神構築的四維世界中棲居，〔註21〕又置身於網絡社會這個無所不在的虛擬社區，面對難見其實的經驗世界，已被層層包裹的眼睛和心靈，如何經由無數次清洗的語言，在扭曲的筆尖下，在變形的鍵盤上，覺察、敲擊和寫出那個方方正正的「是」來？

散文，作為文學的一支，無論是如實寫來，還是真情道白，都是一種虛構，都是對意義的再度媒介化，都是過去時態的寫作，都是歷史敘述的某種方式，「是」稍不留神，就會躲進如此眾多的某一個坡坎環節中，而變得面目可憎或面目全非。

〔註20〕唐小林：《在場主義散文：讓存在在語詞中自行湧現》，周聞道主編《九十九極：在場主義散文 2009 年選》序，第 1 頁，花城出版社 2010 年版。

〔註21〕海德格爾：《語言》，孫周興選編《海德格爾選集》下，第 992 頁，上海三聯書店 1996 年版。

這是在場、在場主義、在場主義散文的困難。在場主義散文，其實就是一場慢長的與「困難」的戰鬥。

2. 在場是與靈魂搏鬥

倘若在場就是如其所是的呈現，首先受到考驗的乃是靈魂。

散文是最關涉靈魂的寫作，是靈魂在經驗世界中的冒險。經驗世界如此這般的媒介化，散文才能以這樣或那樣的姿態出場。而經驗世界是偶然的、液態或汽態的、變動不居的、無始無終的、永遠開放的，只有冬烘先生才相信有一個客觀存在的世界供我們去體驗、去感悟、去言說，去模仿、去再現、去表達。事物以何種方式朝向我們、我們以怎樣的意向投射事物，經驗世界就會以迥然不同的方式向我們敞開、被我們擁抱。文學藝術因此而鬼魅無窮，也因此而關山重重。散文要在場，路何其漫漫：經驗世界，一切皆流，「是」在何處？

散文怎麼也是想像之物。我們憑什麼想像？或者想像之前，「我們」是什麼？想像是靈魂之旅。可當我們會運用靈魂，或者靈魂開始運作我們的時候，靈魂已很不清靜。我們已被知識塑造、被意識形態改造、被現實政治鑄造，甚至被主流話語強制洗腦。一切都在悄無聲息中進行，我們在舒舒服服中，毫無知覺，心甘情願，就被塗抹得變色龍似的，戴著一幅萬花筒樣的眼鏡，匆匆踏上人生征程。我們還沒有說話，話已開始說我們。何況，作為個體的我們，無法不是會思想的蘆葦，抑或像蘆葦一般思想。無風就要傾倒，假如風一片、風不止、風亂吹、妖風陣陣，「我們」又在哪裏？「我們」不在，散文如何「在場」？

庸俗之見，散文像詩一樣，最能傾聽內心的聲音，最是靈魂的低徊，最是真情的流露。問題是，我們真有一個「內心」？恐怕，我們只是庸常之見的回音壁？或者早已墮落成美麗得無趣的留聲機？說白了，許多時候，我們只是共用一個「內心」。

如是，散文更需要「在場」。如是，「在場」對於「散文」，更需要成為「主義」。「主義」這個現代性「話語」，不僅沒有過時，而且恰逢其時。本來，現代性對於華夏一族，就是遠未完成的任務。

如是，散文的「在場」，就是一場鞭鞭見痕、刀刀見血的靈魂搏鬥：在朝向「是」的途中，層層剝掉關於「我」、「我們」的偽飾，哪怕你的筆下只有風花雪月。

3. 在場是關於語言的鬥爭

「唯語言才使人能夠成為那樣一個作為人而存在的生命體」。〔註22〕語言是存在的家園。語言破碎處無物存在。欽定的普通話，很難捕捉一句眉山方言的「真意」，單是某個特殊的音調，已讓戀人銷魂，而方言區外的美眉可能無動於衷。

就如「存在」在語言中顯身，「是」也在語言裏呈現。說到底，有且僅有語言，才能使在場主義散文通達「求是」的彼岸。語言是對「在場者」的把捉和俘獲，「在場」就居於「在場者」構築的關係中。因此，唯語詞在遊戲中，才賦予「在場」以血肉和體溫。而唯有進入「在場」的語詞，才會使早已晦暗不明的世界敞亮，朝向是其所「是」。

並非所有的人都承認，包括散文在內的文學是語言的藝術。〔註23〕語言只是散文的媒介，並不是散文本身，就像線條、色塊是繪畫的媒介，而不是繪畫作品一樣。但媒介即訊息，〔註24〕作為散文媒介的語言，遠不只是思維或表情、達意、言志的工具，語言是散文一切要素的集合地，是散文的存身之處，沒有語言就沒有散文。也即是說，「是」從來不會裸奔，它在散文裏，總是披著語言這件符號的外衣，優雅地步行。作為符號的語言在場，是因為「在場」總是拖延在語言的後面。對此，德里達有妙言，當我們不能把握或展示事物即是說不能將存在、在場展示出來，或者說存在並不直接現身時，我們就用符號來表示。〔註25〕

真正的麻煩在於，散文就像其他文學藝術那樣，沒有自己特殊的符號，而是共用人類最大的符號：語言。這個語言我們無所不用，生活用它、哲學用它、科學用它，打情罵俏用它、邏輯推理用它、政治宣言用它，人神共用、凡仙共享，已糟蹋得不成樣子。這個語言，是約定俗成的，它遵循最為世俗

〔註22〕海德格爾：《語言》，孫周興選編《海德格爾選集》下，第 981 頁，上海三聯書店 1996 年版。

〔註23〕比如宇文所安就說「詩歌，不幸地，不是語言的藝術。它在『語言中』發生，但它並不是『屬於語言』。」參見宇文所安《中國傳統詩歌與詩學：世界的徵象》的《又一篇序》，第 1 頁，陳小亮譯，中國社會科學出版社 2013 年版。

〔註24〕馬歇爾·麥克盧漢：《理解媒介：論人的延伸》，第 16 頁，何道寬譯，譯林出版社 2011 年版。

〔註25〕Derrida, J, *Speech and Phenomena: And Other Essays on Husserl's Theory of Signs*, trans. Allison, D. B. Evanston, Ill: Northwestern University Press 1973, p. 138.

的原則，它有自己一套嚴密的規則和操做法則；這個語言從古往今，飽經滄海桑田，已被各種東西充滿，五味雜陳、泥沙俱下、不堪重負。這個語言中即便受散文青睞的「象徵」、「隱喻」等，也多在人們的反覆使用中形成，散發出濃厚的朽敗氣息。關鍵是，這個語言在文化霸權或技術威權的凌辱下委曲求全，顯出一幅奴才相。如此等等，在場主義散文當然不吃這一套。

在場主義散文要如其所是的呈現，不可避免地，要展開與語言持續不斷的鬥爭。儘管這是一場深刻悖論的鬥爭：即便是抓住自己的頭髮，也要離開地球。因為，在場主義從一開始與散文握手，就選擇了西緒弗斯的命運。

4. 在場是在破碎中見真相

世上本無意義，意義是敘述出來的。

在場即便是真相的臨在，也是敘述出來的。就此而言，敘述對於在場主義散文就具有了某種本體論的意義。〔註26〕某物之所以不在場，恰恰是被敘述所遮蔽，或被敘述置之不理。去蔽、敞亮，無限趨赴本真，從敘述開始。

文革前後的胡風，就如延安文藝座談會前後的胡風一樣，在史家筆下，敘述不同，形象迥異，儘管胡風還是那個胡風。《曠代的憂傷》、《巨流河》、《尋找家園》、《中國在梁莊》、《時代的稻草人》等這些在場主義散文佳作，正是敘述方式陡變，才將幽禁的歷史、逆襲的河流、翻轉的村莊、圍困的現實、隱匿的家園、出走的靈魂喚回到場。

在場主義散文，之所以把《漁父》作為其開山之作，作為華夏一族散文之「發源濫觴者也」，〔註27〕並非無知到常人想像的那樣：這之前還有那麼多散文！真正的原因恐怕在於：它非同尋常的敘述。

文以載道、抒情言志、投槍匕首、閒適幽默、齒輪螺絲、號角鼓手、談狐說鬼、玩物發哆、癡言囈語、風花雪月、快餐古人、消費名物、欲望尖叫……起承轉合的八股文操作、卒章顯其志的經典模式、「一線串珠」的寫作秘訣、形散神不散的「迷宗拳」套路，如此等等，漢語散文的敘述，經由一代又一代的文學教育與文化約定，已然構築起嚴整堅固的堡壘和深不見底的壕塹。

在場與真相，時常如孤魂野鬼，就浪跡於這堡壘和壕塹之外。這甚至與你的信仰、立場、真誠無關，固有敘述對你的捕獲與綁架，從來就是不著痕

〔註26〕唐小林：《敘述：散文在場的本體性修辭——「在場主義散文」一議》，《中國社會科學報》2011年6月14日。
〔註27〕周倫祐：《散文觀念：推倒或重建》，《紅岩》2008年第3期。

跡、不露聲色、不言而喻的。對了，不言而喻，是任何霸權的最高境界，亦如福柯改造過的英國哲學家杰里米·邊沁的環形監獄：獄中人在感覺不到「看」中「被看」成心獄。

搗毀「敘述霸權」，從固化結構的縫隙中，引爆文化最深最高最隱蔽的壁障，創開文字聚合、篩選、徵用、黏結、組合的新路，學會在場式地講故事，真相式地說話，本真式地發聲，是在場主義散文必將涉足的「深水區」。

形式的革命，才是最後的革命。內容優先，往往渾水摸魚，彼此是非，糊兒麻糖，玩的是貓膩。由此，不得不說：相較於過往的敘述，在場反而是在破碎中見真相。

後　記

　　非常感謝李怡兄，他使我在近 20 年間所寫下的文字中挑選出 18 篇，構成這本小冊子。

　　這 18 篇文字，有的是第一次與讀者見面，有的在加拿大、臺灣發表，更多的則是刊載於大陸的學術或文學雜誌。這些文字是我所喜愛的，這除了敝帚自珍，還因為這些文字中有我的真思、真想、真情、真意，也是我寫得最自由、最得心應手的部分文字。

　　每一篇文字後面都有一個感動的故事。後記顯然不是講「故事」的地方，我只是想把與「故事」相關的人列舉一些在這裡，以示我的感激、感謝之情。他們是：曹順慶、趙毅衡、鄧曉芒、劉小楓、吳興明、余虹、白燁、萬光治、李大明、楊立民、畢光明、吳子林、何言宏、張學昕、羅勇、陳思廣、尹富、何平、石長平、子夜、劉瀏，等等。他們或是我的老師，或是我的朋友，或是我的同道，或是我素不相識的人，但都給我各種各樣的幫助，我始終銘記著他們的名字。

　　這些文字呈獻在您的面前，若能得到您的批評，我不勝感激。

2020 年 3 月 19 日於蓉城之東